本书受云南师范大学外国语学院资助出版

本书为云南省教育厅科学研究基金教师类项目
"比较文学视角下《塞莱斯蒂娜》戏剧性研究"最终成果

夏 添 / 著

《西厢记》
和《塞莱斯蒂娜》的
比较研究

COMPARATIVE
STUDY
OF
THE ROMANCE OF THE WEST CHAMBER
AND
THE CELESTINA

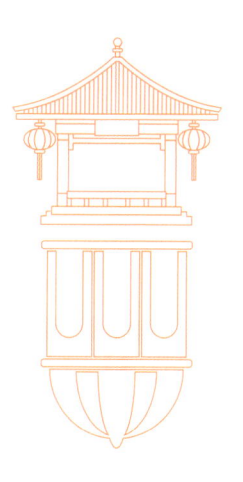

社会科学文献出版社
SOCIAL SCIENCES ACADEMIC PRESS (CHINA)

目　录

绪　论 / 001

第一章　《西厢记》和《塞莱斯蒂娜》简介 / 016
　　第一节　文学和现实的关系 / 016
　　第二节　作品简介 / 020
　　第三节　从不同版本看张生和莺莺故事的演变 / 033
　　第四节　《西厢记》和《塞莱斯蒂娜》的历史背景 / 035
　　第五节　对社会的讽刺 / 050

第二章　文体和语言 / 058
　　第一节　文体特点 / 058
　　第二节　《西厢记》和《塞莱斯蒂娜》的戏剧结构 / 083
　　第三节　空间和时间 / 090
　　第四节　二元性特征 / 098
　　第五节　语言风格 / 109

第三章　"爱情"的概念 / 130
　　第一节　爱情的定义 / 130
　　第二节　《西厢记》和《塞莱斯蒂娜》中的恋人 / 134

第四章　红娘与塞莱斯蒂娜 / 155

　　第一节　《西厢记》和《塞莱斯蒂娜》中的核心人物 / 155

　　第二节　"媒妁"和"拉皮条者" / 159

　　第三节　人物形象的两面性特征 / 179

　　第四节　语言艺术家 / 188

结　论 / 199

参考文献 / 201

附录一　《塞莱斯蒂娜》中的场景和人物 / 219

附录二　《西厢记》中的场景和人物 / 229

绪 论[①]

一 中国与西班牙文学交流之概要

笔者进行此项工作的主要动机,是对中国文学和西班牙文学比较的研究兴趣。我们不难发现,囿于地理上的距离,以及历史社会的巨大差异,两种传统文学之间鲜有有意义的联系。再加上明清时期政治政策相对保守,与西方的交流十分有限。清末以降,新一代中国学生走向国外,之后便以独译或合译的方式将一些世界名著译成中文。但是,这些译著大多为英国文学、德国文学、法国文学和日本文学作品,直到1922年才出现了第一部中文译本的西班牙文学作品——《堂吉诃德》[②]。

我国的比较文学作为一门学科在近30年才发展起来,且其中大多数研究集中于不同年代本国文学作品之间的比较,或是中国文学与英国文学、法国文学、德国文学、印度文学、日本文学、俄国文学的比较。以《西厢记》为例,在知网平台我们可以找到将其与英

[①] 本书部分内容已在相关文学类期刊发表。
[②] 这部译著出版于1922年,将《堂吉诃德》的英文版翻译成了中国文言文,题为《魔侠传》,由林纾(1852~1924)和陈家麟(1905~1932)合作完成,该译著仅仅讲述了原著故事的前半部分内容。

国文学作品予以比较研究的文章，如《〈西厢记〉和〈罗密欧与朱丽叶〉之比较》①《〈西厢记〉和〈维洛那二绅士〉的比较初探》等，与法国文学作品进行比较研究的文章，如《桃丽娜②与红娘之比较分析》等。且上述研究都是以中文译本为基础进行的。关于中国文学和西班牙文学的比较研究的成果很少，这主要是因为同时熟练掌握中文和西班牙语这两门语言的学者就很少，且两种文学之间互译的作品也很少，当然还有历史和社会原因等其他因素。

西班牙文学，特别是中世纪和黄金世纪的西班牙文学，对世界文学产生了深远影响，但直到今日在中国仍然没有对其进行大量的翻译和研究。出现这种情况，原因大致有三点。其一，虽然在新文化运动期间中国学者开始关注外国文学并翻译了包含传统文学和现代文学作品在内的大量外国作品，但总体来说在民国初期和中期中国学者缺少对西班牙文学的兴趣。其二，18~19世纪西班牙王朝的覆灭降低了其包括文学在内的各个领域的影响力，进而导致其在国际舞台上失去了部分话语权。其三，也是最重要的一点，缺少优秀的西班牙语作品的译者，因此和其他外国文学作品相比，译成中文的西班牙文学著作也相对较少。

《塞莱斯蒂娜》的第一部中文译本出版于1990年，译者是王央乐。此译本的出版为没有西班牙语语言基础的中国读者提供了欣赏这部著作的机会。但是在中国直到今天关于《塞莱斯蒂娜》的研究依然很少。截至2023年4月，在知网平台以"塞莱斯蒂娜"为主题词，仅能搜索到14篇与之相关的文章。虽然有中文译本，但这部作品似乎并没有引起中国学者太大的兴趣，同时也没有引起西班牙语专业学生和西班牙文学爱好者的兴趣。

---

① 张佑周：《〈西厢记〉和〈罗密欧与朱丽叶〉之比较》，《龙岩师专学报》1994年第1期。
② 桃丽娜，莫里哀创作的戏剧《塔尔图夫》中的人物。她是奥尔贡家族的忠实仆人。是她揭穿了伪善的教会骗子塔尔图夫的骗局，最后得以迎来欢乐的大结局。

绪 论

虽然有关中国文学和西班牙文学的比较研究相对较少,[①] 但是近几年,随着中国和西班牙学术交流的日益频繁,双方之间的互相学习和理解以及对文化与文学领域的研究也日益加强。在这种大环境下,我们认为进行关于《西厢记》和《塞莱斯蒂娜》之间的比较研究是合时宜的,在此基础上我们也试图以一种新的眼光来看待这两部作品,以期帮我们更好地理解中国文学和西班牙文学。

笔者进行此项研究的另一个原因是,《西厢记》和《塞莱斯蒂娜》这两部作品中存在诸多相似之处。其中特别引人注意的是,两位牵线搭桥者红娘和塞莱斯蒂娜,她们的名字已经超越文学作品本身,成为各自文化中的专有名词。我们不应将这种现象归结为一种简单的巧合。虽然爱情关系中的牵线搭桥者普遍存在于各种文化中,但鲜有用文学作品中的人物指代这一类特定的人群的。

笔者总是在思考,《西厢记》和《塞莱斯蒂娜》中有如此之多的相似之处,至今仍没有一部著述对此进行较全面且深刻的比较研究,既有研究成果只是一些篇幅短小的文章,要么过于简洁,要么仅限于比较两三个人物。

中国和西班牙在地理位置上相距甚远,在文学传统上也有天壤之别,因此有人认为试图在它们之间寻找关联是天方夜谭。但不管怎么说,客观事实上,《西厢记》和《塞莱斯蒂娜》之间的确存在很多明显的相似之处,这些相似之处不仅仅体现在爱情这个主题上,在情节发展、戏剧结构、人物特点上也有诸多体现,特别是它们都重点突出了牵线搭桥者红娘和塞莱斯蒂娜的人物形象。综上,笔者将深度剖析这两部作品之间的相似点,以期找到其背后蕴含的深层次历史文化根源。

---

① 的确,做不同语种之间的比较研究需要译本,但理想情况是在原著的基础上进行研究。但就如前文所说,由于缺少同时精通汉语和西班牙语的人才,译本就成为不具备西班牙语基础者所能使用的为数不多的工具。

二 比较文学理论

尽管作品之间初步的非正式的比较研究很早就出现在各国的文学传统中了，但"比较文学"作为一个专有名词大约在19世纪中期诞生于欧洲，直到19世纪六七十年代才被推广和普及。1886年H. M. Posnett教授在著作中将"比较文学"一词引入英语。随后，这个词语也陆续在许多其他作品中出现，例如Bopp的著作《比较语法》。在Posnett之前，德国就已经建立了比较文学的概念；同样，在意大利的都灵和热那亚，比较文学的概念已经使用很长时间了。[①]但"比较文学"作为一个专有名词直到20世纪初期才正式被学术界接受。1885~1905年出现了第一批关于比较文学的专著，以及第一批关于其性质、原则、研究目标和研究方法的纲领性文本。1897年甚至被一些学者认为是这门学科建立的初始年份。19世纪比较文学的三部经典专著分别是Hutcheson Macaulay Posnett的《比较文学》、Wilhelm Wetz的《从比较文学史的角度看莎士比亚》，以及Joseph Texte的《卢梭与世界文学起源》。[②]

以Fernand Baldensperger、Paul Van Tieghen、Jean-Marie Carré、Marius-Francois Guyard等为代表的法国学派，作为比较文学历史上方法论领域的两大学派之一，在1820年开始了它的活动。Morales Ladrón描述道："他们非常重视寻找作者或者一个团体的写作主体、态度或是写作技巧，其目的不仅仅是做影响研究（虽然这的确是他们的研究中心），还包括研究作品的来源、作家之间的模仿、作品的

[①] Mills Gayley, Charles, "What is Comparative Literature", *Atlantic Monthly* 92, 1903, pp. 56 – 58.

[②] Fokkema, Douwe Wessel, "Comparative Literature and the New Paradigm", *Canadian Review of Comparative Literature* 9, 1892, pp. 1 – 18.

传播、作家之间的沟通等。"①

根据 Remark 发表于 1961 年的文章《比较文学的定义和功能》，法国学派发展出的方法论工具是，利用不同国家的作者之间或者文学作品之间的事实关联②（rapports de fait）来进行研究。他们不信任单纯进行比较的研究，认为这些研究只是"简单"反映了作品的异同点。Remark 还认为 Carré 和 Guyard 等研究者甚至连法国学派中的"影响研究"也反对，因为他们觉得这类研究是不确切的、不真实的。③

直到进入 20 世纪，比较文学研究的实证主义和历史论的态度仍然在欧洲，特别是法国的比较文学研究中占据主导地位。可以说，这种进行单一的资料整理和汇编的做法在某种程度上阻碍了这门学科的发展。

在法国学者所建立的关于比较文学严格而精确的条条框框面前，20 世纪 50 年代后所出现的以 René Wellek、Harvy Levin、O. Aldrige、Remark 为代表的美国学派，运用了更加具有包容性的概念并以一种更加开放的眼光看待这门学科。

美国学派以 Remark 在其论文《比较文学的定义和功能》中提出的概念为该学科的基础："比较文学的研究对象是超越特定国家边界的文学，文学与其他知识或观点领域之间的关系，例如艺术（即绘画、雕塑、建筑、音乐）、哲学、历史、社会科学（即政治、经济学、社会学）、自然科学、宗教等。简而言之，它是将一种文学与另

---

① Morales Ladrón, Marisol, *Breve Introducción a la Literatura Comparada* (Alcalá de Hernández: Universidad de Alcalá, 1999), p. 44.
② 所谓事实关联，是指能够找到确凿证据的作家对作家的影响或是作品对作品的影响。法国学派排斥没有任何史实联系的作家或作品之间的研究。
③ Remark, Henry, "Comparative Literature: Its Definition and Function", *Comparative Literature: Method and Perspective*, eds. Newton Phelps Stallknecht and Horst Frenz (Carbondale: Southern Illinois Press, 1961), pp. 1–57.

一种文学进行比较,并将文学与人类表达的其他领域进行比较的学科。"①

这个定义被美国比较文学的大多数学者(当然,不是所有人)所接受,毫无疑问同时也激起了美法学派之间激烈的争论。

Fokkema 发表于1982 年的文章《比较文学与新范式》指出:美国比较文学学者将注意力放在不同文化间的思想观念、主题、语言及修辞等方面进行比较研究,没有考虑到比较文学应该限于事实上的历史接触。② 但 Viktor Zirmunskij、Herbert Seidler、Dionyz Durisin o René Weller 等评论家将相同类型的研究也纳入比较文学的研究领域,他们坚持认为比较文学不应当局限于国家的界限或是语言的界限,相反,应当忽视这些界限。

和法国学派所认为的无限的资料汇编和整理相反的是,美国学派将注意力更多地放在理论上,他们致力于将比较文学向文学理论靠近。这种视角并没有排除具体资料整理的重要性,但是他们认为仅提取和比较相关的资料是不妥的,因为要得到一些特定的结论几乎不可能找到足够的资料来支撑。

虽然这两个学派在关于比较文学的概念、研究方法和研究目的上有分歧——法国学派的中心是影响研究,而美国学派则是"平行研究"③,但现实中比较文学的确呈现出超越国家界限的特征,近似跨越国家和语言的文学研究。在这门学科的研究者中,很多人秉持着这样的态度,他们不否定这两个学派中任何一方的观点,就像

---

① Remark, Henry, "Comparative Literature: Its Definition and Function", *Comparative Literature: Method and Perspective*, eds. Newton Phelps Stallknecht and Horst Frenz (Carbondale: Southern Illinois Press, 1971), p. 89.

② Fokkema, Douwe Wessel, "La Literatura Comparada y el Nuevo Paradigma", *La Literatura Comparada: Principios y Métodos*, ed. María José Vega (Madrid: Gredos, 1982), p. 107.

③ 虽然最有影响力的两个学派是上文提到的法国学派和美国学派,但在欧洲也出现了德国学派、英国学派、西班牙学派和意大利学派等其他学派,它们无疑也为该学科的发展做出了巨大贡献。

Márquez Villanueva 在《比较文学和文学理论》中所说的一样:"不必从根本上排除实证主义,而是要阻止它专门只为文学史服务,转而对文学理论提供必要的服务。因为当它没有比较文学所提供的经验对比时,它就变成了一种普遍性支配一切、掩盖一切的形而上学,当文学细节越来越重要时,才能通过它们为新诗学奠定坚实的基础。"①

Mills Gayley 曾在其发表的一篇文章中提到,被认为是比较文学第一位文献学家的 Louis Paul Betz 在 1896 年定义比较文学这门学科时从文学普遍性的角度看待民族文学,认为比较文学研究的是一个民族文学发展史和其他文明国家文学之间的关系,他还认为,如果没有比较就没有哲学,所有欧洲的文学研究都是在自身民族的基础上发展起来的。但对于文学研究来说这个观点是自相矛盾的,因为没有一个欧洲国家的文学是仅仅在自身民族基础上发展起来的。②

当然,这是关于比较文学众多定义中的一个。根据 Chaitin 的文章《差异性》,比较文学在 20 世纪初,由于其定义和界限的不确定性和不统一性总是被认为是一门处在危机中的学科。界定其研究范围需要首先界定与其相关的名词,例如国家的概念、世界的概念、世界主义的概念等。③

Laurette 在其文章《比较文学及其理论幽灵:元理论反思》中指出,关于比较文学研究对象和认识论主体的不确定性,使比较文学研究正在遭受身份和理论认同的危机。④ 此外,张隆溪在其论著《比

---

① Márquez Villanueva, Francisco, "Orígenes y Sociología del Tema Celestinesco", *Editorial Anthropos*, 1993, p. 115.
② Mills Gayley, Charles, "Qué es la Literatura Comparada", *La Literatura Comparada: Principios y Métodos*, ed. María José Vega (Madrid: Gredos, D. L. 1998), p. 16.
③ Chaitin, Gilbert, "Otredad La Literatura Comparada y la Diferencia", *La Literatura Comparada: Principios y Métodos*, ed. María José Vega (MadridL: Gredos, D. L. 1998), p. 145.
④ Laurette, Pierre, "La Literatura Comparada y Sus Fantasmas Teóricos: Reflexiones Metateóricas", *La Lliteratura Comparada: Principios y Métodos*, ed. María José Vega (Madrid: Gredos, D. L. 1998), p. 120.

较文学研究入门》中提到,在美国学派的影响下,此学科的研究对象的范围得到拓宽,但当其范围拓宽到一定程度时,大量比较文学的学者就会不自觉将精力放在其他的非文学领域了。由此,很多学者越来越坚持,比较文学已经是一门正在走向灭亡的学科了。[1]

在期刊《加拿大比较文学评论》1992 年第 19 期的序言中,Jonathan Hart 认为比较文学这门学科以一种蓬勃之势在发展中国家继续扩张,而不是在走向灭亡。[2] 谢天振在《当代中国比较文学研究文库总序》中提到,著名的英国作家和学者 Susan Bassnett 坚持认为虽然比较文学在其发源地在走下坡路,但在世界的其他地方正在蓬勃发展。[3]

由于比较文学的摇篮在欧洲,不难理解,这门学科在初期阶段致力于研究欧洲文学之间的影响或接受。由于欧洲各国地理距离较近,有诸多文化和文学上的相似性,毫无疑问它们之间存在更多的共同点。Miner 在其著作《比较诗学:关于文学理论的跨文化研究》中表现了他的忧虑:"有人提出,比较文学的研究领域应当局限在单一文学中,或是局限在某一文学及与其密切联系的其他文学当中,这在某种程度上暗指了欧洲和北美洲的文学。这些学者不仅限制了比较文学的研究领域,在实践中还将研究重点放在了欧洲现代文学,就连对中世纪文学也带着现代性的眼光去审视和研究。"[4] 他还感叹道:"为何我们的比较文学缺少东半球和南半球呢?"[5]

张隆溪在其著作《比较文学研究入门》中提到,从 20 世纪六七

---

[1] 张隆溪:《比较文学研究入门》,复旦大学出版社,2009,第 19~22 页。
[2] Hart, Jonathan, "The Ever-changing Configurations of Comparative Literature", *Canadian Review of Comparative Literature/Revue Canadienne de Littérature Comparée* 19, 1992, p. 2.
[3] 谢天振:《当代中国比较文学研究文库总序》,《中国比较文学》2011 年第 3 期,第 143 页。
[4] Miner, Earl, *Comparative Poetics: An Intercultural Essay on Theories of Literature* (Princeton: University Press, 1990), p. 20.
[5] Miner, Earl, *Comparative Poetics: An Intercultural Essay on Theories of Literature* (Princeton: University Press, 1990), p. 20.

绪 论

十年代开始,越来越多的比较文学学者不愿意将研究局限在"欧洲中心",他们认为这种局限在"欧洲中心"的比较文学研究已经陷入僵局,不可能再有新的出路了。一旦打破这个界限,就会涌现从国际视角出发的比较文学的著名研究作品。尽管这样的作品数量有限,但它们无疑向这门学科贡献了新的机会[1]。张隆溪还提到了这批创新先锋中的20世纪70年代的法国学者René Etiemble,以及与我们同时期的杰出的西班牙学者Guillén。他们推进了对中国、日本、印度文学的研究,以及对在国际上知名度和关注度较低的作品的研究。[2]

在这里需要指出比较文学在东亚地区,特别是在中国的蓬勃发展。在著名学者Guillén的著作《单一与多样:比较文学导论》中我们可以找到在1971年举办的比较文学国际会议的资料,其中提到了中西对比研究:

> 1971年,亚洲举行的第一届国际比较文学大会在中国台湾召开。与在北美和欧洲举行的其他学术讨论会一样,这届大会不仅提供了数据,还贡献了新的方法,此次会议还特别提到了东西方研究。从理论的角度来看,那些多年来致力于东西方比较研究的先驱可谓是大胆的。就目前而言,我们应注意到对东方文学研究的开放性,不应局限于翻译它们或专门研究它们,而是要将它们整合成一类专门的知识,这才是真正意义上的质的飞跃。来自不同的文明的东西方学者应当共同考察欧美文献和亚非文献(阿拉伯世界、印度、中国和日本的文献)[3]。

---

[1] 张隆溪:《比较文学研究入门》,复旦大学出版社,2009,第1页。
[2] 张隆溪:《比较文学研究入门》,复旦大学出版社,2009,第27页。
[3] Guillén, Claudio, *Entre lo Uno y lo Diverso: Introducción a la Literatura Comparada* (Barcelona: Tusquets, 2005), pp. 39-40.

他继续评论道:"直到现在,学界对中国和日本的关注一直很突出,尤其是对中国文学。中国文学如此古老,如此丰富,这么多世纪以来几乎完全独立于西方文学而发展。"①

中西比较的反对者从两方面表达了对中西比较文学研究者所做研究有效性的质疑:其一,这些文学作品之间由于缺少接触和联系,其比较研究缺少可靠性,也就是说,缺少法国学派所一直强调的事实联系(rapports de fait);其二,中西文学传统的本质是完全不同的,他们认为这种研究会陷入"理想主义"或"乌托邦"。②

对于第一个论点,中西文学之间虽然缺少直接接触或联系,但这并不意味着它们之间是完全隔离和互相孤立的。Vico 对此表达了以下观点:"在人类制度的本质中必然存在一种所有民族共有的精神语言,这种语言统一地掌握人类社会生活中可行事物的实质,并以尽可能多的不同修改来表达这些事物,就像这些事物可能具有不同的方面一样。"③

也就是说,虽然中西文化各不相同,它们的形式也各不相同,但在人类脑海中会存在一种抽象的共同语言,这种语言超越了不同的文化,使得不同的人之间能够互相沟通和理解。张隆溪在其著作《比较文学研究入门》中举了一个例子来证明中国文学和欧洲文学之间可能存在的联系:"当 Goethe 阅读小说《好逑传》和《玉娇梨》的译本时,他认为和欧洲文学作品相比,中国的文学作品在刻画人物时,将注意力更多地放在情感和道德的把控上。但同时他在内心深处感受到他能够和这些作品进行沟通,因为他意识到中国文学和德国文学之间的隐性联系,两者都包含了人类共

---

① Guillén, Claudio, *Entre lo Uno y lo Diverso: Introducción a la Literatura Comparada* (Barcelona: Tusquets, 2005), p. 40.
② 张隆溪:《比较文学研究入门》,复旦大学出版社,2009,第 42 页。
③ Vico, Giambattista, *The New Science of Giambattista Vico* (England: Penguin Group, 1744), p. 67.

性的部分。"①

Étiemble 认为没有实际联系和接触的作品之间的比较是比较文学研究一个很有意思的倾向，也许是最有希望的。② Guillén 进一步解释说："尽管缺少起源上的联系，却互相影响，这正是引发一系列非常有趣的实践和理论困惑的原因。"③ Apter 谈到世界诗学时，和这位西班牙比较文学学者持有相似的观点，"似乎诗歌与诗歌作品间看似越不可进行比较，越能证明诗歌的世界性和普遍性"④。

Palumbo-Liu 在其文章《话语的乌托邦：论中国比较文学的不可行》中认为，西方文学和中国文学，特别是和中国封建时期文学的比较是不可能的，是乌托邦。他坚持认为，处理 "the radical alterity of Chinese cultural objects" 是不可能的。⑤

对此张隆溪说道，为了得到 Palumbo-Liu 这样的结论，首先应当深刻认识如此丰富和复杂的中国传统文化和西方文化；而那些坚持认为这两者之间不能够进行比较的人，很明显都不具备能够对此进行评判的足够的知识。⑥

Morales Ladrón 言及在 Pauline Yu 的文章《异化效应：比较文学与中国传统》中可以找到一些和张隆溪看法十分相似的观点："任何试图从比较的角度研究中国文学的人都会面临不小的挫折。许多西方文学学者可能会对谈论亚洲文学的人给予一些关注，然

---

① 张隆溪：《比较文学研究入门》，复旦大学出版社，2009，第 4~5 页。
② Étiemble, René, *Comparaison N'est Pas Raison* (París: Gallimard, 1963), p. 65.
③ Guillén, Claudio, *Entre lo Uno y lo Diverso: Introducción a la Literatura Comparada* (Barcelona: Tusquets, 2005), p. 40.
④ Apter, Emily, "Universal Poetics and Postcolonial Comparatism", *Comparative Literature in an Age of Globolization*, eds. Saussy, Baltimore and Johns Hopkins (University Press, 2006), p. 55.
⑤ Palumbo-Liu, David, "The Utopias of Discourse: On the Impossibility of Chinese Comparative Literature", *Chinese Literature: Essays, Articles, Reviews* 14, 1992, p. 165.
⑥ 张隆溪：《比较文学研究入门》，复旦大学出版社，2009，第 44 页。

后迅速从一种居高临下的宽容跳到一种过于明显的不耐烦,急于回到他们所认为的真正重要的事情上。他们的借口是,中西文化和语言的差异是如此之大,以至于任何严肃的比较研究都是徒劳或毫无意义的。"①

根据 Remark 所说,中西方研究符合比较文学研究的研究目的。"我们将比较文学理解成不仅仅是一个建立在固定规则上的独立的内容,而且认为其更像是一门极其必要的辅助学科,作为地方文学片段之间的纽带,作为人类创造领域之间的桥梁,这些领域在物理上是分离的,但内在有着千丝万缕的联系。尽管在比较文学的理论上存在分歧,但学者对其研究目的看法一致。这使得研究人员、教师、学生和读者对文学的整体和片段都能有更好的理解。"②

王宁认为,将两个学派之间现存的争论放在一边,中西研究应当尝试在东方和西方之间寻找共同点,以期找出他们共同的衡量标准③;Guillén 认为,也应当研究它们之间的不同点,目的是观察民族文学的特性,正因为这些特性的存在,如果我们不从另一个角度去观察和思考的话,我们就不能对其进行深刻的理解。④ 因此,就像张隆溪所说,比较文学将创建新领域的活力并打开新局面,同时可以促进不同文化之间的沟通和了解,可以取他人之长补己之短。这有助于突破地域偏见和提出新的问题。⑤

在中国,比较文学的概念直到 20 世纪初才建立起来。在 20 世

---

① Morales Ladrón, Marisol, *Breve Introducción a la Literatura Comparada* (Alcalá de Hernández: Universidad de Alcalá, 1999), pp. 87 – 88.
② Remark, Henry, "Comparative Literature: Its Definition and Function", *Comparative Literature: Method and Perspective*, eds. Newton Phelps Stallknecht and Horst Frenz (Carbondale: Southern Illinois Press, 1971), p. 93.
③ 王宁:《比较文学:理论思考与文学阐释》,复旦大学出版社,2011,第 851 页。
④ Guillén, Claudio, *Entre lo Uno y lo Diverso: Introducción a la Literatura Comparada* (Barcelona: Tusquets, 2005), pp. 40 – 41.
⑤ 张隆溪:《从比较文学到世界文学》,复旦大学出版社,2012,第 19~20 页。

纪20年代,如胡适、梁启超、许地山、陈寅恪等大学者,在研究中国文学和印度文学的关系时,介绍了比较文学经验主义的研究方法,这也是中国历史上首次将本国文学和外国文学关联起来进行研究。同时,在中西比较文学方面,我们可以找到不少著作,如周作人的《文学上的俄国与中国》。① 茅盾先生的著作《茅盾讲中国神话》涉及了中国神话与外国神话的异同之处。自从 Paul Van Tieghen 的作品《比较文学理论》在20世纪30年代被戴望舒翻译成中文之后,至20世纪末,中国翻译、编辑和出版了数十部与比较文学相关的作品,同时,也对数百篇外国文章进行了文学评论。

在20世纪70年代初,比较文学研究在中国开始初成体系,特别是在台湾和香港发展较快。从20世纪80年代开始至今,我国的比较文学蓬勃发展,直到21世纪依然保持着活力。我们可以看到各个国家举办的东西比较研究的国际会议以及各个国家的大学建立的中西比较的研究中心。② 以上这些示例似乎都在反驳这门学科即将走向陨灭的预言。

但同时,中西比较研究显然是很有难度的。Heine 在其著作《德国宗教史哲学史》中指出了将法国文化和德国文化做比较时遇到的难点:"法国人近来相信,他们可以通过了解我们的文学作品来了解德国。但在这方面,他们不过是使自己从完全无知的状态转变为一种肤浅的认知状态。事实上,如果他们不知道德国宗教和哲学的意义,这些文学作品对他们来说就如沉默的花朵,整个德国思想对他们来说就会是一个复杂的谜题。"③

---

① 周作人先生的《文学上的俄国与中国》一文系其1920年两次演讲的整理稿,最先发表于《晨报·副刊》(1920年11月15日至16日,当时尚未独立发行),1921年又在《新青年》(第8卷第5号,1921年1月1日)刊出,后被转录在《小说月报》第12卷号外《俄国文学研究》中,被视为中俄文学比较研究开山之作。
② 张隆溪:《比较文学研究入门》,复旦大学出版社,2009,第40页。
③ Heine, Heinrich, *On the History of Religion and Philosophy in Germany and Other Writings* (New York: Cambridge University Press, 2007), p.9.

如果说在法国和德国两个在文化上相似之处较多的国家之间，研究者在没有相应的语言、宗教、历史、哲学基础知识的情况下，都体悟出了难以相互理解的问题，我们可以想象东方和西方之间互相理解和交流所面临的巨大挑战。可以肯定的是，文学和宗教、哲学、历史及社会文化环境紧密相连，因此研究一个国家的文学如果不将其与上述几个方面联系起来，便会妨碍对文学的正确解读。用张隆溪的话说，没有这些元素文学只会是一朵沉默的花，并不能传递出任何的思想和感情。①

张隆溪表现出了对中国比较文学发展的几点担忧。据他所说，中国比较文学学者应当首先具备中国文学的素养，这当然就包含了文言文的素养，同时还需要掌握除英语之外的一门或多门外语。具备以上这些素养才有欣赏中国和外国文学作品的能力。但现实情况是，中国大多数中文系的学生普遍缺少足够的外语能力来很好地理解外文原著，而很多学习外语的学生并不具备优秀的中文素养，甚至读不懂文言文。② 同时，随着西方文学批评理论的发展和传播，许多中国学者最终对西方文学传统知识的理解超过了对本国文学的理解，因此当做比较研究时就会不自觉地陷入欧洲中心主义的偏见中去。③

综上，我们得出这样的结论，为了实现东西比较，首先应当掌握两国语言，这样才能较好地认识和比较两国文化，之后才能运用合适的研究方法和技巧。而关于比较文学的研究方法，René Wellek 指出"不能局限于单一的方法——描述、解释、叙述、翻译和评价，而是要使用除了比较之外的多种手法来进行研究"④。

---

① 张隆溪：《从比较文学到世界文学》，复旦大学出版社，2012，第70页。
② 张隆溪：《比较文学研究入门》，复旦大学出版社，2009，第65~66页。
③ 张隆溪：《从比较文学到世界文学》，复旦大学出版社，2012，第43~44页。
④ 转引自 Fokkema, Douwe Wessel, "La Literatura Comparada y el Nuevo Paradigma", *La Literatura Comparada: Principios y Métodos*, ed. María José Vega (Madrid: Gredos, 1998), p. 107.

本书致力于比较《西厢记》和《塞莱斯蒂娜》，但这两部作品之间没有直接的联系，那么在这里我们就主要运用平行比较的方法来进行研究。在研究过程中，寻找两部作品的异同点，并且考虑到了一些必要的基础元素。

第一章

《西厢记》和《塞莱斯蒂娜》简介

第一节 文学和现实的关系

Gnoli 在其著作中提到了文学和现实之间的关系，并指出对文学和现实之间复杂关系的研究始于亚里士多德的《诗学》，在这本著作中伟大的哲学家亚里士多德给 mímesis（艺术对现实的模仿）进行了经典的定义。从这之后，mímesis 这个概念，在文学和文学理论的历史长河中出现了无数的近义词，例如真实性、现实主义、描述等。直到今天它还是我们进行文学研究的基本工具，只有在此概念的基础上，我们才得以解释现实和文艺作品之间的关系。① Abrams 持有相同的观点，② 根据《诗学》第一章，他确信 mímesis 的原则是所有艺术的基础，当然这些艺术包含了文学。③

将俄罗斯的形式主义引入欧洲学界的翻译家 Todorov 解释道：

---

① Gnoli, R., "The Concept of Mimesis in the Asiatic East", *Encyclopedia of World Art* 10, 1965, pp. 118 – 119.
② Abrams, Meyer Howard, *The Mirror and the Lamp. Romantic Theory and the Critica Tradition* (Nueva York: Norton & Co., 1953), pp. 10 – 21.
③ Abrams, Meyer Howard, *The Mirror and the Lamp. Romantic Theory and the Critica Tradition* (Nueva York: Norton & Co., 1953), p. 25.

第一章 《西厢记》和《塞莱斯蒂娜》简介

"艺术是一种模仿,根据所使用的材料而有所不同;文学是对语言的模仿,就像画作是对图像的模仿一样。"[1] Saganogo 也认为,文学是一种模仿,其媒介是语言。因为语言是人类用来交流的工具,这就意味着文学是社会的产物。因为文学作为一门具有表达性质的学科,它和语言的代表性特点紧密相关,它的用途也毫无疑问包含了对现实的映射,不论是真实存在的现实还是作者想象的世界。[2]

关于文学作品与现实的关系,Valdivieso 做了如下评论:"作品说的并不是我们的语言,而是它自己的语言,但总是和现实相关的。"[3] 然而,就像 De Miguel Martínez 所说,在文学研究中将文学作品当成对现实的直接、完全的反映,这种现象也很常见,这容易使我们忽视生活的真实性。[4]

Todorov 认为探究一部文学作品的"真实性"是不合理的,因为我们不能将它看作一部非文学作品来进行阅读。[5] Villanueva 在引述 Leibnitz 的观点时说道,想象的世界是对形而上学的可能世界的模仿,但往往缺少更新,因为文学艺术的作品是来源于作者个人意识的创作行为。[6] 因此,就像 Levin 所说,文学,就像 Pablo Picasso 形容所有艺术时所说的那样,"是一个谎言,这个谎言使我们落入看似真实的世界中"[7],Villanueva 总结道,因为这是一个"事实,这个

---

[1] Todorov, Tzvetan, *Littérature et Signification* (Paris: Larousse, 1967), p. 354.

[2] Saganogo, Brahiman, "Realidad y Ficción: Literatura y Sociedad", *Estudios Sociales Nueva Época* 1, 2007, pp. 55–59.

[3] Valdivieso, Jaime, *Realidad y Ficción en Latinoamérica* (México: Joaquín Mortiz, 1975), pp. 22–23.

[4] De Miguel Martínez, Emilio, "Celestina en la Sociedad de Fines del XV: Protagonista, Testigo, Juez, Víctima", *El Mundo Social y Cultural de La Celestina*, eds. Ignacio Arellano and Jesús M. Usunáriz (Navarra: Universidad de Navarra, 2001), p. 254.

[5] Todorov, Tzvetan, *Littérature et Signification* (Paris: Larousse, 1967), p. 301.

[6] Villanueva, Darío, *Teorías del Realismo Literario* (Madrid: Biblioteca Nueva D. L., 2004), p. 80.

[7] Levin, Harry, *El Realismo Francés (Stendhal, Balzac, Flaubert, Zola, Proust)* (Barcelona: Laia, 1974), p. 39.

事实从根本上与接受者紧密相连,而不是和创造者或者作品本身,或是其他痛楚的、动人的、讽刺的东西紧密相连,这些东西只是围绕着文学的轨道在运转而已"①。

虽然文学艺术的作品在现实面前享有"自主权",我们却不能忽视它和现实之间的显著关联,就像 Villanueva 所评论的那样:"如果没有这些关联,那么文学就不会扮演社会重要学科这样的角色,也必定会失去促使各个年代的读者接近它的魅力。"②也如 Wellek 所说,"文学确实和现实相关,描述的是关于世界的一些事情,使我们看到和认识外部世界以及我们自己和他人的心灵"③。

总而言之,文学作品,创造于特定的历史时期和社会背景,在成为文学之前是来源于生活的一种材料,总是带有社会文化印记,也反映了特定的时代和文化的特点。虽然文学没有直接记录现实,但它可以帮助我们更好地理解现实。④

的确,关于文学和现实之间关系的争论是无止境的,但是由于本书的目的是分析和比较《西厢记》和《塞莱斯蒂娜》,笔者决定省去对文学现实主义概念的分析,因为这个概念太过复杂,我们从亚里士多德 mímesis 的概念着眼,将文学与生活的关系做一个简短的综述。

以前文的理论为基础,我们可以观察到《西厢记》和《塞莱斯蒂娜》都带有各自的历史痕迹。对于《塞莱斯蒂娜》,Quesada 认为通过"把这部作品中的内容与现今我们所知道的卡斯蒂亚时期的社

---

① Villanueva, Darío, *Teorías del Realismo Literario* (Madrid: Biblioteca Nueva D. L., 2004), p. 203.
② Villanueva, Darío, *Teorías del Realismo Literario* (Madrid: Biblioteca Nueva D. L., 2004), p. 40.
③ Wellek, René, "Literature, Ficction, and Literariness", *The Attack on Literature* (Brigton: The Harverster Press, 1982), p. 30.
④ Kermode, Frank, *The Sense of an Ending. Studies in the Theory of Fiction* (London: Oxford University Press, 1972), pp. 54–55.

会状况进行仔细比较核对，我们得到了喜人的结果"①。Maravall 在其著作《塞莱斯蒂娜的世界》中多次提及"罗哈斯用黑色墨水所构筑的这幅社会画卷与那个年代在新的外表下发生的传统道德意识的混乱相符合"②。而在《西厢记》中，其历史背景暂定在唐德宗贞元时期，但实际上到作者所处的元朝，社会已经经历了几个世纪的发展和变革。通过观察对社会环境总体情况和人物行为举止的描写，我们除了能够看到王实甫所处时期的时代元素外，还能发现之前朝代的一些元素。

但是这两部作品的作者并没有描绘当时社会的一个完整的全景图，而是专注于描写上层社会和与之相对而言的底层社会之间的特殊关系。Quesada 认为，"说实话，如果有人想通过阅读《塞莱斯蒂娜》来想象 1500 年卡斯蒂亚社会是什么样的，就算有很强大的想象和推理能力，能获得的结果也是有限的"③。于《西厢记》而言也是如此，作品并未描绘官宦人家、儒生、寺庙中的和尚以及以红娘为代表的社会底层群众的日常生活。尽管有这些限制，这两部作品还是可以作为研究历史元素的参考。

如果我们认为一个时代的文学作品可以作为研究它们社会文化特点和历史发展轨迹的参考，那么反之，认识一部作品产生时的社会背景也可以成为我们更好地解读这部作品的手段。因此，为了更好地进行《西厢记》和《塞莱斯蒂娜》之间的比较研究，我们认为有必要对两部作品成书时期的社会历史和地理背景做一个简要概括，并探究它们之间的相似点。

---

① Quesada, Miguel-Ángel Ladero, "Aristócratas y Marginales: Aspectos de la Sociedad Castellana de *La Celestina*", *Espacio, Tiempo y Forma, Serie Ⅲ*, ed. Universidad Nacional de Educación a Distancia, UNED (Facultad de Geografía e Historia, 1990), p. 97.
② Maravall, José M., *El Mundo Social de "La Celestina"* (Madrid: Gredos, 1972), p. 112.
③ Quesada, Miguel-Ángel Ladero, "Aristócratas y Marginales: Aspectos de la Sociedad Castellana de *La Celestina*", *Espacio, Tiempo y Forma, Serie Ⅲ*, ed. Universidad Nacional de Educación a Distancia, UNED (Facultad de Geografía e Historia, 1990), p. 98.

第二节　作品简介

《西厢记》和《塞莱斯蒂娜》诞生于它们各自文化的社会历史和文学思潮中，在文章结构和风格上颇具特色，故事情节均围绕两个年轻人的爱情展开。《西厢记》讲述了才子佳人的爱情故事，两个年轻人秘密维持着爱情，在还未取得父母之命媒妁之言前就私订终身，且通过丫鬟红娘的帮助，两人最终在男主人公状元及第后顺利成婚。和《西厢记》相似，《塞莱斯蒂娜》讲述了西方文学传统中典型的贵族公子和贵族小姐之间的爱情故事。塞莱斯蒂娜则扮演着牵线搭桥之人的角色。她的任务明面上是帮助男主人公传达对女主人公的爱慕和思念，实际上是向男主人公提供能够和女主人公私订终身的机会。

《西厢记》和《塞莱斯蒂娜》的情节都围绕着恋人爱情的发展而展开。中间人的介入确保了情节的发展。这两部作品都没有冗余的铺垫，直接叙事，在第一个章节就展示了男主人公对女主人公的热情，基于此以令人眩晕的方式快速展开叙述情节。两部作品爱情故事的架构都很简单，但剧情都没有立刻朝着最终结果发展。在男主人公终于得以和女主人公约会之后，两部作品又依靠其他人物间的一系列对话（郑夫人和红娘，红娘和莺莺的表哥郑恒；阿雷乌莎和森图里奥）来推动情节的发展，而不急于结束故事。

虽然这两部作品在情节上有很多的相似性，但它们的结局是截然不同的：《西厢记》以张生状元及第和莺莺完婚为结局；而《塞莱斯蒂娜》是一个悲剧的结局，主要人物都最终走向死亡。但是在《西厢记》故事的源头《莺莺传》中，张生在高中状元后，果断抛弃了莺莺，转而和京城的一个官宦家女儿成婚。以王国维、吴梅、

第一章 《西厢记》和《塞莱斯蒂娜》简介

鲁迅等为代表的评论家,接受了这样的看法:《西厢记》从第四本第三折或第四折开始,执笔者是关汉卿①而非王实甫。也就是说,《西厢记》的圆满结局是被另一个作者书写的。不论如何,如果我们去看它故事的源头《莺莺传》的结局,虽然没有人物去世,但其悲剧程度也并不亚于《塞莱斯蒂娜》,因为其结局与故事的前半部分形成了强烈的反差,这样的结果对于莺莺而言是非常凄惨的,极具讽刺意味。

通过前文的分析我们可以看出,文学总是带有文化和社会环境的印记,因此为了更好地理解这两部作品,我们应当尽量靠近这两位作者所处的生活环境,从社会文化的视角去分析作品。但除此之外,我们还需要辨析关于这两部作品作者的争议性问题,以及他们撰写各自作品的真正目的。

就像前文所提到的一样,有人推测《西厢记》的最后一本是出自关汉卿之手,因为我们不难观察到其与前面几本在写作风格和观念思想上的区别。出于同样的原因,陈中凡②等评论家推测,《西厢记》有可能是由多个作者撰写而成的;③ 或者按照另一种假设,《西厢记》的确是出自同一作者之手,但是在他生命的不同时期完成的。

针对《塞莱斯蒂娜》也有相似争论,它的主题表明其经过了三个不同的创作时期,再加上不同的版本以及罗哈斯对于作者问题含糊其词,人们对这一方面有诸多推测。Crosas 说道,Botta 和 Emilio de Miguel 等 "唯一作者论" 的拥护者坚持认为虽然作品呈现出明显

---

① 还有一种观点认为,前四本是关汉卿写的,最后一本才是王实甫执笔的。
② 陈中凡先生在 20 世纪 60 年代和 70 年代陆续发表了的三篇关于《西厢记》作者的文章。1961 年,他支持双重作者理论的观点,解释说原著中应该是所有情节都在一本里发展,其余的章节可能是由其他作者添加进去的。
③ 这种现象在元代戏剧中并不罕见。在许多其他作品中经常出现有两个或两个以上作者,抑或是不同作者签名的不同版本。这是因为为了赢得观众的喜爱,剧作家在那个时期,经常重印以前的作品,并经常因作品交付的时间限制与他人进行合著。

的阶段性创作特征，但它的整体是连续的、和谐一致的。①

由此我们得到的结论是，在《西厢记》和《塞莱斯蒂娜》的作者问题上，上述理论均有可能被证实。由于本书的研究焦点并不在作者问题上，为了方便讨论，下文我们就将《西厢记》称为王实甫的作品，而将《塞莱斯蒂娜》称为罗哈斯的作品。

两部作品作者的意图是有很大区别的，甚至可以说是完全相反的。

王实甫在作品结尾用一句话清晰地表达了美好的愿望"永老无别离，万古常完聚，愿普天下有情的都成了眷属"。这样的爱情在当时社会的伦理道德标准下是不被认可的，而王实甫对它的肯定则被大部分评论家理解成在面对封建社会的协议婚姻关系时对于真爱的捍卫，但同样也有学者认为，这样的解读太过夸张了，作者仅仅是用一个浪漫优雅的句子来结束这个故事而已。

而在《塞莱斯蒂娜》中，罗哈斯给了故事一个悲剧式的结尾，用这个故事作为儆戒。在作品的前言《给友人的一封信》中，以及在作品的副标题里，他清楚地阐明这部悲喜剧写作目的是警醒"许许多多风流倜傥、坠入爱河的少男少女们"注意爱情的危险以及牵线者的谎言和仆人的虚伪。这些都让《塞莱斯蒂娜》看起来像是一部"惩戒"和"警醒"的书。②但是，任何想要在它各式各样的格言警句中寻找到连贯的道德系统的努力都是徒劳的③，因为我们发现作品中的道德规则都是从那些如塞莱斯蒂娜和卡利斯托的仆人们等社会底层人物的嘴里说出的，而这类戏谑和讽刺在整个故事中都很

---

① Crosas, Francisco, "¿Es una Obra Maestra? Lectura *Ingenua* de *La Celestina*", *El Mundo Social y Cultural de La Celestina*, eds. Ignacio Arellano and Jesús M. Usunárizb（Navarra：Universidad de Navarra, 2001）, pp. 102 – 103.

② Maravall, José M., *El Mundo Social de "La Celestina"*（Madrid：Gredos, 1972）, p. 13.

③ Russell, Peter Edward, "Discordia Universal. 'La Celestina' como 'Floresta de Philósophos'", *Ínsula* 497, 1988, p. 3.

常见。① Iser 从另一个角度来看待这部作品，他说："所谓文本的意图其实是在读者的想象中实现的。"② 也就像 Raffa 所说，是我们读者本身，在某种程度上，赋予了作品所谓的"作者用意"，也是我们自己在最后一刻给予了作品某种意义。③

虽然存在上述争论，但我们仍可以总结，像《西厢记》和《塞莱斯蒂娜》这类颇具文采的著作，解释作者的创作意图也许是徒劳的，也许作者想传递的仅仅是他对于语言的掌控力、他的文采和博学，通过它们来揭示爱情的美丽和人类的虚伪与矛盾。

一 文学价值

《西厢记》被认为是中国四大古典戏剧之一，与汤显祖④的《牡丹亭》，孔尚任的《桃花扇》，洪升的《长生殿》齐名。在大约 1330 年成书的《录鬼簿》的挽词《凌波仙》，提及了王实甫的字和出生地，贾仲明⑤大方地称赞其戏剧作品："作词章，风韵美，士林中等辈伏低。新杂剧，旧传奇，《西厢记》天下夺魁。"⑥ 虽然如此，以金圣叹为代表的明清评论家认为《西厢记》存在明显的瑕疵，特别

---

① Pérez Priego, "El Conjuro de Celestina", *El Mundo Como Contienda. Estudios Sobre la Celestina*, ed. P. Carrasco (Málaga: Universidad de Málaga, 2000), pp. 77 - 88.
② Iser, Wolfgang, "The Indeterminacy of the Text: A Critical Reply", *Comparative Criticism. A Yearbook 2* (London: Cambridge University Press, 1975), p. 34.
③ Raffa, Piero, *Vanguardia y Realismo* (Barcelona: Ediciones de Cultura Popular, 1968), p. 37.
④ 在汤显祖的戏剧作品中，"梦"的意象起着至关重要的作用。他最具代表性的作品就是《牡丹亭》，被许多评论家认为是中国古典戏剧的巅峰之作。在《牡丹亭》之前，《西厢记》无疑是中国古典戏剧的巅峰之作。
⑤ 元朝晚期和明朝早期的剧作家。他为 82 位已故剧作家创作诗词，其中就有褒扬王实甫及其作品的诗作。贾仲明的文学评论常常在后世的戏剧研究中被用作参考。
⑥ 明代贾仲明为钟嗣成《录鬼簿》一书补撰的曲家悼词中，有一首凭吊王实甫的《凌波仙》：风月营密匝匝列旌旗。莺花寨明飏飏排剑戟。翠红乡雄纠纠施谋智。作词章，风韵美，士林中等辈伏低。新杂剧，旧传奇，《西厢记》天下夺魁。这就是"《西厢记》天下夺魁"的由来。

是在最后一本"张君瑞庆团圆杂剧"中，瑕疵尤为明显，但没有人能够否认它在元朝戏剧中的不可替代的地位以及它对同时代以及后世作品的影响。

《塞莱斯蒂娜》从17世纪开始就被认为是仅次于《堂吉诃德》的西班牙语著作。类似的评论我们可以在 Menéndez Pelayo 发表于1941年的《塞莱斯蒂娜（研究）》中看到，作者称《塞莱斯蒂娜》"在我们看来，这是所有民族文学所能呈现出的最伟大、最非凡的作品，也许在我们的土地上创作的作品中，它应该排在第二位"①。毫无疑问，《塞莱斯蒂娜》深刻影响了后世的西班牙古典文学。Márquez Villanueva 如此评价其对后世作品的贡献："塞莱斯廷传统将在很长一段时间内扎根我们的文学。"②

这两部作品也都惊艳了与其创作者同时代的作家，被许多人竞相模仿和改编：明朝出现了崔时佩的《南调西厢记》和李日华的《南西厢记》，陆采的《西厢记》③，以及被周公鲁和黄粹吾改编的《锦西厢》。而在西班牙，单16世纪就出现了如 Feliciano de Silva 的《塞莱斯蒂娜第二部》（1534）、Gaspar Gómez de Toledo 的《悲喜剧塞莱斯蒂娜第三部》（1539）、Sancho de Muñó 的《拉山德和罗塞利娅的悲喜剧》（1542）等作品。

王实甫和罗哈斯所创造的文学主题、文学风格，特别是人物特点，也广泛地影响了后世作品，其中最为人熟知的有《绉梅香》、《金瓶梅》和《红楼梦》，以及 Francisco Delicad 的 *La lozana andaluza*，Lope de Vega 的 *La Dorotea*，Juan Rodríguez Florián 的 *Comedia Florinea*，Alonso de Villegas 的 *Comedia Selvagia* 等。

---

① Menéndez Pelayo, Marcelino, *La Celestina [Estudio]* (Alicante: Biblioteca Virtual Miguel de Cervantes, 2003), p. 248.
② Márquez Villanueva, Francisco, *Orígenes y Sociología del Tema Celestinesco* (Editorial Anthropos, 1993), p. 177.
③ 此版本的《西厢记》中被改变的主要是文学风格，而非故事情节。

第一章　《西厢记》和《塞莱斯蒂娜》简介

除了对本国文学产生影响之外,这两部作品在海外文学中也有很大影响力。在意大利,《塞莱斯蒂娜》从16世纪初开始产生了广泛的影响①。此外,在葡萄牙文学中也能找到《塞莱斯蒂娜》的痕迹,例如 Jorge Ferreira de Vasconcelos 的著作 *Comedia Eufrosina*;在14世纪高丽恭愍王时期创作的《春香传》中也能看到《西厢记》的痕迹。

二　严苛的文学审查

虽然这两部作品有很大的文学价值,但它们还是长期遭受了负面的评价甚至到了被禁的地步。明朝时期和16世纪的西班牙开始回荡着保守派和伦理学者的声音,他们呼吁禁止这类文学作品,主要原因就是他们认为这些书籍是淫秽的。

Relinque Eleta 在她的译著集《三部中国戏剧》的前言中用这段话清晰地概括了《西厢记》几个世纪以来的处境:"虽然不是所有的戏剧作品都被如此侮辱和指责,但同样不是所有戏剧作品都能享受来自大众如此隐蔽和热烈的喜爱,《西厢记》在儒学者眼中,应该说在为官的儒学者眼中,虽然是一部淫秽的书籍,但一直被看作如今中国所认为的经典戏剧作品的代表。"②

明朝统治阶级指出,《西厢记》和元朝很多其他戏剧作品一样,属于淫秽的读物,因此,禁止在书店售卖,同时禁止优伶演绎该剧。清朝的皇帝则认为这部作品会引导年轻书生淫荡好色,因此应当被销毁,乾隆皇帝为了禁止这本书甚至颁布了一道圣旨。

---

① Vian Herrero, Ana, "El Legado de *La Celestina* en el Aretino Español: FernánXuárez y su Colloquio de las Damas", *El Mundo Social y Cultural de La Celestina*, eds. Ignacio Arellano and Jesús M. Usunáriz (Navarra: Universidad de Navarra, 2001), p. 323.

② Relinque Eleta, Alicia, *Tres Dramas Chinos* (Madrid: Editorial Gredos, S. A., 2002), p. 7.

同样的事情也发生在《塞莱斯蒂娜》身上。它被归为不适合在年轻人手中流传的一类作品。15世纪很多《塞莱斯蒂娜》的诽谤者强调普通读者没有能力以正确的方式来阅读这部作品，他们认为年轻人很容易受书中情爱的话语和生动的淫荡场景的描写影响。因此修士Antonio de Guevara愤慨地认为年轻人会因它误入歧途。Alarcón修士用以下的言论证明它应该被禁：

> 这本书是淫荡的，是一部涉及肉体的关于爱的作品。这类作品危害极大，因为我们每个人心里都有两种截然相反的倾向，就是使徒所说的：肉体与圣灵合而为一，圣灵与肉体合而为一。与此同时，没有人能爱和屈服于他不知道的东西。他对自己所倾向的东西知道得越多，就越有所倾向。因此，我们越是接近一些内在行为的欲望，我们就越倾向于了解并践行它们。因为，这些书所传达的信息就倾向于上述罪恶。还有什么比这样做更愚蠢的呢？因为所有被定罪的人，都是因没有能克制自己恶的倾向，尤其是肉体上的恶。因为凡得救的人，总要竭力寻求帮助的，就是他肉体的恶倾向可以除去，可以抑制，可以减少。啊，我们还寻求机会唤醒它、点燃它、增强它，这是多么疯狂啊！这些书对当前的记忆和这些邪恶行为都做了什么。读这些书的人除了把刀插进去，用自己的双手杀死自己，还能做什么呢？……这些书中，所有的内容，无论是散文、诗歌还是韵律，都是关于淫荡的事情。①

除了认为它对年轻男女的行为有害之外，这些卫道士对其持以负面评论的主要原因是《西厢记》中有反统治阶级的思想，而《塞

---

① Alarcón, Fray Luis, *Camino del Cielo. Y de la Maldad y Ceguedad del Mundo* (Barcelona: edición y prólogo de Ángel Custodio Vega, 1959), pp. 88 – 89.

第一章 《西厢记》和《塞莱斯蒂娜》简介

莱斯蒂娜》有着亵渎上帝的特征。

当权者认为《西厢记》不仅仅对文学产生重大的影响，还影响着民众的思想，因此它被禁的部分原因是当权者害怕被统治阶级受这本书的影响会质疑社会道德规范，而这些规范是组成国家基石支柱的重要部分。明清时期在理学的思想统治下，《西厢记》的故事被认为是不道德的，因为张生和莺莺之间的浪漫关系触犯了当时的社会规则，因此它在明清两个朝代始终被认为是负面读物的代表，最后在清朝成为禁书。

而对于《塞莱斯蒂娜》，很多道德家和宗教法庭法官将其归于亵渎上帝的文学。de León 修士在 *Apología de las Obras de Santa Teresa de Jesús*（1589）中，这样来评价书中牵线搭桥者的形象："把被魔鬼愚弄的人从这些书中带出来。你要清楚地看到这一点：因为如果你以上帝的精神行动，你首先就会谴责《塞莱斯蒂娜》这本书，以及成千上万充斥着虚荣和淫荡的散文和作品，这些作品每时每刻都在折磨着纯洁的灵魂。"①

事实上，虽然不断有人要求立法禁止这类文学作品，但这种请求在最初并没有以这些卫道士所期望的形式兑现：不论是在中国的明朝还是西班牙的黄金世纪，虽说这两部作品都进入了各自国家的禁书名单，但它们仍然在各个社会阶层中流传。

《西厢记》在明清时期的各种版本多达 160 余种，它的续写和改编版本也有 33 种，还有和这个故事相关的许多非官方版本。②《西厢记》正式被禁始于清朝，尽管被禁，它的影响力仍然不容小觑。例如在被认为是中国古典小说的巅峰之作的《红楼梦》中，男主人公贾宝玉和女主人公林黛玉、薛宝钗等，虽然是官宦人家的子女，却

---

① de León, Luis, *Apología de las Obras de Santa Teresa de Jesús*（Madrid: Editorial Católica, BAC, 1944）, p. 1363.
② 黄季鸿：《〈西厢记〉研究史（元明卷）》，中华书局，2013，第 3 页。

也知道并且读过这部作品。

而对于《塞莱斯蒂娜》,事实上直到 1630 年其一直不属于禁书。① 经过道德家和宗教人员向当权者和教会长时间地煽动和唆使,最终《塞莱斯蒂娜》于 1632 年出现在禁书名单中,这本书及与之类似的书籍被禁止在民间传播。刚开始是书中的几个章节被禁,最后在 18 世纪宗教法庭决定全面禁止阅读和传播《塞莱斯蒂娜》。②

总而言之,我们可以说《西厢记》和《塞莱斯蒂娜》,虽然遭受了长期的负面评论以至于最终被禁,但对后世作品的影响却从未停止,对文学领域甚至是人们的日常生活都有巨大的影响。

三 《西厢记》和《塞莱斯蒂娜》国内外研究概况

(一)《塞莱斯蒂娜》在中国的译介和研究

《塞莱斯蒂娜》是堪称具有划时代意义的名著,且早就跻身世界文学巨著的行列,可是绝大多数中国读者对它却闻所未闻。即便是中国学术界,对该作品的关注起步亦较晚,就此方面所做的研究自然尚在初级阶段。直到 20 世纪 80 年代,有关西方文学的书籍对《塞莱斯蒂娜》仍然谈论甚少。20 世纪 90 年代,《塞莱斯蒂娜》被接二连三译成中文,相关学术性文章也逐步发表。但就其文体之争要么所涉无多,要么多输出错误的观点。

1964 年人民文学出版社发行的第一部新中国高等学府文科教材《欧洲文学史》第一次提到这部著作:"小说方面,十五世纪末十六

---

① Crosas, Francisco, "¿Es una Obra Maestra? Lectura *Ingenua de La Celestina*", *El Mundo Social y Cultural de La Celestina*, eds. Ignacio Arellano and Jesús M. Usunárizb (Navarra: Universidad de Navarra, 2001), p. 99.

② Gagliardi, Donatella, "*La Celestina* en Índice: Argumentos de una Censura", *Celestinesca* 31, 2007, pp. 59 – 62.

世纪初骑士传奇和田园传奇虽很流行，但是在一部对话体的小说《塞莱斯蒂娜》中，已经出现了以下层人民为主人公，描写社会现象的新倾向。"① 寥寥数语，便把《塞莱斯蒂娜》是一本小说的观点引入了中国。1982 年，远浩一在《外国语》发表了《〈塞莱斯蒂娜〉和〈西厢记〉中的妇女形象比较》，也提到了《塞莱斯蒂娜》是对话体小说的观点。不少中国学者编写的西方文学史并不提及其戏剧性，而直接推崇它是一部小说的观点。例如，1997 年，张绪华在《20 世纪西班牙文学》中声称《塞莱斯蒂娜》是一部伟大的小说；1998 年，董燕生在《西班牙文学》里提到罗哈斯"把'喜剧'更改为'悲喜剧'。由于篇幅太长，根本无法上演，所以实际上是一部对话体小说，也称作'人文喜剧'"；1999 年由李赋宁担任总主编，刘意青和罗经国担任主编的《欧洲文学史》提到"罗哈斯说他的作品是悲喜剧，因为在这剧里悲剧与喜剧成分共存，既呼应又对比"，"由于它难以上演，从未搬上舞台，故有的评论家认为这是部对话体小说"；2002 年出版的《欧洲戏剧文学史》提到"15 世纪末，西班牙出现了反对宗教禁欲主义的文学戏剧作品《拉纤女人》，但这部剧作更像小说，很难搬上舞台"；在 2004 年出版的《西方文学概观》中，喻天舒也说《塞莱斯蒂娜》是"对话体小说"。李亦玲的《论〈塞莱斯蒂娜〉的文体之争》引用了王央乐的观点："至于《塞莱斯蒂娜》究竟是戏剧还是小说，也是历来文学史家和研究家争论的另一个问题。由于当时西班牙的戏剧和小说都刚刚开始萌芽，尚未成型，因而一定要归之为戏剧或小说，都是比较困难的。如果说它是戏剧，那么它却有说明情节的提示，以及难以表演的长篇独白；如果说它是小说，那么它既分成场次，又以人物之间的对话为主体。因此多数研究家认为，它是属于中世纪到文艺复兴的转变时期出现的一种

---

① 杨周翰、吴达元：《欧洲文学史》，人民文学出版社，2004，第 17 页。

文学作品体裁，可以称为'对话体小说'。"① 虽然译者陈述了西方学术界的几种观点，但对于"多数研究家"而言这样的说法的确欠妥。1997年版中译本《塞莱斯蒂娜》译者屠孟超说"它与其说是个剧本，倒不如说是一部用对话体写成的小说"。1993年由中国对外翻译出版公司出版的《塞莱斯蒂娜》中译本中，西宇对其文体之争做了更加详细的介绍。在此问题上，译者既不偏向小说派，也不偏向戏剧派，而是持中立的态度。孙周年于2001年和2003年发表的文章都表明他认为《塞莱斯蒂娜》是一部小说，同样持有此观点的还有马忠东。可见，中国学者对于《塞莱斯蒂娜》文体之争仅局限于戏剧和小说两种角度，至今并未发现新的说法，亦未为论据注入新鲜血液。

在世界文学的大背景下，文学的"欧洲中心主义"已逐步瓦解，越来越多的西方学者开始用比较的眼光，试图通过他国文化文学，特别是来自东方的文学理论解决本国争论已久的难题。中国古典戏剧起源于原始歌舞，在发展过程中融合了舞蹈、诗歌等表演元素，于元朝发展至顶峰，成为中国古典文学不可分割的重要部分。积极参与世界对话是中国学者的责任和义务。因此，以比较的手法，从中国古典戏剧的角度深度剖析《塞莱斯蒂娜》的文体之争，具有创新性、时代性和理论实践的双重意义。

（二）《西厢记》和《塞莱斯蒂娜》的比较研究

杨骁（Yang Xiao）在他发表于2015年的博士学位论文 La Concepción del Amor en Dos Tradiciones Literarias: *La Celestina*, de Fernando de Rojas (1470 – 1514), e *Historia del Ala Oeste, de Wang Shifu 1260 – 1336* 中总结了五篇关于《西厢记》和《塞莱斯蒂娜》比较的文章，以时间顺序排列分别为：On love and Tragedy of the Heroes;

---

① 李亦玲：《论〈塞莱斯蒂娜〉的文体之争》，《暨南学报》2008年第6期，第81页。

Hsi Hsiang Chi and La Celestina（1974），《论红娘与席娘——〈西厢记〉与〈塞莱斯蒂娜〉》（1977），《〈塞莱斯蒂娜〉和〈西厢记〉中的爱情与家庭》（1978），《〈塞莱斯蒂娜〉和〈西厢记〉中的妇女形象比较》（1982），Estudio Paralelo del Tema del Amor en *La Celestina* e *Historia del Ala Oeste*（1988）。杨骁对于这五篇文章的研究内容做出了简单的概括。前两部作品是中国台湾作家刘启芬（Liu Qifen）的学术文章，先后在同一学术期刊《台湾中外文学》上发表。第三篇是硕士学位论文，第四篇是学术论文，均由远浩一撰写。他的硕士学位论文在北京大学外国语学院进行答辩，论文发表于《上海外国语学院学报》。第五篇文章是中国台湾 Zhang Qingbo 的本科论文。[1]

杨骁的论文还研究总结了这五篇文章的不足之处[2]：

1. 所涉及主题局限于人物之间的比较以及中国和西班牙戏剧文化方面的简单比较；
2. 所有这些论文的作者都是没有西班牙语背景的中国作者，因此他们就很难深刻地去理解《塞莱斯蒂娜》，更无法深入研究这两部作品之间的比较；
3. 刘启芬（1974）的作品没有包含结论，而其另一些文章或作品则过早得出了结论；
4. 它们的研究目标和研究方法都比较模糊和松散；
5. 部分分析过于偏激和主观，且有些肤浅；
6. 有一些作者的部分观点不正确。

---

[1] Yang, Xiao, *La Concepción del Amor en Dos Tradiciones Literarias: La Celestina, de Fernando de Rojas (1470 – 1514), e Historia del Ala Oeste, de Wang Shifu (1260 – 1336)* (Brcelona: Facultad de filosofía y Letras de la Universidad Autónoma, 2015), p. 9.

[2] Yang, Xiao, *La Concepción del Amor en Dos Tradiciones Literarias: La Celestina, de Fernando de Rojas (1470 – 1514), e Historia del Ala Oeste, de Wang Shifu (1260 – 1336)* (Brcelona: Facultad de filosofía y Letras de la Universidad Autónoma, 2015), pp. 32 – 33.

《西厢记》和《塞莱斯蒂娜》的比较研究

杨骁的论文，重点探究和比较《西厢记》和《塞莱斯蒂娜》中爱情的概念。因此，文章开始便设置理论框架，在框架中梳理了西班牙从中世纪到文艺复兴时期关于爱情的定义，以及中国从唐到元关于爱情的定义，目的是提炼出两种概念之间的异同点。以此为基础，论文探讨了《西厢记》和《塞莱斯蒂娜》中爱情的话题：恋人的激情、男女主人公间媒人的介入、男女主人公的父母、男女主人公相遇地点的文学处理，以及恋人互相交换的信物的意义等。作者从柏拉图和 Ovidio 的理论思想出发，探究了西班牙中世纪和文艺复兴时期文学以及罗哈斯作品中爱情的话题。作者还温习了从中国首批思想家所处年代到莺莺和张生的故事发生所处的年代爱情的概念，然后分析了王实甫这部作品中的爱情深意。由此他在这篇论文中探究两部作品以及他们各自的文学传统中的爱情时沿着一条非常清晰的逻辑思路而展开。

这篇博士学位论文从某种程度上，弥补了前五篇文章关于爱情这一话题的不足之处，利用理论框架的新视角以及新的起点来进行比较，但是依然存在一些可以改进的地方。

首先，作者没有解释现实和文学之间的关系，而是直接用文学创作的内容来判断现实，由此传达出很多作品，包括《西厢记》和《塞莱斯蒂娜》都是现实的直接反映的观点，这显然是片面的。例如，他用两部唐传奇作品作为显示唐代的民众有一种强烈的激情爱情倾向的直接证据；当谈到唐代的婚姻时，他的主要论据也是文学作品所提及的内容。

其次，我们可以注意到，作者对于某些论点的辩护证据不足。最明显的例子是，文中用了女皇武则天的故事和关于她的小说来证明武则天统治时期是女性非常自由的时代，而事实上女皇的特权处境完全和大部分女性无关，甚至可以说那时女性的地位并没有什么根本性的改变。

此外，我们可以看到论文时常缺少参考文献，特别是当说到有关朝代的社会情况以及爱情的定义时，很多来源于文献的观点被作者化用。在很多时候，一些分析也确实缺少客观性，结论得出稍显仓促。例如，在分析红娘和塞莱斯蒂娜时，红娘的形象完全是正面的，而塞莱斯蒂娜的形象完全是负面的。

最后，需要肯定的是，杨骁的博士学位论文在中西两种文化中关于爱情的意义这方面为我们提供了大量的参考信息，并且非常细致地分析了爱情主题以及两部作品中和此话题相关的人物。但是，对于他们之间的比较研究却并不深刻，这也许是由于作者在研究社会文化以及两部作品时是分开进行的，而两部作品的比较部分主要出现在各个章节的总结中，且仅有几页而已。

杨骁的论文对两部作品中与爱情定义相关的文化和思想方面的探索的贡献是不言而喻的。同样的，所有和这个主题相关的前期的研究都对新的分析做出了贡献，且都开辟了新的知识领域，并且得出了一些非常重要的结论。同时值得注意的是，这两部作品的比较研究依然局限在对社会环境、人物以及爱情的分析上，并没有将注意力放到文体、写作风格、文章结构等方面，但恰恰在这些方面这两部作品都有着区别于其他同类作品的独特之处。

总之，现存的关于《西厢记》和《塞莱斯蒂娜》的比较研究并没有严谨地体现出这两部作品以及它们所属文学传统之间的异同点。因此本书试图基于以上不足进行系统的研究。

第三节 从不同版本看张生和莺莺故事的演变

虽然本书以研究王实甫的《西厢记》为基础，但由于《西厢记》的故事有着长达几个世纪的改编史，因此在开始对《西厢记》

创作的社会环境背景进行探究之前，非常有必要对几个重要版本的改编内容和时间线进行简单的梳理。

张生和莺莺的爱情故事可考据的最古老的源头是唐朝元稹的作品《莺莺传》。这部作品是唐传奇中的代表作之一，且在当时的儒生群体中颇具知名度。故事讲述了传奇最典型的一种主题——才子佳人的故事。在此版本中，张生是一个出身寒门的书生，而女主角莺莺则出生于富庶家庭。男主在解救了莺莺家使其免受叛军的威胁后，通过丫鬟红娘和莺莺私订终身。但是，当他参加科举考试后，就抛弃了莺莺而和京城的一个女子成亲了。当张生向他的朋友们讲述这个故事时，为了给自己抛弃莺莺的行为开脱，就说莺莺和历史上所有漂亮女人一样，最终会毁掉任何一个正直的男人："大凡天之所命尤物也，不妖其身，必妖于人。使崔氏子遇合富贵，乘宠娇，不为云，为雨，则为蛟，为螭，吾不知其变化矣。昔殷之辛，周之幽，据百万之国，其势甚厚。然而一女子败之，溃其众，屠其身，至今为天下僇笑。余之德不足以胜妖孽，是用忍情。"①

而作者元稹在故事的最后为张生辩解，甚至是赞扬他的决定。鲁迅先生在出版于1920年的《中国小说史略》中毫不留情地批评了元稹的态度，"篇末文过饰非，遂堕恶趣"②。

金朝的董解元将《莺莺传》的故事改编成诸宫调，③即《西厢记诸宫调》，抑或称《董西厢》，这次改编被认为是故事情节演变的重要阶段。毫不夸张地说，《董西厢》版本实现了故事内部情节演化的大跳跃，而且文学形式和情节发展都实现了转变。使它获得成功的是作者将原来悲剧的结尾改成了幸福的结尾，还对人物和情节进行了更加精准的加工。很多人物如莺莺的表哥郑恒、叛军的首领孙

---

① 元稹：《莺莺传》，《唐宋小说精华》，北京燕山出版社，2008，第35页。
② 鲁迅：《中国小说史略》，民主与建设出版社，2015，第59页。
③ 这是一种出现在北宋的民谣，演出时有不同的乐器伴奏。

第一章　《西厢记》和《塞莱斯蒂娜》简介

飞虎、普救寺的方丈法本、和尚法聪等均首次在此版本中出现。不论主要人物还是次要人物的社会地位都得到了提高：张生"先人拜礼部尚书"，而莺莺，不再是一个简单的富家女，而是郑恒的未婚妻及已故前朝相国的独生女。同时，郑夫人变成了阻碍两个年轻人成婚的主要人物。此外，剧情由于叛军头目孙飞虎的出现、来自莺莺母亲的阻挠、恋人之间的词曲和诗歌、红娘作为中间人的干预等因素而变得更加曲折复杂。但在所有的变化中，最重要的就是故事的结尾变成了一个欢乐的结局，张生在状元及第后回来和莺莺完婚。

董解元的改编将莺莺和张生之间的爱情故事由书生读物变成了民众间脍炙人口的读本，并且还伴随着丰富的词曲和音乐，它的情节结构甚至是词曲的韵律都无疑奠定了王实甫版本《西厢记》的故事基础。[①] 剧作家王实甫继承了董解元版本的大体故事情节，在此基础上逐步成熟，又丰富了一些细节，完善了一些人物内心世界的描写，因此原本呆板的部分故事情节和人物形象的改变使得故事整体更加流畅，人物的个性特征也更加合理。同时，作者还通过引经据典大大提升了剧本的文学水平。最后，剧本舞台的展现也获得了活力和美感，因为不同于诸宫调的单一演员的诠释，王实甫《西厢记》由好几个演员共同演绎。所有这些都使得王实甫的版本成了各个版本中最卓越的，也没有被之后的任何版本超越，可以说是前无古人，后无来者。

第四节　《西厢记》和《塞莱斯蒂娜》的历史背景

王实甫《西厢记》的写作和出版时间依然很难精确。我们可以肯定的是它诞生于元朝。《塞莱斯蒂娜》诞生于中世纪末至文艺复兴

---

① 郝青云、王清学：《〈西厢记〉故事演进的多元文化解读》，《中国社会科学院研究生院学报》2008年第4期，第95页。

之初，恰好处于两个时代的交接处，社会的旧的规则正逐步解体。①

由于王实甫《西厢记》的故事是在一个经历了长时间演变和多版本的故事基础之上发展而来的，不难注意到其保留的唐宋金元各个时期的历史痕迹，因此我们认为这部作品的历史背景应当包含上述这些朝代。

在唐朝时期，中国从经济到文化各个领域都进入了一个快速发展的时代。在这样的大环境下，朝廷巩固了中央集权，而同时中小地主也拥有了更强有力的经济权力，并开始试图拥有更大的政治权力，以保障自身的利益。在官僚阶级主体继续扩大的同时，朝廷需要更多的官员，因此当权者继承并完善了起源于隋朝的通过考试选拔政府官员的科举制度。② Huffam Dickens 认为这种复杂的选拔程序代表着巨大的进步，他赞扬了其创新性和稳定性，甚至指出这种选举制度在不同的朝代中都能保持不变，就是体现其优越性的最好佐证。③

在科举制度之前，朝廷官员的位置几乎都被上层社会人员占据。但随着科举制度的出现，有才学的儒生开始坐上朝廷官员的位置，这使得特权家族越来越忧虑，他们认识到其他人的机会的增多意味着他们后代的机会会越来越少。④

多数观点认为，南北文学体裁的结合始于隋朝。从1125年开始，宋朝与金朝之间的摩擦使得北方具有通俗性和口头传统的文学，与南方占主导地位的诗歌、具有舞台艺术特性的文学进一步结合。

---

① 在本书中，我们不打算研究《西厢记》和《塞莱斯蒂娜》成书的精确年份。首先因为这个问题太过复杂，需要占用大量的篇幅；其次因为我们只需要知道它们成书的大致年代，就足以将这两部作品进行比较研究了。
② 梁程勇：《论中国历史上的官员选拔制度》，烟台大学出版社，2008，第15~16页。
③ Huffam Dickens, Charles, "Chinese Competitive Examinations", *All Year Round* 12, 1864, pp. 445-453.
④ 邹一南：《浅谈科举制度对中国社会的影响》，《西南交通大学学报》（社会科学版）2007年第4期，第112~114页。

金朝的统治者开始鼓励女真族和宋朝的汉族进行通婚，这使部分民众改变了由来已久的婚姻观，因为汉族在选择配偶上是没有任何自由的，而在这方面游牧民族有相对较大的自由。可以说，在这个阶段，两个朝代不但在文学上产生了融合，在文化和思想上也产生了一定的碰撞。① 就是在这样的社会背景下《西厢记诸宫调》面世了，其表演形式使其非常流行。这个版本的《西厢记》，结尾和大多数人所期望的一样，莺莺和张生最终喜结连理。

元朝的建立终结了长期以来的军事冲突，为社会发展提供了一个相对稳定的环境，在这种大环境下舞台艺术迎来了它的繁荣时期，产生了杂剧，而《西厢记》无疑是杂剧的代表作之一。

我们再来分析一下《塞莱斯蒂娜》产生的时代背景。虽然贵族仍然拥有贵族身份，但原始的体系开始被一种新的代表社会阶层之间的移动性和灵活性的体系所取代，这引起的重大变化之一就是财富的流动，财富从一些人手中转移到另一些人手中。此外，资产阶级地位上升，再加上老牌贵族家庭，给社会提供了新鲜的气息，同时改变了经济资源的布局，也就改变了人们的生活方式和原本的耕地文化。② 新旧贵族之间的矛盾无法避免，这代表了一个广泛的社会问题。因此，从市场经济关系的角度来看，新的资产阶级对社会产生了重大影响。③ 这些变化意味着中世纪关于统一和谐的传统观念的覆灭，但同时也逐步推进了经济资源的再分配。

在这样的世界观统摄下，人类中心主义④意识开始演进，人们开

---

① 郝青云、王清学：《〈西厢记〉故事演进的多元文化解读》，《中国社会科学院研究生院学报》2008年第4期，第95页。
② Maravall, José M., *El Mundo Social de "La Celestina"* (Madrid: Gredos, 1972), pp. 159 - 160.
③ Maravall, José M., *El Mundo Social de "La Celestina"* (Madrid: Gredos, 1972), p. 29.
④ 15世纪末处于中世纪和文艺复兴的交接处，中世纪更提倡神本位，而文艺复兴更提倡人本位。在文艺复兴时期，人们的兴趣转向了经济、艺术、诗歌和哲学。人们将更多的注意力放在自己身上，这在文学上的体现就是传记的兴起、以第一人称叙事等。

始将注意力放在自己身上以及邻近的自然环境上,这种兴趣被视作对自身身体的重视以及对肉欲的享受。①

综上,在国家社会突然的骚动下,组成社会根基的传统也随之松散,这是元朝和西班牙15世纪末的现实。《西厢记》和《塞莱斯蒂娜》(特别是《塞莱斯蒂娜》)都揭示了有机联系着传统社会和个人意识的价值观的逐渐衰落,之前的规则已经都被人们忽视或是直接拒绝了。

一 充满矛盾的时代

《西厢记》和《塞莱斯蒂娜》所对应的社会都处在一个过渡时期,处在两个时代的交接处:中国从汉族的统治过渡到蒙古族统治,并经历了由此所产生的一切变化;在西班牙,中世纪结束,文艺复兴以蓬勃之势到来。由不可兼容的思维方式和文化而引起的看不见的矛盾一直非常激烈,而正是这种冲突可能在文学作品中留下些许痕迹。

和其他时期一样,社会不同阶层之间巨大的差距,是造成《西厢记》和《塞莱斯蒂娜》描绘的社会不稳定的原因,而新旧价值观更替又加剧了这种不稳定性。

在西班牙,经济的快速发展刺激了资本家对政治权力的欲望,因此贵族非常害怕失去他们的权力和财富;与此同时,统治者运用军事力量和政治制度,巩固对国家绝对的统治。而贵族虽然已经意识到财富和资源的转移不可避免,但他们仍试图维持旧的体系。以上因素都造成了社会的不稳定。

---

① Pérez Blázquez, A., "El Cambio de Mentalidad Colectiva: Renacimiento, Humanismo, Reforma y Contrarreforma", *Sección Temario de Oposiciones de Geografía e Historia, Proyecto Clío* 36, 2010, pp. 2 – 3.

第一章 《西厢记》和《塞莱斯蒂娜》简介

说到元朝，有些历史学家认为元朝的当权者采取了种族歧视政策；还有一些人则认为社会的不公平并不是对于不同种族而言的，而是针对所处的社会阶级而言的。前者的理由是，根据《蒙兀儿史记》所述，元朝时期蒙古人建立了四等人制，通过这个制度将社会划分成四个不同的阶级——蒙古人、非汉族（藏族或突厥族）、北部的汉族和南部的汉族，从而建立起一个对于人民通过种族和社会阶级进行行政管理和财政区分的系统。因此，低等级的人不但受到了现存的上层社会的歧视，还有来自其他民族的歧视。这种明显的倾向性最明显地体现在高官任职上，因为元朝时的高官都是由蒙古人和色目人担任的。[1]

但是，也有学者坚持认为蒙古族统治时期严苛的种族主义政策是言过其实的，他们认为这种观点缺乏历史证据的支撑。事实上，很多蒙古人，和很多贫穷的汉人一样，都处于社会底层。

由于统治阶级强制推行新的统治思想，至少在王朝初期，引起了民众强烈的不安。同时，一直在社会上层阶级中施行的儒家思想，现在被认为不那么重要了。这意味着很多儒家官员家族的没落。在宋朝谢枋得的著作《叠山集》的序言中有一段著名的言论，从中可以看到这种变化："滑稽之雄，以儒为戏者曰：我大元制典，人有十等：一官二吏，先之者，贵之也，谓其有益于国也；七匠八娼，九儒十丐，后之者，贱之也，谓其无益于国也。嗟乎卑哉！介乎娼之下，丐之上，今之儒也。"[2]

虽然其讽刺的语调无疑有一些文学夸张的成分，但可以清楚地看到儒生对自身社会地位的新的领会和感受，他们试图在新的社会结构中重新定位，寻找出路来逃避苦闷的现实。

元朝在很长一段时间内都取消了通往朝廷管理渠道的科举制度，

---

[1] 《元史》，中华书局，1976。详见日本历史学家箭内亘的相关研究。
[2] 蔡诗安：《"十儒九丐"之说的真实来历》，《文史博览》2020 年第 10 期，第 41 页。

这对于很多人来说是效忠朝廷的唯一途径。根据《元史·选举制》，"太宗始取中原，中书令耶律楚材请用儒术选士，从之"①。1237年8月朝廷举行了科举考试，但之后就停止了，直到1313年才恢复了科举考试。这段科举空白期近八十年，而这段时期的文人，虽有才华抱负却无施展之处。

对于儒生来说若"一举成名天下知"，那么"十年寒窗无人问"是值得的。还有另一句诗歌反映了儒生的理想——"朝为田舍郎，暮登天子堂"。但当得知没有了科举考试，或者知道要出人头地非常困难了，他们就决定寻找其他的进阶之路。在这种环境下书生们改变了对未来职业的态度，对日常生活以及其他方面的态度。那个年代有一些诗歌反映出了他们对未来的焦虑，②例如"百忙里寻不见上天梯"，"这壁拦住贤路，那壁又挡住仕途"。结果就是原本那些想通过努力在考试中脱颖而出的书生，渐渐地觉得离诗句中所反映出来的理想越来越远。"达则兼济天下，穷则独善其身"是战国时伟大哲学家和思想家孟子的一句著名的警言，也就是说，不论是否出众，书生们都应该坚持刻苦学习当代的儒家思想，这是当时被广泛接受的正确态度，显而易见，其他朝代的书生们就是这样做的。而现在，"万般皆下品，唯有读书高"这种思想逐步消失，一开始，统治阶级的政策降低了读书人的价值，恢复科举制度之后，考试难度大大增加了读书人的焦虑。这种情况和孔子所说的"学而优则仕"产生了极大的矛盾。

科举考试的取消并未贯穿整个朝代，出于管理的需要，元朝廷在1313年重新启用了科举系统并于1315年举行了新的考试。③恢复

---

① 《元史》，中华书局，1976，第2015页。
② 许多儒生的目标就是在朝廷中参与治国。从汉代开始，儒生就成为官员的主要来源，因此儒生们普遍拥有较高的社会地位，且得到尊重。
③ 《元史》，中华书局，1976，第2018页。

之后的科举制度也不是完全的公平，对于不同社会等级的人来说所获得的机会也是完全不一样的。这里值得一提的是元朝有两类考试：一种考试相对简单，是出给蒙古人和非汉族人的；而另一类更难一些，是专门只针对汉族读书人的。①

事实上，科举制度从它的诞生到陨灭，由于裙带关系和腐败一直处于冲突的旋涡之中。南宋洪迈在分析科举制度的缺点时指出，虽然有预防考试营私舞弊的相关制度，但是仍然存在很多贿赂行为和钱权交易，而那些被发现和被处罚的只占不到百分之一。②

每天都有更多的读书人意识到这种情形，他们知道学习上的努力可以使生活好转这件事再也没有保障了。因此，读书人的价值观渐渐向类似于西方的 carpe diem（活在当下）靠拢，特别是在元朝的政治背景下，在难以在朝廷谋得职位的前提下，他们开始更加关注日常生活以及人们当下的需求。

回到 15 世纪的西班牙，我们可以注意到社会依然分成从中世纪继承来的三个主要等级，但在 15 世纪末这种等级制度开始产生变化。贵族和教士阶层继续享受着特权，例如税务豁免权以及担任高层管理职务，因此，社会大部分管理权力依然掌握在他们手中。同时，由大的商人和银行家所组成的资产阶级逐步在社会上变得越来越重要，他们中的一些人甚至取得了较大的政治权力，这就构成了对旧贵族的威胁。而农民和社会边缘人士依旧生活在艰苦的条件下，也仍然在贫困中挣扎。但是，随着历史新的舞台拉开帷幕，他们中的很多人都开始改变自己所处的境况，因为个人的价值开始越来越和他的财富而不是出生时的阶级紧密相连，这让很多低层社会阶级的人看到了机会，他们常常联合在一起做生意来增加个人收入。③

---

① 《元史》，中华书局，1976，第 2019~2020 页。
② 洪迈：《容斋随笔》，岳麓书社，1994，第 515 页。
③ Maravall, José M., *El Mundo Social de "La Celestina"* (Madrid: Gredos, 1972), p.60.

而主人和仆人之间的关系是在双方利益的基础上建立起来的，他们之间变成了一种纯粹的经济关系，逐渐失去了传统且复杂的义务关系。① 因此，走进他们各自的历史和社会坐标能够便于我们更好地理解《西厢记》和《塞莱斯蒂娜》中不同人物的言行举止。

这两部作品中都未直接提及激烈的社会矛盾，但是我们可以通过作品中人物的内心世界注意到此类冲突。在《西厢记》中，作为读书人的张生，当遇到莺莺后，对科举考试表现得毫无兴趣。虽然他在文章的一开始表明他路过河中府是为了进京赶考，但对此他表现出一种沮丧和气馁的态度：

> 暗想小生萤窗雪案，刮垢磨光，学成满腹文章，尚在湖海飘零，何日得遂大志也呵！
> 万金宝剑藏秋水，满马春愁压绣鞍。②

当第一次和莺莺相遇时，他就立刻决定不去京城赶考了。如果说他做这个决定在一开始是为了追求莺莺，但在他得到莺莺之后，也并没有记起他此行的初衷，直到郑夫人威胁他如果在科举考试中不能有出色的表现就不能做崔家的女婿，他才被迫进京赶考。我们之前分析的有关元朝科举考试以及朝廷官员选拔的情状恰好解释了张生所表现出来的对于考试的气馁和沮丧。

在《塞莱斯蒂娜》中，塞莱斯蒂娜经常指责富人们只关心自己，两个妓女艾莉西娅和阿雷乌莎也表现出对梅莉贝娅以及富有阶级的怨恨和嫉妒。这种阶级矛盾在卡利斯托和他的两个仆人——森普罗尼奥和巴尔梅诺之间的关系上体现得更加明显。原本，仆人被看作家庭的一员，社会准则使得仆人和主人之间有一种相互的道德责任

---

① Maravall, José M., *El Mundo Social de "La Celestina"* (Madrid: Gredos, 1972), pp. 81 – 82.
② 王实甫：《西厢记》，河北教育出版社，2007，第7页。

的联系。而之后双方关系逐步变成了一种合同式的服务关系。在作品中森普罗尼奥和巴尔梅诺为了从主人身上榨取利益而选择和塞莱斯蒂娜合作,他们对主人的不喜欢和嘲讽的态度随处可见,将仆人所必须具备的忠诚的品德放在一旁。如果说对爱情的渴望是整个故事的基础,塞莱斯蒂娜和两个仆人对于金钱同样强烈的渴望也是推动情节发展的主要原因。[1]

将由金项链分配问题的冲突导致的死亡作为两个仆人和塞莱斯蒂娜的结局是非常具有讽刺意义的。他们为了得到奖赏付出了如此巨大的代价,而最后这一切都付之一炬。在整个事件中我们可以看到社会底层人物所展现出的贪婪,当然这也是社会不稳定性的一种表现。

综上,不同社会阶级之间——大地主和农民之间,有权势的人和弱势群体之间存在激烈的矛盾。以上所述因素,毫无疑问加剧了不同社会阶级对资源的争夺。

二 政治经济发展对文学的促进

正因为中国元朝及 15 世纪的西班牙各自存在各种矛盾和冲突,同时不同对立群体之间文化的交融以及政治和经济新元素的涌入使其各自所处时代成为文化和艺术繁荣的时期,涌现出大量的优秀作品,其中就包括《西厢记》和《塞莱斯蒂娜》。

文学领域的繁荣首先要求政治环境上的相对稳定,以及经济上的复兴和发展。在 14 世纪的西班牙以及南宋末期的中国的环境都非常糟糕。造成这两者危机的最主要的原因是军事冲突和农作物锐减。为应对军事冲突政府征用了大量男性,社会因之缺少男性劳动力,这大大影响了农业种植,最终引起了大规模由饥荒而导

---

[1] Maravall, José M., *El Mundo Social de "La Celestina"* (Madrid: Gredos, 1972), pp. 60–66.

致的死亡。①

对于西班牙来说，除了上述两个原因，还有1348年开始在全欧洲肆虐的黑死病这一因素。此瘟疫夺走了欧洲超过四分之一人口的性命。②

随着领土的逐步统一，元朝和15世纪的西班牙迎来了较繁荣的时期。繁荣的标志首先是人口的增加：在中国，1330年人口1亿多且保持着较高的增长率，和宋朝相比高了百分之六；③ 西班牙在15世纪末逐步恢复了人口数量，几乎达到了疫情肆虐之前的水平。④

相应地，经济在这两个时期的社会也得到了发展和繁荣。一方面，人口增加，需要更多农产品和手工品，这刺激了商品和货物的流通。另一方面，欧洲发现了美洲大陆，而中国同欧洲、非洲和阿拉伯半岛建立贸易关系，⑤ 促进了经济的进步，而由新的地域所输入的产品又增强了商品的流通。

此外，金融体系的创新有利于增强市场的活力：忽必烈改革了货币体系，发行纸币和支持白银兑换的银行回执；⑥ 而西班牙在15世纪改进了银行体系，简化了商业交易，这也意味着巨大的进步。⑦

不论元朝还是15世纪的西班牙，贸易的增加和货币经济的成功

---

① Vaca Lorenzo, Ángel, "Recesión Economía y Crisis Social de Castilla en el Siglo XIV", *La Crisis en la Historia*, eds, Chris Wickham, Henry Kamen and Elena Hernández Sandoica (Salamanca: Universidad Salamanca, 1995), pp. 33 - 35；王丽歌：《战争与两宋淮南地区人地关系的变迁》，《农业考古》2015年第4期，第112~113页。
② Lacave, José Luis, *Guía de la España Judía* (Ediciones El Almendro, 2000), p. 139.
③ 王育民：《元代人口考实》，《历史研究》1992年第5期，第117页。
④ Iradiel, Paulino, *Historia de España: (Siglos XIV - XV)/De la Crisis Medieval al Renacimiento* (Editorial GeoPlaneta, 1989), p. 18.
⑤ 《元史》，中华书局，1976，第208页。
⑥ 《元史》，中华书局，1976，第96页。
⑦ Feliú, Gaspar, "Moneda y Banca en Cataluña en el Siglo XV", *Dinero, Moneda y Crédito en la Monarquía Hispánica* (Madrid: Marcial Pons, Bernal, 2000), p. 121。西班牙的政治统一是在15世纪末实现的，但政治上的统一并不意味着经济和社会的统一，因为不同地区有不同的货币和税收制度。

第一章　《西厢记》和《塞莱斯蒂娜》简介

的最大获益者都是城市。而城市的快速发展是文化传播的主要动力，城市经济的繁荣有助于大众消费他们感兴趣的文学作品。

除了上述共同的经济因素之外，两个社会也都各自呈现出有利于文学传播的特殊原因。在西班牙，新出现的富有的资产阶级以及引入的印刷术皆有利于文学作品的传播。[①] 而元朝情况更加复杂一些。舞台艺术，在经过长期发展，特别是经宋金时期的快速发展后已经成熟，推动了剧本创作，这就意味着涌现出了大量的高质量的作品，《西厢记》就是其中的代表。为了确保普通民众能够理解和接受，这些作品注重通俗性。与唐朝和宋朝相比，戏剧演出场所大量增加，除了专门的戏剧演出场所之外，船坞、富裕人家豪华的大厅等也开始被用作戏剧演出的场所。如此一来，民众就能够近距离地认识戏剧艺术，而剧作家也找到了更多了解大众需求以及创造贴合大众性格特点的文学人物的机会。

不可否认的事实是，正是儒学塑造了民族意识以及儒学社会的审美。在这样的社会中，兴观群怨和中和之美是构成古代中国艺术的两大审美支柱，同时对后世有着深远的影响。

兴观群怨是对诗歌主要功能的综述，我们可以用下面这段话来进行总结：诗可以兴，可以观，可以群，可以怨。迩之事父，远之事君。因此根据这个标准，诗歌不仅应该优美，还应具备社会和政治职能。这个概念经过发展形成了唐宋时期文以载道的观点。因此，来自民间的带有纯娱乐性质的文体，例如诸宫调等，被认为没那么重要，它们在元朝之前的发展都是断断续续的。

中和之美是一种主要的审美原则，反映了儒家致力于在各个方面实现中庸之道的思想。而诗歌被看作在节制和平衡方面进行教育的最合适手段。孔子曰："入其国，其教可知也。其为人也，温柔敦

---

① González Echevarría, Roberto, *Celestina's Brood: Continuities of the Baroque in Spanish and Latin American Literature* (Durham: Duke University Press, 1993), pp. 55–56.

厚,诗教也。"① 此后历代诗歌获得发展,例如唐朝以诗歌出名,而宋朝则发展出了词。

而由兴观群怨和中和之美创造出的标准对于戏剧艺术的发展帮助甚少,因为戏剧是建立在情节的基础上发展的,而不是观赏;是建立在人物冲突基础上的,而不是诗歌中体现的理想化的节制;其目的是娱乐大众,而不是诗歌追求的"提升精神层次"②。

随着元朝的到来,舞台艺术的发展得到了巨大的推动,因为蒙古人有唱歌跳舞的传统,他们的统治者非常喜欢戏剧,在这种艺术中下至贩夫走卒上至帝王将相的故事都可以被上演。

很多儒生选择了另一种生活方式:一些人致力于教书育人,以期保持初心,继续推动儒学的发展;一些人在烟柳繁华之地寻求排遣,通过写作谋生;还有一些人寄情于山水之间。不论是哪种情况,就像王国维所说的那样,科举制在元朝初期的取消促进了戏剧的发展,因为年轻人不再因为对考试的兴趣而学习,而是想着撰写剧本,创造新的职业出路。③

我们可以总结,元朝是文学以及各种艺术繁荣的时期,不论在文学还是绘画上都出现了新的风格。作为这种文学发展现象的后续,比戏剧更加通俗的小说在明清时期出现了;而西班牙文学在16世纪开启了文学的黄金世纪,这是一个文学和艺术绽放的时期。

三 女性自我意识的觉醒

我们不难发现《西厢记》和《塞莱斯蒂娜》中女性角色的重要性,例如在剧中起决定性作用的牵线搭桥者红娘和塞莱斯蒂娜,有

---

① 《礼记》,西安交通大学出版社,2013,第139页。
② 常芳芳:《元杂剧的繁荣与中国戏剧之晚熟》,《阴山学刊》2005年第1期,第18~19页。
③ 王国维:《王国维戏曲论文集》,中国戏剧出版社,1957,第84页。

着独立自我意识的莺莺和梅莉贝娅。

毫无疑问，中国封建社会和西班牙中世纪社会是男权社会，男性无疑是所有法律和规则的既得利益者。从亚洲的儒学和欧洲的神学角度来看，女性地位低于男性，虽然女性角色在文学作品中长期存在，但大多为依附于男性的形象。

在古代中国，男性地位高于女性的观点可以追溯到周朝。《周易》中写道：天尊地卑，乾坤定矣；卑高以陈，贵贱位矣。乾成男，坤道成女。[①] 而在中国封建社会，儒学的分支程朱理学出现于宋朝，并于之后的朝代不断发展且一直占据主导地位。因此，程朱理学对于封建时期中国的重要性就如同基督教对于西方国家的重要性一样。它的核心主张就是三纲五常，三纲可概括为君为臣纲、父为子纲、夫为妻纲。也就是说，在家庭中妻子永远要服从于丈夫。这三条严格的准则甚至对皇家都是具有约束力的，因为它是中国封建社会统治者统治民众的基石。

在西方文化中，女性地位的低下除了表现在神学和法律上，还体现在医学科学方面，中世纪的医生们普遍认为女性的生理特质会使她们更倾向于去男性身上寻找自身所缺失的温暖。[②]

在《尚书》中，周武王抨击商纣王，"牝鸡无晨；牝鸡之晨，惟家之索。今商王受惟妇言是用，昏弃厥肆祀弗答"；在《诗经》中同样也有类似的将王朝的覆灭归咎于女人的言论，"赫赫宗周，褒姒灭之"；孔子也把女性和小人相提并论："唯女子与小人为难养也，近之则不孙，远之则怨。"因此，综观中国封建社会，不论哪个朝代都有一套严格的制度来保证男性对女性的绝对的控制权。即便是在相对进步和开放的唐朝，也流传着不少规章细数女性应有的行为举

---

① 《周易》，中国华侨出版社，2013，第410页。
② Zavala, Iris M., *Breve Historia Feminista de la Literatura Española (en Lengua Castellana)* (Madrid: Anthropos, 1995), pp. 26 – 27.

止，其中最为出名的是唐朝宋若华、宋若昭的《女论语》。书中第一章就规定了：凡为女子，先学立身。且罗列了各种女性应有的仪态：行莫回头，语莫掀唇。坐莫动膝，立莫摇裙。喜莫大笑，怒莫高声。莫窥外壁，莫出外庭。①

中世纪的西班牙女性在社会各个方面同样遭受着来自男性的霸权。在大多数人眼中，女性生来就带着夏娃的原罪，除了低人一等之外，还被认为具有威胁性，他们认为女性会轻易超过法律和理性的界限。据 Zavala 所说，"这些结果是源于女性在精神上的自卑，她们由于软弱而更加放荡"②。在中国封建社会盛行"红颜祸水"的说法。在西方，女性也被视作邪恶的对象，会带来厄运，"是人们渴望的灾难，是好和坏的混合体，是矛盾体，是怪物"③。

女性没有选择伴侣的自由。④ 不论是在中国还是在西班牙，在很长一段时间内，父母嫁女都不会考虑女性自身的意愿。这证明了对父母的顺从是家庭关系中的一大原则。但对于这个传统，中国元朝和15世纪的西班牙都出现了一群反抗的女性，形成了一种早期的对于自由选择伴侣重要性的群体意识。这群女性几乎不会把男性的经济状况作为评价标准。不论是婚姻还是爱情，对她们的父母而言都是理性的数字推理问题，而对她们来讲是感性的和情绪化的。

我们不禁要问为什么在那个时期，在《西厢记》和《塞莱斯蒂娜》中会出现女性自我意识的萌芽。事实上，在这两部作品的写作时代对于女性地位的观念和之前相比并没有多大改变，但在这两个

---

① 宋若华、宋若昭：《女论语》，中国华侨出版社，2012，第101页。
② Zavala, Iris M., *Breve Historia Feminista de la Literatura Española (en Lengua Castellana)* (Madrid: Anthropos, 1995), p. 22.
③ Santiesteban Oliva, Héctor, *Tratado de Monstruos: Ontología Teratológica* (México: Plaza y Valdés, 2003), p. 243.
④ 在大多数情况下，男性也必须遵守婚姻规则。然而，在中国他们可能有妾，在西班牙可以有情妇。一般来说，这种婚姻对女性的伤害大于对男性的伤害。

第一章 《西厢记》和《塞莱斯蒂娜》简介

社会中都出现了一些微小的变化,那就是女性开始受益于更大的社会流动性以及文化和宗教上的改变。两部作品所处的时代是思维方式之间和文化之间产生摩擦的年代。

元朝的民族多样性使得人们主动或被动地开始接受其他民族的意识形态,包括婚姻规则。此外,元朝时期中国社会和欧洲大陆的接触以及马可·波罗等旅行家无疑给中国社会带来了更加开放和大胆的爱情观。①

和元朝不同的是,15世纪末西班牙的情况是经济、社会和人文进步的必然结果。就如同上文所述,在新的社会规范下,人们开始将注意力更多地放在自己身上,开始考虑自身的感受和欲望,逐步放弃了陈旧的道德准则,接受并采取了新的道德标准,这种标准不论对于男性还是女性来说,都接近于享乐主义的概念。

所有这些变化都意味着,不论在元朝还是15世纪末的西班牙,在文学领域人们开始给予某些特定的女性群体更多的关注。在《西厢记》和《塞莱斯蒂娜》中,女性角色起着至关重要的作用,这不仅体现在血统高贵或家族显赫的女性身上,也体现在出身卑微的平民身上。这些女性所扮演的角色也体现了女性独立意识。

于梅莉贝娅和莺莺而言,这种追求反映在她们对父母包办婚姻的反对态度上。莺莺在遇到张生之前已经被许配给了表哥郑恒,但她对这样的安排并不满意,而她反抗的方式就是与张生私订终身。梅莉贝娅,虽然没有与任何人订婚,但当她得知父母有让其出嫁的意向时,她表现出愤怒,并且宣称她想要的是爱情而不是婚姻。两位女主在一开始都看似恪守社会道德规范,但当她们意识到对爱情的渴望时,就开始与各种障碍做斗争。

而红娘和塞莱斯蒂娜这类人物在各自作品中所占的分量在文学

---

① 陈兴焱:《〈西厢记〉社会文化价值观探析》,《赤峰学院学报》(汉文哲学社会科学版)2008年第9期,第54页。

历史上实属罕见。她们不再完全依附于上层阶级，而是开始按照自己的意愿行事。

《西厢记》和《塞莱斯蒂娜》在这方面都是各自文学中的代表作。女性角色，特别是边缘女性角色，在文中都和男女主人公一样被细致地刻画。为了能够更好地理解角色，我们将在第四章对其进行详细的探究和分析。

第五节　对社会的讽刺

一　对佛教徒以及神职人员的嘲讽

《西厢记》中对僧人的嘲讽和《塞莱斯蒂娜》中对神职人员的嘲讽都非常明显。首先，两部作品中爱情故事发生的地点都相当具有讽刺性。在《西厢记》中，大部分剧情都是在普救寺展开的；而在《塞莱斯蒂娜》中，虽然教堂所占的地位没有普救寺那么重要，但仍是揭示教会阶层虚假面目的关键元素。

在《西厢记》中，普救寺不是一个神圣之地，而变成了一个有利于张生和莺莺幽会的场所。男女主人公的第一次相遇、通过诗歌暗传情愫及夜晚的幽会等都发生在这里。而最荒谬的是，莺莺和张生成亲的地点也在普救寺，而那里依然停放着她已故父亲的棺椁。光这一点就严重违背了最基本的中国文化传统。

在《塞莱斯蒂娜》中，虽然男女主人公之间的相遇并不是发生在教堂里，但这个所谓的神圣之地确实在塞莱斯蒂娜的皮肉生意中扮演着重要的角色。在第一章中，仆人巴尔梅诺就向主人卡利斯托揭露，塞莱斯蒂娜利用教堂、弥撒和夜间游行来为其恶行打掩护。很明显，在塞莱斯蒂娜眼中，教堂只不过是一个物色潜在客户的地

第一章 《西厢记》和《塞莱斯蒂娜》简介

方。在第十一章中,塞莱斯蒂娜发现卡利斯托和他的仆人们在教堂,而男主人公明显已经不适合来这个地方,因为他早已宣称梅莉贝娅是他唯一的神。当然,他来教堂的目的也不是祷告或忏悔罪过,而是为了通过和他人的交流来减轻一些自己对梅莉贝娅的相思之苦。就连森普罗尼奥也劝说他回家:

> 少爷,你瞧,你上这儿来又让人们有话说了。看在上帝的分上,别让人说闲话了。大伙儿说,过分虔诚的人是伪君子。他们只会说你在给圣徒添麻烦。①

《西厢记》中王实甫将讽刺对象集中在僧人身上,《塞莱斯蒂娜》中罗哈斯也通过描绘人物的行为和语言多次嘲讽神职人员。可以说这两部作品的作者不遗余力地展示了僧人和神职人员的负面形象。

值得注意的是,塞莱斯蒂娜的主要客户都是宗教人士。虽然她声名远播,但卡利斯托之前却从未听说过。当得知卡利斯托有求于她时,她随即表示像这样的贵族年轻人来找她帮忙是不常见的。

《西厢记》中所描绘的大部分和尚的形象都和人们印象中六根清净的佛教徒不符。寺庙住持明明知道张生留宿的目的,在收取其白银后,明目张胆谎称其是自己的亲戚,以便张生能够参加莺莺父亲的丧葬仪式。当张生需要找人帮忙将求助信件带给白马将军以拯救莺莺时,方丈推荐了和尚惠明。据方丈所说,惠明喜欢吃喝且好斗:

> 【端正好】不念《法华经》,不礼梁皇忏,颩了僧伽帽,袒下我这偏衫。杀人心逗起英雄胆,两只手将乌龙尾钢椽搇。

---

① 〔西班牙〕费尔南多·德·罗哈斯:《塞莱斯蒂娜》,屠孟超译,译林出版社,1997,第154页。

【滚绣球】……这些时吃菜馒头委实口淡，五千人也不索炙爆煎熬。腔子里热血权消渴，肺腑内生心且解馋，有甚腌臜！

【叨叨令】浮沙羹、宽片粉添些杂糁，酸黄齑、烂豆腐休调啖，万余斤黑面从教暗，我将这五千人做一顿馒头馅。是必误了也么哥！休误了也么哥！包残余肉把青盐蘸。①

惠明的行为举止无疑违反了佛家的清规，这着实使张生感到震惊。当张生询问作为出家人的惠明为何不看经礼忏，却好打斗时，惠明和尚将其归咎于自己天生的性格和他人的不良影响："别的都僧不僧、俗不俗、女不女、男不男，则会斋得饱也则向那僧房中胡渰，那里怕焚烧了兜率伽蓝。"② 这是对普救寺僧侣言行的直接讽刺。

在莺莺父亲的葬礼上，僧侣们本应当全神贯注诵念经文，但张生注意到几乎所有人的注意力都在莺莺身上，甚至包括年长的住持，其场景描写极具戏谑讽刺意味：

【乔牌儿】大师年纪老，法座上也凝眺；举名的班首真呆僗，觑着法聪头作金磬敲。

【甜水令】老的小的，村的俏的，没颠没倒，胜似闹元宵。稔色人儿，可意冤家，怕人知道，看时节泪眼偷瞧。

【折桂令】击磬的头陀懊恼，添香的行者心焦。烛影风摇，香霭云飘；贪看莺莺，烛灭香消。③

在第二本第一折中，叛军孙飞虎威胁如若不交出莺莺就要屠杀所有人时，郑夫人说道："长老在法堂上高叫：两廊僧侣，但有退兵

---

① 王实甫：《西厢记》，河北教育出版社，2007，第59页。
② 王实甫：《西厢记》，河北教育出版社，2007，第59~60页。
③ 王实甫：《西厢记》，河北教育出版社，2007，第42页。

第一章 《西厢记》和《塞莱斯蒂娜》简介

之策的,倒陪房奁,断送莺莺与他为妻。"① 这是极度不合理的,因为出家人不可成亲,但住持却将此信息传达给他的弟子们。

同样在《塞莱斯蒂娜》中我们也能找到很多类似的对神职人员的讽刺。某次在塞莱斯蒂娜家中,森普罗尼奥询问是谁在制造那些噪音,老妈妈答道这是一个由修士委托她照顾的年轻女子,这表明这位修士在和妓女打交道。在第九章中,塞莱斯蒂娜提到她的客户遍布教会,从主教到司事,甚至教士都是她的客户:

> 不管是年老、年轻的绅士还是教堂里各个等级的教士(上到主教,下到司事)只要见到我走进教堂,他们就向我脱帽致意,仿佛我是公爵夫人。那些和我交往得少的人反而觉得自己不体面。他们在半西班牙里之外见到了我,就放下手中的祈祷书,或单个或成双成对地向我走来。他们问我有什么事要他们办的,还向我打听他们心上人的情况。②

早期的《塞莱斯蒂娜》的模仿作品也反映了教会神职人员的性生活,因此人们想象中的神职人员清心寡欲的生活是荒谬的不切实际的。③

《西厢记》中对于佛教僧侣的描述也并不是特例。在元朝的许多戏剧作品中我们都能看到,原本代表宗教的庄严肃穆和神圣的佛教徒都表现出明显的世俗化倾向,他们喝酒吃肉,贪恋财物,甚至在很多时候显现出色欲的一面。④

---

① 王实甫:《西厢记》,河北教育出版社,2007,第51页。
② 〔西班牙〕费尔南多·德·罗哈斯:《塞莱斯蒂娜》,屠孟超译,译林出版社,1997,第139~140页。
③ Márquez Villanueva, Francisco, *Orígenes y Sociología del Tema Celestinesco* (Editorial Anthropos, 1993), p.125.
④ 杨宁:《元杂剧中僧道形象的世俗化》,《现代语文》2009年第2期,第50~51页。

事实上不论是元朝的佛教徒还是 15 世纪西班牙的神职人员,他们都有着很高的社会地位,且享受着许多特权。

唐朝的统治者在对宗教的政策上普遍存在一种矛盾的态度。一方面,朝廷修建了许多寺庙,而另一方面也严格加强了对佛教的控制。① 宋朝除了宋徽宗之外的所有帝王都对佛教持一种保护的态度,并将其作为巩固帝王权威的工具。② 虽然朝廷普遍利用佛教来维护自己的统治,但在元朝之前的朝代中也有下令破坏寺庙和抓捕僧侣的统治者,例如北魏的太武帝、北周的武帝、唐朝的玄宗皇帝等。③

陈兴焱在《〈西厢记〉社会文化价值观探析》中指出,成吉思汗认为人们敬仰和崇拜四大先知:基督教徒,把耶稣作为他们的神;撒拉逊人,把穆罕默德看成他们的神;犹太人,把摩西当成他们的神;而佛教徒,则把释迦牟尼当作他们的最为杰出的神来崇拜。④

从忽必烈开始,藏传佛教在喜马拉雅山脉逐步发展,尤其受到统治阶级的尊崇。元朝文学家危素评价道:"对佛教的尊崇护卫莫盛于本朝。"⑤

彼时僧侣成婚已经不是个别现象。一些僧侣甚至犯下了强奸、抢劫等恶劣的罪行,我们可以在《元史》中找到一些案例。元世祖时杨琏真迦,发掘宋赵氏诸陵,杀平民,掠美女,劫财物。至大元年,"上都开元寺西僧强市民薪",官不能禁,太守李璧询问缘由,"僧率其党持白梃突入公府"。至大二年,僧龚柯等十八人,"与诸王哈儿八剌妃忽秃赤的斤争道,拉妃堕车殴之"⑥。

当然,我们必须区分真实的社会和《西厢记》《塞莱斯蒂娜》

---

① 〔美〕斯坦利·威斯坦因:《唐代佛教》,张煜译,上海古籍出版社,2010,第 4~5 页。
② 闫孟祥:《宋代佛教史》,人民出版社,2013,第 53 页。
③ 任宜敏:《中国佛教史(元代)》,人民出版社,2005,第 2~3 页。
④ 陈兴焱:《〈西厢记〉社会文化价值观探析》,《赤峰学院学报》(汉文哲学社会科学版) 2008 年第 5 期,第 55 页。
⑤ 危素:《危太朴文集》,《元人文集珍本丛刊Ⅶ》,新文丰出版公司,1985。
⑥ 《元史》,中华书局,1976,第 4521~4522 页。

中所描述的社会，因为写作并不是客观的而是带有主观情感或受到某些利益驱动的。但就如同我们前文所说的那样，文学作品总是带有时代特征和历史痕迹，因此我们在《塞莱斯蒂娜》中可以看到神职人员和"拉皮条者"之间的紧密联系，也可以看到《西厢记》中刻画的令人反感的僧侣形象。

二 对上层阶级的讽刺

在《西厢记》和《塞莱斯蒂娜》中我们可以看到非常明显的对上层阶级的讽刺。在《西厢记》中，讽刺的对象有莺莺、莺莺的母亲郑夫人和莺莺的表哥郑恒；在《塞莱斯蒂娜》中，讽刺的对象有梅莉贝娅、梅莉贝娅的父母，塞莱斯蒂娜所提及的绅士、神职人员、治安官、法官等人员。

莺莺是前朝相国之女，梅莉贝娅来自贵族家庭，她们一开始在面对追求者时都表现出一种近乎夸张的愤怒，给人一种难以接近和无法企及之感。但随着剧情的发展，莺莺和张生以及梅莉贝娅和卡利斯托的相处模式逐渐发生了变化，在某些程度上甚至与妓女阿雷乌莎和仆人巴尔梅诺的相处模式类似。这两位大小姐的虚伪也反映在对待他人的态度上。虽然两部作品从未正面提及莺莺和梅莉贝娅对各自父母的态度，但从行文中我们可以看到她们在长辈面前所表现出来的恭顺。例如红娘就曾向张生讲述过郑夫人批评莺莺行为不妥时，莺莺立刻答道："今当改过从新，毋敢再犯。"而从梅莉贝娅的父母对她的印象来判断，她在父母面前所表现出的乖巧和恭顺与现实情况是存在很大差距的。她的母亲非常放心她和塞莱斯蒂娜待在一起，并且还向丈夫保证女儿会接受他们的任何决定，因为她是一个"纯洁、诚实且谦卑"的孩子。讽刺的是，两位女主人公除了与她们的追求者幽会，还在未告知父母的情况下偷食了禁果。莺莺和梅莉贝娅的虚伪还体现在，她们在仆人面前总是试图保持高贵的大小姐的形象。当红娘将张生的信件交给莺莺时，她受到了严厉的斥责，并威胁要向郑夫人告发此事。在双方和解后，莺莺又向红娘隐瞒了信件中的内容。而梅莉贝娅，在第十幕的独白中，一边焦急地等待塞莱斯蒂娜的到来，一边担心她的仆人会如何看待她这种行为："啊，我忠实的使女卢克雷西娅！你会怎么说我呢？你要是听到我对你说出以往从来没有打算向你表露的心事，你会怎样想呢？你要是发现我这个一贯深居简出的大家闺秀不再像往常那样一本正经，那样害羞，你会怎么吃惊呢？"① 两位女主人公总是试图在他人面前按照社会规则行事，这和她们独自一人时的所思所想以及她们某些行为举止形成了强烈反差。

在《塞莱斯蒂娜》中，作者在描绘男主人公的形象时，常常让其与他人对话的内容与其实际行为产生矛盾，以达到讽刺效果。当表达内心的痛苦或是赞美梅莉贝娅高尚的美德时，卡利斯托惯用华丽的辞藻堆砌出长篇大论。虽然他出身高贵，但他在恋爱中的真正意图和他的仆人们没有本质区别，那就是与爱人享受鱼水之欢。和作品中出现的其他虚伪的绅士一样，卡利斯托也用金钱打点塞莱斯蒂娜，以借助其得到梅莉贝娅的芳心。

《西厢记》中的男主人公张生并不像卡利斯托一样身份显赫，因此文中对上层阶级的讽刺主要针对莺莺的表哥郑恒。我们可以看到文中处处体现了莺莺和红娘对郑恒的反感。在第一本第三折中，红娘明明已经知道莺莺早已许配给了郑恒，她仍然表明希望莺莺能够寻得一个好夫婿，而莺莺也深以为然，并对着菩萨暗暗许愿："心中无限伤心事，尽在深深两拜中。"

郑恒直到第五本第三折才正式出场。他欺骗莺莺，说张生已经

---

① 〔西班牙〕费尔南多·德·罗哈斯：《塞莱斯蒂娜》，屠孟超译，译林出版社，1997，第143～144页。

娶了京城高官家的小姐。接着王实甫通过郑恒和红娘的对话刻画了一个令人十分反感的形象。虽然郑恒来自官宦之家，但口才却远不如红娘，他甚至还用了不符合自己身份的十分粗鄙的话语："姑娘若不肯，着二三十个伴当，抬上轿子，到下处脱了衣裳，赶将来还你一个婆娘。"

同样，两部作品对莺莺的母亲以及梅莉贝娅的父母也进行了讽刺。《西厢记》中，在张生成功解救了莺莺后，郑夫人违背了将女儿许配给他的诺言，还试图赠予张生金银以示感谢并让他们以兄妹相称。当得知张生和莺莺已经私订终身后，她决定只要张生状元及第就允许这门婚事。同时，她并没有将所发生的一切告知莺莺的未婚夫郑恒。而后，当郑夫人误认为张生已经和他人成亲时，立刻决定要将莺莺嫁给郑恒。身为崔府的一家之长，郑夫人对于自己不妥的行为并未表现出丝毫羞愧。可以说，她是一个不折不扣的机会主义者，她行事的虚伪与表现出来的严厉刻板形成了鲜明的对比。

而梅莉贝娅的父母，在女儿发生悲剧之前，还沉浸在虚荣的幻想之中。普莱贝里奥自信地说："城里人有谁不愿意跟我们结亲？有哪个男子不愿意找我们的宝贝女儿做终身伴侣？"阿莉莎则信心满满地认为"像我们女儿这样品貌皆优、血统高贵的女孩子真找不到合适的人相配，能配得上她的小伙子确实是凤毛麟角"。

在很多情况下，两位作者刻画的上层阶级的人物往往比底层阶级的人物更加虚伪。在上层阶级人物的衬托下，妓女、仆人，特别是红娘和塞莱斯蒂娜都显得更加真诚。

第二章

文体和语言

突破重重阻力最终得以修成正果,这类爱情故事是中国元朝文学和 15 世纪的西班牙文学中常见的话题。我们可以找到许多类似的同时期的作品。在元朝有《倩女离魂》①《拜月亭》等;15 世纪的西班牙则有《人必须如何被爱》(*Tratado de Cómo al Hombre es Necesario Amar*)、《爱的循环》(*Repetición de Amores*)等著作。在这些作品中《西厢记》和《塞莱斯蒂娜》脱颖而出。首先,这两部作品都传达出了基于那个年代而言相对先进的观点;其次,从社会不同阶层的人物的角度,展示了中国元朝时期和 15 世纪西班牙对爱情的定义,还展示了这些人物对于爱情和生活的观点,这将在本书第三章中重点讨论;最后,它们与同类型作品相比具有鲜明的特点及高超的写作水准。本章我们就具体研究并比较这两部作品的文学特点。

第一节 文体特点

《塞莱斯蒂娜》这部作品存在诸多争议点,在文学评论界最具争

---

① 元朝戏剧作品,与《西厢记》《拜月亭》共同被称为中国古典戏剧最伟大的三部爱情作品。《倩女离魂》被认为是剧作家郑光祖的代表作,作品表达了对封建社会统治阶级的抵抗以及对自由选择婚姻的渴望。

议性的问题仍然是它到底是属于戏剧还是小说。① 笔者不打算深入探讨其文体,但是我们需要了解那些引起学术界质疑的《塞莱斯蒂娜》戏剧性的特点,因为这些特点中有很多都与中国元杂剧,特别是与元杂剧的代表作《西厢记》的特点不谋而合。从这个层面上讲,《西厢记》和《塞莱斯蒂娜》的比较研究,是一种跨文化和多视角的学术研究。

一 中国和西班牙的戏剧传统

作为俗文学的中国古典戏剧与热衷于歌颂神明和英雄的西方古典戏剧大相径庭,西班牙汉学家 Relinque Eleta 将前者理解为"一种以娱乐大众为目的,融合了舞蹈、杂技、歌曲、对话等多种元素的艺术形式"②。中国古典戏剧虽然不乏出自士大夫之手且主要反映统治阶级思想、感情和趣味的作品,如明代礼部尚书丘濬的《伍伦全备记》,但大量剧目主要出自民间艺人、书会才人抑或是仕途失意的硕学名儒之手。因此,我们常常可以见到贩夫走卒、贫寒书生甚至是风尘女子悲欢离合的日常生活;而即便是以历史为题材,古典戏剧也多半摄取经过民间"淘洗"的历史演义和传说。王国维在《宋元戏曲史》自序中就提到,中国古典戏剧的代表元杂剧"为时既近,托体稍卑,故两朝史志与《四库》集部,均不著于录;后世儒硕,皆鄙弃不复道"③。

中国古典戏剧的起源有多种观点,如王国维的古巫古优说。此外还有印度梵剧说、影戏傀儡戏说、原始歌舞说、宗教仪式说等观

---

① Lida de Malkiel, María Rosa, *La Originalidad Artística de "La Celestina"* (Buenos Aires: Eudeba, 1962), pp. 50 – 78.
② Relinque Eleta, Alicia, *Tres Dramas Chinos* (Madrid: Editorial Gredos, S. A., 2002), p. 8.
③ 王国维:《宋元戏曲史》,中华书局,2010,第1页。

点。但有一点是毋庸置疑的，追根溯源，古典戏剧离不开两大基本元素，即舞蹈和诗歌①。在先秦文学《诗经·陈风》中已经可以找到描述这类有祭祀性质的舞蹈的篇章：

宛丘

子之汤兮，宛丘之上兮。洵有情兮，而无望兮。
坎其击鼓，宛丘之下。无冬无夏，值其鹭羽。
坎其击缶，宛丘之道。无冬无夏，值其鹭翿。②

东门之枌

东门之枌，宛丘之栩。子仲之子，婆娑其下。
穀旦于差，南方之原。不绩其麻，市也婆娑。
穀旦于逝，越以鬷迈。视尔如荍，贻我握椒。③

诗歌并未独立于舞蹈之外发展，而是和舞蹈一起成为表演的元素。宋代著名史学家郑樵在其著作《通志》的序言中提到，孔子选取三百多首诗歌编成《诗经》，④ 其筛选标准主要是它们是否在宗教祭祀中被演唱，诗歌的功能类似于后世的词和曲。《春秋左传》里也有《诗经》可唱性的佐证：

吴公子札来聘……请观于周乐。使工为之歌《周南》《召南》……为之歌《邶》《鄘》《卫》……为之歌《王》……为之歌《郑》为之歌《齐》……为之歌《豳》……为之歌《秦》……

---

① 周贻白：《中国戏剧史长编》，上海书店出版社，2007，第15页。
② 张丽丽编《诗经》，北京教育出版社，2015，第116页。
③ 程俊英、蒋见元编《诗经》，岳麓书社，2000，第124页。
④ 《诗经》的作者佚名，绝大部分已经无法考证，传为尹吉甫采集、孔子编订。

第二章 文体和语言

为之歌《魏》……为之歌《唐》……为之歌《陈》……为之歌《小雅》……为之歌《大雅》……为之歌《颂》。①

《诗经》中《周颂》的诗歌，主要是在典礼仪式中赞美祖先、统治者功德的乐曲。上述诗歌所描绘的，除了包含不同的文字和音调外，还指明了演员的服饰、配件和动作。诗歌、舞蹈和中国古典戏剧三者之间的相关性佐证最早可以追溯到《楚辞》。在这部作品中，萨满和少命司之间对话式的词曲及《招魂》篇里的词曲和舞蹈，都可以让人联想到中国古典戏剧表演形式的早期雏形。《离骚》中，屈原首先介绍自己的身世背景，之后阐述经历和抒发情感。在杂剧作品中也有十分相似的部分，杂剧每一折的开篇通常会由一个或多个人物以自我介绍的形式透露姓名、出生地、经历等信息，就像汉学家 Relinque Eleta 总结的那样，"杂剧演员在开场白中会用通俗的语言进行自问自答，以透露包括他们的姓名、出生地、生平经历等信息。在部分剧本中，每个人物每一次出场均要重复这一部分内容，因此常常显得冗余"②。

随着时间的推移，舞蹈和词曲（可唱的诗歌）等元素逐渐加入宫廷庆典中，成为封建贵族的一种娱乐方式。汉朝时期百戏就在宫廷中非常流行。而这种表演形式发展至南北朝时期形成了以面向大众为主的戏剧——南戏。③ 唐朝时期开明的民族政策和开放的人才策略吸引了当时东亚以及中亚地区的人才，和他们一同到来的还有丰富的异域文化，因此戏剧表演加入了东亚地区的音乐元素。宋朝时城市空前繁荣，市民群体对娱乐的需求激增，戏剧艺术蓬勃发展。也正是因为在宋朝"说书人"大量增加，因此诞生了戏剧剧本的前

---

① 《春秋左传》，内蒙古文化出版社，2007，第 434~435 页。
② Relinque Eleta, Alicia, *Tres Dramas Chinos* (Madrid: Editorial Gredos, S. A., 2002), p. 30.
③ 南戏是中国南方地区最早兴起的汉族戏曲剧种，也是中国戏剧最早的成熟形式之一。

身——话本。到南宋时期，勾栏已经成为一些大城市固定的娱乐场所，也是戏剧的主要表演场所。

元代是中国古典戏剧创作的第一个高峰期，可惜的是能够保存下来的元杂剧剧本数量并不可观。有学者认为，随着元末科举的恢复，许多文人放弃剧本创作，专心备考，因此直到明朝具有较高文学水平的剧本数量都非常有限。① 关于元杂剧的具体演出形式保存下来的信息也非常少。我们只能从现存极少的元剧本以及明朝对前朝戏剧的改编版本，还有《录鬼簿》中选取的些许章节来推断元杂剧的原貌。

明代戏剧包括传奇戏剧和杂剧，它们分别在宋元南戏和金元杂剧的基础上发展衍化而来。在继承了前朝戏剧特点的基础上，明代戏剧有所简化，但仍存在时间跨度大、剧情复杂等问题，因此明朝戏剧的创作更加考虑作品的可读性而非演出性。于是戏剧在元杂剧之后逐渐发展成一种案头文学，演出时也仅是节选一些经典片段以供欣赏。

如前文所述，中国古典戏剧与西方古典戏剧大相径庭，但若我们追本溯源，并不难发现它们之间存在诸多有趣的相似之处。

英国文化哲学家、历史学家和文化史学家 Dawson 认为，古希腊是欧洲文明的摇篮；② 西班牙语言学家 Rodríguez Adrados 认为古希腊也是西方戏剧艺术的摇篮。③ 对于其起源主要有两种观点。一种认为它和古希腊酒神 Dioniso 的祭祀活动密切相关。人们载歌载舞并进行血祭活动，欢乐和悲伤的元素相互交融。另一种推测它和森林之神相关，人们会披着羊皮行走装作神的随从。不论古希腊戏剧起源于哪种活动，可以肯定的是，这两种观点都肯定了宗教起源说。④ 随着

---

① 王国维：《宋元戏曲史》，中华书局，2010，第 88~89 页。
② Dawson, Christopher, *Los Orígenes de Europa* (Madrid: Ediciones RIALP, 2007), p. 30.
③ Rodríguez Adrados, Francisco, *Del Teatro griego al Teatro de Hoy* (Madrid: Alianza Editorial, D. L., 1999), p. 79.
④ Rodríguez Adrados, Francisco, *Del Teatro griego al Teatro de Hoy* (Madrid: Alianza Editorial, D. L., 1999), pp. 17 – 20.

时间的推移，人们在祭祀活动漫长的祷告中加入了咏唱部分，这种咏唱逐渐演变为类似于对唱的形式，也就是戏剧对话部分的前身。于是这种早期的宗教仪式渐渐具备戏剧的性质，我们可以将其理解成一种"宗教戏剧"①。

成熟时期的古希腊戏剧主要有三种类型：悲剧、喜剧和讽刺剧。悲剧和喜剧被认为是古希腊时期的主流戏剧。悲剧首先是一部诗歌作品，词句高雅，颇有阳春白雪之风，讲述的是英雄神话而非普通人的家长里短。② 而喜剧，往往是带有讽刺意味的作品，以娱乐大众为目的，主要反映当时的社会现状。就像 Guzmán Guerra 解释的那样："古希腊喜剧中常用一种特殊的手法来描绘半真半假的空间，可以理解成是一种神游文学：主人公厌烦了日常生活，去寻找新的空间，有时是乌托邦，在那里他得以实现自己的梦想。"③

古罗马戏剧不仅继承了古希腊戏剧的特点，还注入了新的元素。和古希腊戏剧一样，古罗马戏剧最主要的形式也是悲剧和喜剧。诸如 Plauto 和 Terencio 等伟大的喜剧作家使得古罗马的喜剧成就不亚于前期的古希腊。④ 而悲剧成就相对较小，罗马共和国时期留下的关于悲剧的信息极少，我们只知道一些例如 Ennio、Accio 等剧作家的姓名和一些残存的作品片段。有学者认为，不同于古希腊悲剧，古罗马时期的悲剧是用来阅读和朗诵的，它逐渐演变成供大众消遣的娱乐方式。⑤ 在悲剧衰落之后，在古罗马时期流行起其他的戏剧类

---

① Rodríguez Adrados, Francisco, *Del Teatro griego al Teatro de Hoy* (Madrid: Alianza Editorial, D. L. 1999), p. 36.
② Rodríguez Adrados, Francisco, *Del Teatro griego al Teatro de Hoy* (Madrid: Alianza Editorial, D. L. 1999), pp. 33 – 36.
③ Guzmán Guerra, Antonio, *Introducción al Teatro Griego* (Madrid: Alianza Editorial, 2005), p. 142.
④ López, Aurora, *Comedia Romana* (Madrid: Akal, D. L. 2007), p. 151.
⑤ Duran Velez, Jorge, *Del Género Dramático, la Historia y Nuestra Lengua* (Bogotá: Universidad del Rosario, 2004), pp. 66 – 68.

型，例如滑稽剧、哑剧等。

西方中世纪时期已经很难找到古典戏剧的影子。Chambers 和 Karl Toung（古典戏剧研究领域两位权威人物）认为欧洲中世纪戏剧演变成一种宗教性质的礼拜仪式。这样的解释是符合逻辑的。人们认为原先的礼拜活动大多枯燥且单调，因此渐渐加入一些"戏剧元素"，直到 15 世纪形成了一些较原始的戏剧形式。①

我们几乎很难找到 12 世纪到 14 世纪这段时期内得以保存的西班牙戏剧作品。尽管研究者努力搜寻，也只找到 12 世纪中后期的一部剧作，即 *Auto o Representación de los Reyes Magos*。② 有学者认为这足以证明西班牙在这段时期几乎是不存在戏剧的，而大部分学者却坚持认为这些材料不足以判断那个时期是否存在戏剧，他们认为戏剧可能存在，只是没有被保留下来而已。③ 15 世纪末，西班牙戏剧迎来短暂辉煌，"天主教双皇一代"的学者用戏剧作品传递他们对社会现状深深的忧虑及他们的不安和痛苦。Ruiz Ramón 认为在这个时期"一种丰富而复杂的戏剧诞生了，我们可以称之为西班牙戏剧，因为它具有自己的特点和独特的意义"④。接着他如此评价道："西班牙戏剧不断发展和进步，直到变成一棵有着顽强生命力的参天大树。它是文学，而又不仅仅是文学。它通过演员的表演向人们传达出作者强烈的忧虑、不安和痛苦，向人们诉说着他们处在一个可能性和不可能性相互交织的矛盾且独特的历史时期。"⑤

---

① Chicharro Chamorro, Dámaso, *Orígenes del Teatro: La Celestina* (Madrid: Cincel, 1980), pp. 9 – 12.
② Ruiz Ramón, Francisco, *Historia del Teatro Español: Desde Sus Orígenes Hasta 1900* (Madrid: Cátedra, D. L., 1988), p. 21.
③ Chicharro Chamorro, Dámaso, *Orígenes del Teatro: La Celestina* (Madrid: Cincel, 1980), p. 8.
④ Ruiz Ramón, Francisco, *Historia del Teatro Español: Desde Sus Orígenes Hasta 1900* (Madrid: Cátedra, D. L., 1988), p. 33.
⑤ Ruiz Ramón, Francisco, *Historia del Teatro Español: Desde Sus Orígenes Hasta 1900* (Madrid: Cátedra, D. L., 1988), p. 33.

16 世纪到 17 世纪是西班牙戏剧发展的黄金时期，涌现出如 Lope de Vega、Juan Ruiz de Alarcón、Calderón de la Barca 等戏剧大师，他们的作品至今仍在世界各地的舞台不断上演。

（一）舞台和布景

在中国戏剧发展的历史进程中，舞台形式不断增加、分化，也逐渐产生不同的剧种。19 世纪中后期，徽戏、秦腔、汉调合流，在融合吸收昆曲、京腔之长的基础上形成了闻名世界的京剧。虽然不同剧种的舞台形式各有差异，但它们都具备古典戏剧的一些共性。

以元杂剧为例，演出场地可以是专门用来进行戏剧表演的戏园，也可以是豪宅府邸的厅堂。和其他中国戏剧剧种一样，杂剧的演出也是在一种具有娱乐性质的非正式的大环境中进行，观众在欣赏表演的同时可以互相交谈或者品尝一些精美的茶点。

杂剧演出空间的多样性让我们联想到在欧洲中世纪出现过的戏剧表演的雏形，它们的场所可以在教堂内外、广场、街道或宫殿里，这些场所同样可以用来生活、学习或是做礼拜，也就是说一个专门的场所并不是戏剧演出的必要条件。[1] 和杂剧娱乐性的特点不同的是，欧洲中世纪的这类带有戏剧性质的活动有着强烈的宗教特性，在上述场所中教堂无疑是最适合演出的场所。赶往教堂参加仪式的信徒也就成了这类"宗教戏剧"的参与者，[2] 而不仅仅是观众。

杂剧演出空间多样性带来的结果是剧组没有条件携带过分复杂的布景设备和笨重的装置。因此很多时候戏台就缺少复杂的装饰，往往就只是一个空台。[3] 我们可以在图 1 和图 2 中看到中国古典戏剧

---

[1] Huerta Calvo, Javier, *Historia del Teatro Español* (Madrid: Gredos, D. L. 2003), pp. 55 – 68.
[2] Menéndez Pelayo, Marcelino, *La Celestina [Estudio]* (Alicante: Biblioteca Virtual Miguel de Cervantes, 2003), p. 69.
[3] 中国古典戏剧的演出在 20 世纪才开始运用幕布，用以开启和结束戏剧演出；但一直存在"鬼门"，用于演员出场、入场，区分空间等。

《西厢记》和《塞莱斯蒂娜》的比较研究

戏台的一些样式。

图1　上海城隍庙商船会馆戏台（1715）和浙江永嘉楠溪江芙蓉村陈氏祠堂戏台（清朝）

资料来源：韦明铧《江南戏台》，上海书店，2004，第11页。

图2　清朝戏台

资料来源：罗德胤《中国古戏台建筑》，东南大学出版社，2009，第10页。

在最初阶段，古希腊戏剧在演出过程中总是需要一位演员负责介绍人物的出场及退场信息，为方便观众区分，渐渐用幕布隔开表演空间和准备空间。而后逐渐出现了戏剧表演的专门场所。这类希腊式建筑一般建在山丘之上，其弧形设计使得观众能够更加清晰地欣赏演出。[①] 图 3 和图 4 正展示了上述类型的古希腊剧院。

图 3　SEGESTA 古希腊剧院遗址

资料来源：Ruiz Ramón, Francisco, *Historia del Teatro Español: Desde Sus Orígenes Hasta 1900*（Madrid: Cátedra, D. L., 1988），p. 16。

古希腊戏剧演出至少在其发展初期是缺少舞台装饰的。Guzmán Guerra 在其著作《古希腊戏剧介绍》中总结道：通常情况下，舞台会高于乐队的高度，且在舞台上会搭建一个类似于阳台的建筑，以便于"众神"发表讲话。鉴于古希腊悲剧的场景变化并不多，这样"简陋"的舞台也大致够用了。为了让观众能够了解如战场、海洋、沙漠之类较难模拟的场景，会由一名演员来口述场景的变化。[②]

[①] Guzmán Guerra, Antonio, *Introducción al Teatro Griego*（Madrid: Alianza Editorial, 2005），pp. 60 – 64.
[②] Guzmán Guerra, Antonio, *Introducción al Teatro Griego*（Madrid: Alianza Editorial, 2005），p. 63.

图 4　TINDARI 古希腊剧院

资料来源：Ruiz Ramón, Francisco, *Historia del Teatro Español: Desde Sus Orígenes Hasta 1900*（Madrid: Cátedra, D. L., 1988），p. 16。

而在古希腊戏剧舞台基础上发展起来的罗马式剧院则显得更加复杂，此类舞台拥有更多的装饰性元素，例如大理石雕刻品、石柱、雕刻艺术品等，如图 5 所示。

图 5　MÉRIDA 罗马剧院

资料来源：Ruiz Ramón, Francisco, *Historia del Teatro Español: Desde Sus Orígenes Hasta 1900*（Madrid: Cátedra, D. L., 1988），p. 82。

（二）手势、服饰和妆容

杂剧的戏台缺少装饰和布景，也没有预示表演开始或结束的可升降的幕布。为了弥补这一缺失，戏剧表演内部发展出一套丰富且成熟的系统，让观众能够通过演员的声音和动作想象出不同的舞台布景。这些必要元素包括手势、特定的步伐、服饰和妆容等。汉学家 Relinque Eleta 总结道："豪华的服饰成了剧团主要的资本。面具很少出现，但是复杂的妆容和色彩被赋予越来越重要的意义，直到在京剧中它们成为解读角色的关键。"① 图 6 是部分脸谱及其色彩意义。

图 6　同光十三绝

资料来源：莫丽芸《京剧》，黄山书社，2011，第 9 页。

在清朝光绪年间，著名画家沈蓉圃绘制了一幅展现十三位著名京剧艺术家的画作，每个人物都身着剧中的特色服装，画着精致的色彩鲜艳的妆容，我们可以在图 6 中欣赏到这些艺术家的妆容和服饰。

在元朝的戏剧作品中还不存在如此复杂的妆容，服饰也没有特定的意义，因为妆容中不同颜色的含义直到明朝才形成。但是在《西厢记》成书的年代，观众已经能欣赏一些头饰和服装所代表的含义以及它们之间最基本的区别。②

---

① Relinque Eleta, Alicia, *Tres Dramas Chinos* (Madrid: Editorial Gredos, S. A., 2002), p. 20.
② Relinque Eleta, Alicia, *Tres dramas chinos* (Madrid: Editorial Gredos, S. A., 2002), p. 27.

在古希腊戏剧初期的演出中，妆容和服饰同样具有重要的含义，演员们常常戴着不同的面具以彰显不同角色的性格特点。当古希腊戏剧中讲述神话中的英雄人物、神明、神兽或抽象的事物时，面具和特殊的服饰就成了传递信息的很好的媒介，见图7。①

图7　戴面具的演员（那不勒斯国家考古博物馆）

资料来源：Ruiz Ramón, Francisco, *Historia del Teatro Español: Desde Sus Orígenes Hasta 1900*（Madrid: Cátedra, D. L., 1988），p.16。

二　《塞莱斯蒂娜》的文体之争

《塞莱斯蒂娜》的文体起初并没有引起学术界的争论，人们的关注点仅仅在于到底应该将其命名为悲剧还是悲喜剧。②

从18世纪开始，《塞莱斯蒂娜》的文体引发了激烈的争论。一

---

① Rodríguez Adrados, Francisco, *Del Teatro griego al Teatro de Hoy*（Madrid: Alianza Editorial, D. L., 1999），p.81.
② Huerta Calvo, Javier, *Historia del Teatro Español*（Madrid: Gredos, D. L., 2003），p.150.

方面，对话风格的写作方式、分幕叙事、讲述者的完全缺失等似乎完全是戏剧的特征。① 另一方面，根据古典主义诗学的观点，很明显《塞莱斯蒂娜》的文学形式与戏剧在某些方面完全不符。例如某些色情场景难以搬上舞台，场景的频繁变化也加大了表演难度。另外，空间范围过大、情节进展缓慢等都使得人们不由得将其与小说联系起来。但是，《塞莱斯蒂娜》的对话体结构及讲述者与讲述部分的缺失又使其与传统小说不契合。在这样的困境下，《塞莱斯蒂娜》被部分学者认为是"对话体小说"或者"戏剧体小说"。尽管这两个词是某些学者为这部作品专门创造出来的，但它们的含义却含糊不清，因为它们在表明《塞莱斯蒂娜》是小说的同时却并没有否定其戏剧性。②

Chicharro Chamorro 指出，Leandro Fernández de Moratín 在他的作品 *Orígenes del Teatro: La Celestina* 中定义了"戏剧体小说"的概念。③ 在书中，虽然他认为《塞莱斯蒂娜》是可以被搬上舞台的，但仍应将其归类为小说。根据 Sánchez-Serrano 所说，Buenaventura Carlos Aribau 积极拥护 D. Leandro 对《塞莱斯蒂娜》的分类，并推广了"对话体小说"的概念，直接否定了这部作品在某些方面符合戏剧特征的观点。④

Menéndez Pelayo 同样拒绝给《塞莱斯蒂娜》冠以"戏剧体小说"之名，因为他认为这是不准确的，是自相矛盾的。他认为如果是戏剧就不是小说，如果是小说就不可能是戏剧，他还解释道，小说和戏剧的本质是一样的，就是演绎人们的生活；但小说是以讲述的方式呈现，而戏剧是以表演的方式呈现。在《塞莱斯蒂娜》中所

---

① Chicharro Chamorro, Dámaso, *Orígenes del Teatro: La Celestina* (Madrid: Cincel, 1980), p. 49.
② Ruiz Ramón, Francisco, *Historia del Teatro Español: Desde Sus Orígenes Hasta 1900* (Madrid: Cátedra, D. L., 1988), pp. 57–58.
③ Chicharro Chamorro, Dámaso, *Orígenes del Teatro: La Celestina* (Madrid: Cincel, 1980), p. 49.
④ Sánchez-Serrano, Antonio, Prieto de la Iglesia, María Remedios, *Fernándo de Rojas y La Celestina* (Barcelona: Teide S. A., 1991), p. 80.

有内容都是演绎性质的,而非讲述性质的。

Chicharro Chamorro 认为,María Rosa Lida 用强有力的证据从另一个角度严厉批判了"对话体小说"这种说法。① 她认为如果不从演化的角度来谈论戏剧,那么过长的篇幅就不应当成为作品具有戏剧性的阻碍,因为《塞莱斯蒂娜》使我们联想到《激情的秘密》(*Misterios de la Pasión*)这部著作。这部作品篇幅也很长,但却没有人质疑它的戏剧性。此外,她认为《塞莱斯蒂娜》的与众不同并不意味着它传统戏剧性的缺失。此外,为了证明《塞莱斯蒂娜》和罗马喜剧、中世纪悲剧以及 14、15 世纪的人文主义喜剧有诸多相似之处,María Rosa Lida 还做了大量且详尽的研究。② Salvador Miguel 总结道,在 María Rosa Lida 所有关于《塞莱斯蒂娜》文体的理论中,最被广泛接受的是《塞莱斯蒂娜》应归类于"人文主义喜剧"这一观点。虽然首先指出《塞莱斯蒂娜》与人文主义喜剧有相似之处的是 Menéndez Pelayo,但 María Rosa Lida 却是第一个对它们之间的相似之处(缓慢的剧情发展、社会地位低下的人物、格言警句和谚语俗语)进行细致的探索和研究的学者。但由于《塞莱斯蒂娜》并不是用拉丁文撰写而成,再加上悲剧的结局,很多学者还是认为它不应当属于人文主义喜剧。③

Ruiz Ramón 在其著作 *Historia del Teatro Español: Desde Sus Orígenes Hasta 1900* 中提到,Stephen Gilman 认为《塞莱斯蒂娜》中小说式的陈述特点和对话体的叙述形式使它很难被归类,因此只能用"杂体"来形容这种新颖的文体。④ Keith 认为《塞莱斯蒂娜》是

---

① Chicharro Chamorro, Dámaso, *Orígenes del Teatro: La Celestina* (Madrid: Cincel, 1980), p. 49.
② Lida de Malkiel, María Rosa, *La Originalidad Artística de "La Celestina"* (Buenos Aires: Eudeba, 1962), pp. 29-50.
③ Salvador Miguel, Nicasio, "Fernando de Rojas y La Celestina", *La Aventura de la Historia* 1, 1999, p. 152.
④ Ruiz Ramón, Francisco, *Historia del Teatro Español: Desde Sus Orígenes Hasta 1900* (Madrid: Cátedra, D. L., 1988), p. 57.

文学史上唯一的存在，因为它是一部用西班牙语而非拉丁语撰写的人文主义喜剧。①

20 世纪末涌现出一批以 Rachel Frank、Alan D. Deyermond、Dorothy Severin 等为代表的学者，他们依然支持《塞莱斯蒂娜》是对话体小说的观点，因为《塞莱斯蒂娜》的许多特征（时间、空间以及人物心理的描述）和小说更加接近。他们甚至认为《塞莱斯蒂娜》和意大利的伤感小说有着某些共通之处。②

Menéndez Pelayo 在其作品 La Celestina [Estudio] 中指出，《塞莱斯蒂娜》的确直接影响了叙事文学的发展。③ Ruiz Ramón 认为，《塞莱斯蒂娜》同样对戏剧的发展影响深远，且根据 María Rosa de Lida 的研究，就算不将这部作品归类于戏剧，也不应该质疑它的戏剧性特点。④

虽然学术界对于《塞莱斯蒂娜》的文体争论无果，但在现实中，我们普遍将它理解为像意大利人文喜剧一样以高声朗读为创作目的的作品。《塞莱斯蒂娜》的序言也提到了这一性质："当十个人聚集在一起聆听这部喜剧的时候……" María Rosa Lida 坚持认为作者罗哈斯在创作时并没有考虑其被搬上舞台进行表演的可能性，因为"很简单，欧洲在那个时期并没有成熟的戏剧。它就是为朗读而生的……朗读者通过音色和音调的改变来体现不同的人物和感情"⑤。可以说《塞莱斯蒂娜》在某种程度上很接近案头文学，就像它的编

---

① Keith, Winnom, "El Género Celestinesco: Origen y Desarrollo", Literatura en la Época del Emperador (Salamanca: Universidad de Salamanca, 1988), p. 125.
② Sánchez-Serrano, Antonio, Prieto de la Iglesia, María Remedios, Fernándo de Rojas y La Celestina (Barcelona: Teide S. A., 1991), p. 82.
③ Menéndez Pelayo, Marcelino, La Celestina [Estudio] (Alicante: Biblioteca Virtual Miguel de Cervantes, 2003), p. 49.
④ Ruiz Ramón, Francisco, Historia del Teatro Español: Desde Sus Orígenes Hasta 1900 (Madrid: Cátedra, D. L., 1988), p. 57.
⑤ Lida de Malkiel, María Rosa, Dos Obras Maestras Españolas: el Libro del Buen Amor y La Celestina (Buenos Aires: EUDEBA, 1971), p. 80.

者 Alonso de Proaza 所说的：

> 如果你是个热恋中的人，
> 读卡利斯托的故事会使你动情，
> 有时你会嘟嘟哝哝、自言自语，
> 有时带着欢愉、希望和激愤，
> 有时满腔怒火，热血沸腾。
> 阅读的方式可有千百种，
> 可以代表书中人自问自答，
> 时而痛哭流涕，时而忍俊不禁。①

综上，我们需要承认的是，没有一种文体是与《塞莱斯蒂娜》的特点完全契合的。

三 《塞莱斯蒂娜》和杂剧

（一）舞台指示

对于《塞莱斯蒂娜》中的舞台指示，María Rosa Lida 是这样总结的："《塞莱斯蒂娜》的作者罗哈斯，参照了古罗马戏剧，除了戏剧文本的暗示以外，没有任何舞台指示；在文本中作者对人物动作或是场景说明做了艺术化处理，使其颇具戏剧性。"②

如若想将《塞莱斯蒂娜》搬上舞台，需要克服重重困难。文本中舞台布景、人物动作指示等信息的缺失，再加上时间和地点的不

---

① 〔西班牙〕费尔南多·德·罗哈斯《塞莱斯蒂娜》，屠孟超译，译林出版社，1997，第252页。
② Lida de Malkiel, María Rosa, *La Originalidad Artística de "La Celestina"* (Buenos Aires: Eudeba, 1962), p. 84.

统一，都大大增加了观众理解表演的难度。在中国元杂剧中同样存在上述舞台元素缺失的现象，但这种缺失又确实可以通过其他方式进行弥补。①

1. 时间和地点的指示

中国古典戏剧从来不会对时间和空间有所限制，因此，也同样不会要求在时间和地点上达到统一。为了向观众或是读者传递时间和地点信息，作者在文本中采用暗示的方法来表明时间的流逝或是场景的变化②。Relinque Eleta 用了《西厢记》中的一个片段来展现为了创造空间的场景和表达时间流逝，戏剧文本是如何提供必要信息的：

> 随喜了上方佛殿，早来到下方僧院。行过厨房近西、法堂北、钟楼前面。游了洞房，登了宝塔，将回廊绕遍。数了罗汉，参了菩萨，拜了圣贤。③

通过张生的视角对周遭环境予以描写，读者得以在脑海中构建一幅具体的图景。在《西厢记》中还有许多类似的例子，例如第一本第三折中张生对静谧夜色的咏叹使我们身临其境：

> 夜深人静，月朗风清，是好天气也呵！正是"闲寻方丈高僧语，闷对西厢皓月吟"。
> 玉宇无尘，银河泻影；月色横空，花阴满庭；罗袂生寒，芳心自警。④

---

① 关于《塞莱斯蒂娜》文本的戏剧性，请参考 Alfredo Hermenegildo 的文章 "El arte celestinesco y las marcas de teatralidad"。
② Relinque Eleta, Alicia, *Tres Dramas Chinos* (Madrid: Editorial Gredos, S. A., 2002), p. 17.
③ 王实甫：《西厢记》，河北教育出版社，2007，第9页。
④ 王实甫：《西厢记》，河北教育出版社，2007，第31~32页。

《西厢记》和《塞莱斯蒂娜》的比较研究

同样,《塞莱斯蒂娜》中空间和时间信息也是通过人物对话或独白传递给读者的。例如在第八幕,我们可以从巴尔梅诺和阿雷乌莎的对话中知道天已经亮了:

巴尔梅诺:天亮了吧,否则,房间里为什么这么亮呢?

阿雷乌莎:……

巴尔梅诺:小姐,我心里明白,天已经大亮了,门缝里都透进了阳光。①

在第十九幕中,当卡利斯托出现时,梅莉贝娅用诗歌表达自己激动的心情,同时也描绘了周遭的环境:

你的光临使花园的万物一片欢腾。你瞧,月光是如此皎洁,乌云已经悄悄消逝。请听,这一汪清泉的淙淙水声,它在长满鲜嫩青草的草地上缓缓流淌。请听,高耸的柏树在清风的吹拂下,一根根枝条磨擦时发出沙沙声。为了将我们的欢乐遮掩,它们的树影显得无比阴暗②。

文本中人物的对话或独白向我们传递了许多重要信息,例如卡利斯托家有至少一个客厅,一个马厩和一间卧房,一扇大门,一个楼梯,一间办公室和一间用来存放钱财和贵重物品的储藏室;梅莉贝娅家有一座塔和一个果园。同样我们也可以知悉某个场景中特定时间特定人物的具体位置:站在门口,在楼梯上还是在卧室里。

---

① 〔西班牙〕费尔南多·德·罗哈斯:《塞莱斯蒂娜》,屠孟超译,译林出版社,1997,第117页。

② 〔西班牙〕费尔南多·德·罗哈斯:《塞莱斯蒂娜》,屠孟超译,译林出版社,1997,第229页。

2. 动作指示

《塞莱斯蒂娜》和杂剧的另一个共同点是缺少和人物动作相关的指示，读者仅能通过文本信息来推测人物的动作。这类信息大多存在于人物对话和独白之中，它们间接描述了人物的行动轨迹和部分表演细节。在保存下来的杂剧文本中，对舞台动作的唯一说明就是"科"，这个字可以被翻译成"行动的指示"，但这些指示还远不能解释人物的某个动作该如何表现：

> "科"一词的起源尚不清楚，可以解释一个动作或一系列动作，但没有提及要以何种具体方式或情感进行演绎。[1]

除了"科"所包含的信息，关于人物动作的其他信息都从文本的字里行间传递给了读者。例如《西厢记》第三本第一折中丫鬟红娘描述了她是如何悄悄观察张生的——"偷睛望，眼挫里抹张郎"；第三本第一折中通过红娘的描述我们可以得知张生写作时的具体表现：

> 我则道佛花笺打稿儿，原来他染霜毫不构思。先写下几句寒温序，后题着五言八句诗。不移时，把花笺锦字，叠做个同心方胜儿。[2]

在很多情况下角色会口头描述自己的动作，例如张生在第一本第三折中说"我拽起罗衫欲行"；在第二本第二折中说"红娘去了，小生拽上书房门者"。

而在《塞莱斯蒂娜》中，没有任何类似杂剧中"科"的解释或

---

[1] Relinque Eleta, Alicia, *Tres Dramas Chinos* (Madrid: Editorial Gredos, S. A., 2002), p. 29.
[2] 王实甫：《西厢记》，河北教育出版社，2007，第 101 页。

者旁注，因此我们只能在文本中寻找与动作指示相关的信息，这些信息往往出现在对话当中：

> 卡利斯托：快过来，该死的！快去打开房门，整理好床铺。
> 森普罗尼奥：少爷，我这就去。
> 卡利斯托：关上窗户……①

> 卡利斯托：将诗琴给我取来。
> 森普罗尼奥：少爷，我给你取来了。②

当一个人物向另一个人物描述正在发生的事件时，我们也可以提取出类似动作指示的信息，例如第一幕中塞莱斯蒂娜与森普罗尼奥讲话时，提到了正在下楼的卡利斯托和巴尔梅诺："我听到脚步声了，有人下来啦。"③当卢克雷西娅看到行色匆匆的塞莱斯蒂娜后自言自语道："那急匆匆地朝前走的老太太是谁？"④

3. 关于人物面貌和状态的描绘

《西厢记》和《塞莱斯蒂娜》中大多数隐性指示信息都集中在对人物的外貌描绘上。两位男主人公均细致地描绘了女主人公的沉鱼落雁之貌。张生、卡利斯托、红娘、塞莱斯蒂娜等人物的外貌特征也均通过其他人物的描述展现出来。

同样关于人物状态的描述也穿插于文本中，两部作品都重点描

---

① 〔西班牙〕费尔南多·德·罗哈斯：《塞莱斯蒂娜》，屠孟超译，译林出版社，1997，第3页。
② 〔西班牙〕费尔南多·德·罗哈斯：《塞莱斯蒂娜》，屠孟超译，译林出版社，1997，第4页。
③ 〔西班牙〕费尔南多·德·罗哈斯：《塞莱斯蒂娜》，屠孟超译，译林出版社，1997，第23页。
④ 〔西班牙〕费尔南多·德·罗哈斯：《塞莱斯蒂娜》，屠孟超译，译林出版社，1997，第56页。

绘了当恋人受到情感上的折磨时所表现出的状态。对于人物外貌和衣着的描述也能够传递人物的状态，例如《西厢记》在第五本第一折中详细阐述了莺莺是如何由于想念张生而日渐消瘦的：

裙染榴花，睡损胭脂皱；扭结丁香，掩过芙蓉扣；线脱珍珠，泪湿香罗袖；杨柳眉颦，"人比黄花瘦"。[①]

在《塞莱斯蒂娜》第十二幕中，两位仆人在等待他们主人时的对话内容包含了他们此刻的穿着以及内心感受等信息：

巴尔梅诺：

老兄，你要是看得见我现在这个姿势，一定会觉得好笑的；我现在侧着身子，张开双腿，左脚在前，衣襟塞进裤袋里，皮盾牌卷起来夹在腋下，免得碍手碍脚。照我现在这个慌里慌张的样子，一会儿跑起来准比鹿还快。[②]

（二）声音

声音是中国古典戏剧中非常重要的元素。Relinque Eleta 在 *Tres Dramas Chinos* 的前言里评价道：

戏剧演员需要通过特定的训练来演好剧中的角色：武将的声音低沉且需掌握杂技，年轻的文官需要歌唱的技巧，女性角色需要五官细腻，嗓音饱满……也许演员不需要了解整个剧本

[①] 王实甫：《西厢记》，河北教育出版社，2007，第177页。
[②] 〔西班牙〕费尔南多·德·罗哈斯：《塞莱斯蒂娜》，屠孟超译，译林出版社，1997，第169页。

（就像之后的歌剧演员一样），但他们必须拥有表演、跳跃和舞蹈等技能。杂剧的角色分为末、旦、净、外、杂五个大类。一般由末和旦主唱全剧，其他角色是为情节的发展需要服务的。杂剧对于角色的数量没有限制，但有时同一个演员需要扮演多个角色。男性和女性都可以参与表演，有时候会出现男扮女装或是女扮男装的情况。[1]

可见，在表演中演员们会借助音色的变化，让观众知悉不同的角色。此外，演员通过音调的变化也可以传达人物不同的情绪状态。

如果说《塞莱斯蒂娜》是为了能够被高声朗读而创作的，那么就不难理解作品诸多不符合戏剧性元素的概念了。例如当想要阐明地点或时间时，作者很可能期待能够用一种类似于中世纪行吟诗人的表达方式来进行演绎。"作为叙述者和演员，行吟诗人通过音乐、手势以及叙述来传达内容。"[2] 在这种情况下，声音和动作就成为最基础和最重要的元素。

为了在朗读时能够完美地展现《塞莱斯蒂娜》这部经典文学作品，除了要掌握朗诵的技巧外，根据 Illades Aguiar 所说，可能还需要"哑剧的技巧，需要朗读者手捧书本的同时，加入适当的肢体语言，注入丰富情感"[3]。

综上，杂剧中如妆容、服饰、动作、特定的移动步伐等元素在一定程度上弥补了舞台背景的缺失。而《塞莱斯蒂娜》的文本中同样暗含了动作指示、人物外貌描绘、场景描绘等信息，这也正是许

---

[1] Relinque Eleta, Alicia, *Tres Dramas Chinos* (Madrid: Editorial Gredos, S. A., 2002), p. 28.

[2] Illades Aguiar, Gustavo, "*La Celestina*: teatro de la voz", *Estudios del Teatro Áureo: Texto, Espacio y Representación*, ed. Aurelio González (Ciudad de Mexico, 2001), p. 430.

[3] Illades Aguiar, Gustavo, "*La Celestina*: teatro de la voz", *Estudios del Teatro Áureo: Texto, Espacio y Representación*, ed. Aurelio González (Ciudad de Mexico, 2001), p. 432.

多学者坚持其戏剧性的佐证。① 虽然《塞莱斯蒂娜》和《西厢记》中都没有明显的舞台指示，但读者完全能够通过人物的语言所传递出的信息来构建具体的场景，感受戏剧中时间的流逝。

我们不难总结中国杂剧和《塞莱斯蒂娜》的许多共通之处：时间和地点难以统一，缺少明确的关于舞台布景、时间和地点、人物外貌和着装等的指示，读者仅能从文本中寻找有限的信息以在脑海中构建场景。

（三）《西厢记》和《塞莱斯蒂娜》

关于《西厢记》历来被争论的几个问题并不包括文体，但几乎所有评论家都指出了它和其他杂剧作品相比的独特性和原创性。

杂剧作品一般由四个长短不同的"折"② 构成。很少有作品超过四折，而《西厢记》却用五本二十一折讲述了一个故事，成为一个特例。除此之外，在杂剧中，最普遍的是由一个人物主唱全剧，就算在一些特殊场景中，一般也以男女主人公交替演唱的方式进行表演。但在《西厢记》中，除了男女主人公张生和莺莺演唱的部分外，婢女红娘独唱的部分在全本中总共有7处，占据了相当大的比例。

臧懋循所编著的杂剧集《元曲选》并没有收录《西厢记》，尽管作者在序言中承认《西厢记》的重要性，也强调了它对同时期及后世作品的影响。著名戏剧历史理论家蒋星煜先生认为其原因也许是臧懋循认为《西厢记》在杂剧中是一个异类，因为它和传奇③ 有

---

① Lida de Malkiel, María Rosa, 在其著作 *La Originalidad Artística de "La Celestina"* 中对《塞莱斯蒂娜》隐含的舞台指示信息做了细致的研究，而这些研究被许多学者认为是其戏剧性的佐证。

② 一般来说，杂剧作品包含四个"折"，每一"折"都是一个完整的故事。比起戏剧单位来说，"折"则更像是一个音乐单位，它们之间并没有行动发展的间断。

③ 传奇是一种小说体裁，源于唐朝。唐以前中国小说创作基本处于萌芽状态，"至唐人乃作意好奇，假小说以寄笔端"（胡应麟《少室山房笔丛》）。

诸多相似之处。

除了上述特征,《塞莱斯蒂娜》和《西厢记》还有其他共通之处。从新古典主义悲剧理论来看,《塞莱斯蒂娜》二十一幕实属过长,而《西厢记》因五本二十一折的长度在杂剧中同样被认为是异类。

这两部作品的长度不仅体现在"幕"或"折"的数目上,还体现在人物对话的长度上。除了主角之外,一些次要角色在某些时候也有冗长的阐述。《西厢记》第二本中和尚法聪的长篇大论令读者印象深刻。在《塞莱斯蒂娜》的第一幕中,巴尔梅诺在提醒卡利斯托关于塞莱斯蒂娜干的一些见不得人的勾当时,发表了诸多见解;普莱贝里奥在最后一幕中叹息女儿的死亡时也进行了大篇幅的独白。由于演出时间有限,这类冗长的对话或独白无疑增加了将这两部作品搬上舞台的难度。

此外,两部作品中描绘的一些色情场景也增加了演出的难度,尽管演员们会用象征性的表演来化解这一难题。

为了更加清晰和直观地比较《西厢记》和《塞莱斯蒂娜》,我们制作了表格以总结它们的相似点(见表1)。

表1 《西厢记》和《塞莱斯蒂娜》的相似之处

作品	文体	非戏剧性的部分（根据西方戏剧传统）	其他相似点
《西厢记》	杂剧（在杂剧中属于异类，因为它的某些特点和杂剧传统不符）	1. 舞台场景难以布置（场景变化多且快） 2. 缺少明显的舞台指示（舞台布景、人物动作、服饰等） 3. 缺少时间和地点的统一 4. 文本过长，情节进展速度过慢 5. 有色情场景	1. 长篇对话或独白（次要人物也有长篇大论） 2. 读者需要通过人物的对话、独白构建场景 3. 声音是演绎文本非常重要的元素
《塞莱斯蒂娜》	有争议（被定义为悲喜剧、"对话体小说"或"戏剧体小说"、人文主义喜剧、异类、单纯对话体等）		

第二章　文体和语言

　　《西厢记》和《塞莱斯蒂娜》的相似性共同指向了它们不适合舞台演出的结论，但这从来都不曾阻止它们成为各自文化中颇受欢迎的著作，这得益于作者高超的写作水平，也得益于后世诸多的改编版本，这些被搬上舞台的改编版本在现今艺术界取得了巨大的成功。

第二节　《西厢记》和《塞莱斯蒂娜》的戏剧结构

　　过长的时间跨度成为人们质疑《塞莱斯蒂娜》文体的主要原因之一，《西厢记》也同样具有这些"不足"，但根据中国古典戏剧传统，并没有人质疑它的戏剧性。

　　的确，这两部作品都不适合舞台表演，但是表演性并不等同于戏剧性。Salvador Miguel 曾在他的文章中提到过，Valle-Inclán 认为《塞莱斯蒂娜》的写作模式与戏剧完全相符，因为"戏剧真正的精髓在人物对话当中，一部作品并不需要能够被表演才能被定义为戏剧"[1]。Lida de Malkiel 的观点与 Valle-Inclán 是一致的，她认为"《塞莱斯蒂娜》能否在剧院演出并不是问题所在，如果人物是为了具体场景而构思出来的，如果人物可以通过动作和语言来传达思想、表达意志和情绪，以及对其他角色做出反应，那么这些元素就是戏剧性的关键"[2]。

　　虽然《塞莱斯蒂娜》的文体存在争议，但没有人能够否定这部作品所体现出的戏剧性。因此，我们可以将《西厢记》和《塞莱斯蒂娜》的戏剧结构进行比较研究。

---

[1] Salvador Miguel, Nicasio, "Fernando de Rojas y *La Celestina*", *La Aventura de la Historia* 1, 1999, pp. 62–63.

[2] Lida de Malkiel, María Rosa, *La Originalidad Artística de "La Celestina"* (Buenos Aires: Eudeba, 1962), p. 68.

《西厢记》和《塞莱斯蒂娜》的比较研究

一 "三一律"

"三一律"是西方戏剧结构理论，其概念可追溯到亚里士多德时期。亚里士多德在《诗学》中曾指明悲剧应以太阳的一周为限。16世纪，意大利戏剧理论家 Giovanni Battista Giraldi 首先提出"太阳运行一周"指的是剧情的时间。Lodovico Castelvetro 进一步阐述了剧作的演出时间也应限定在此范围内，并补充戏剧应该仅限于单一的地点和单一的情节。① 此规则被后来的新古典主义进行了再创造，其严苛达到了极致：故事从开始到结束不能超过一天（一昼夜），人物活动只能发生在一个场景内，情节需要服从于一个主题。② 虽然"三一律"在现实中并没有被严格执行，且激起了无尽的争论，③ 但西方剧作家在进行剧本创作时都尽量践行此法则或是向这个法则靠拢，尽量做到时间、地点和情节的高度统一。

而中国古典戏剧中，剧作家可以根据需求创造时间、地点和剧情。元代的审美范式是将戏剧中的唱段看作衡量文学水平的标准，其余部分包括时空框架、情节等都是次要的。因此我们在杂剧中几乎找不到时间、地点和情节的统一。但《西厢记》与其他杂剧作品相比，可以说在这一方面是最接近西方戏剧的了。接下来我们就从"三一律"的角度来研究《西厢记》和《塞莱斯蒂娜》的戏剧性特点和情节结构。

根据亚里士多德《诗学》第五章，情节应当在一天或一天多一点的时间内发展（虽然这是现实中经常被忽略的一个标准）："当以

---

① Salvat i Ferré, Ricard, *El Teatro: Como Texto, Como Espectáculo* (Barcelona: Montesinos, 1988), p.109.
② Pérez Magallón, Jesús, *El Teatro neoclásico* (Madrid: Laberinto, D. L., 2001), pp.31–34.
③ Salvat i Ferré, Ricard, *El Teatro: Como Texto, Como Espectáculo* (Barcelona: Montesinos, 1988), p.109.

诗句的形式描述情节时，史诗和悲剧是相伴而生的；但悲剧诗歌的形式往往是不统一的，并且其叙事要尽量在日出日落间完成，或是稍稍延长一点时间。"①

我们来梳理一下《西厢记》和《塞莱斯蒂娜》的时间轴。

《塞莱斯蒂娜》：
第1天（1~7幕）；
第2天（第8幕~第12幕部分内容）；
第3天（第12幕部分内容~第14幕部分内容）；
第4天（第14幕部分内容~第15幕）；
一个月左右（29天）的空白时间；
第5天（第16幕~第19幕）；
第6天（第19幕~第21幕）。

《西厢记》
第1天（第一本第一折）；
第2天（第一本第二折~第一本第三折）；
第3天（第一本第四折~第二本第一折）；
第4天（第二本第一折~楔子部分内容）；
第5天（楔子剩余部分）；
第6天（第二本第二折~第二本第四折）；
第7天（第三本第一折~第三本第三折）；
第8天（第三本第四折）；
第9天（楔子~第四本第一折）；
一个多月的空白时间；

---

① Aristóteles, *Aristotelis Ars Poetica = Poética de Aristóteles*, ed. Valentín García Yebra（Madrid: Gredos, 1974）, pp. 143 – 144.

第 10 天（第四本第二折）；

第 11 天（第四本第三折～第四本第四折）；

半年的空白时间；

第 12 天（第五本第一折）；

约几天的空白时间；

第 13 天（第五本第二折）；

第 14 天（第五本第三折）；

第 15 天（第五本第四折）。

《塞莱斯蒂娜》中除去第 15 幕和第 16 幕中隐含的将近一个月的空白时间，作品中描述的时间跨度仅有五天多，故事最终结束于第六天的清晨。

一些文学评论家认为《西厢记》从第四本第三折开始到结尾的部分是后来才被加入原著的，这部分的作者可能是王实甫也可能是关汉卿，并且许多学者认为第十六折之后的部分对主体情节来说是可有可无的。因此，我们可以认为《西厢记》的前十六折是一个整体，讲述了一个完整的故事。那么如果仅考虑前十六折，再除去折与折之间隐含的空白时间，整个故事在十天内就结束了。

García Rubio 在他的文章中提到过，根据 Pinciano 的观点，戏剧描述的时间跨度可以延长至三天，而悲剧可以延长至五天；Cascales 认为喜剧和悲剧描述的时间跨度都可以长达十天。[①] 如此说来，《塞莱斯蒂娜》情节是符合黄金世纪建立的悲喜剧时间规则的。同样从这个角度分析，至少《西厢记》前十六折，与西方古典戏剧传统并未相去甚远。

与"三一律"中对地点的严苛限制相反的是，场景多样性是

---

① García Rubio, Francisco, "El wikileak del Caso Lázaro de Tormes: Problemáticas Jurídicas y Jurisdiccionales", *eHumanista* 18, 2011, pp. 53 – 54.

《西厢记》和《塞莱斯蒂娜》的共同之处。在《西厢记》中主要的场景有寺庙、张生的卧房、莺莺的闺房、与寺庙仅一墙之隔的花园、崔府大厅及十里长亭;在《塞莱斯蒂娜》中有卡利斯托的家、塞莱斯蒂娜的家、梅莉贝娅的家、阿雷乌莎的家,还有城市的街道和广场(详见附录)。事实上,这两部作品都不应该由场景的数量引起任何异议,因为和它们同时代的戏剧作品相比,在这一方面其实并没有什么特别的。

关于情节的规则在亚里士多德《诗学》第八章中有详细的描述,作者认为悲剧的情节应当围绕一个事件发展,这个事件就是整个故事的核心,且要由此引出结尾。故事应当快速且自然地过渡到结局,中间没有停顿、离题或是次要情节。

在《塞莱斯蒂娜》中,卡利斯托和梅莉贝娅的爱情是情节发展的主要动力。同时我们可以观察到两个次要情节,即塞莱斯蒂娜和卡利斯托两个仆人之间的冲突,还有妓女们为森普罗尼奥和巴尔梅诺之死的复仇。这两个次要情节都是男女主人公爱情故事的分支,爱情故事才是作品真正的核心。虽然《塞莱斯蒂娜》中大部分章节都围绕着卡利斯托和梅莉贝娅的关系展开,但仍有两到三幕看似偏离了核心情节,但这些次要情节的发展引出了与核心情节相关或是对核心情节的发展非常重要的结果。[1]

在分析《西厢记》之前,我们首先得了解杂剧的总体情况。据王国维所说,杂剧的核心并不由情节构成,而是由唱段构成。根据当时的美学标准,唱词才代表了杂剧的文学水准,因此唱词才是被评价的主要对象。[2] 对于大多数剧作家来说,戏剧的创作几乎等同于唱词的创作,而故事情节只是为了搭建一个背景,仅仅起到一个框

---

[1] Villegas, Juan, "La Estructura Dramática de *La Celestina*", *Boletín de la Real Academia Española LIII*, 1974, pp. 440-443.

[2] 王国维:《宋元戏曲史》,中华书局,2010,第116页。

架作用；当唱词和情节发展相冲突时，剧作家常常是先考虑唱词，情节发展则摆在次要的位置。① 唱词大多是为了描述主人公内心感受，对于情节发展不会提供新的信息，在叙述上可以说是一种停顿。② 但王实甫的《西厢记》在这一方面却是例外。首先，在《西厢记》的唱段中可以找到大量的情节发展的信息；其次，在前十五折中我们可以看到情节和唱段的高度统一：除了一开始张生的四段唱词以外，没有一段唱词是脱离情节而独立存在的。

王实甫以董解元的《诸宫调西厢记》为基础，删去了一些如每个人物的介绍、寺庙的细致描写、孙飞虎和白马将军打斗场景等他认为不必要的部分，增加了一些能够突出人物特点的部分，结果就是整个故事都围绕张生和莺莺的爱情而展开。由于王实甫没有为了故事的完整性详细介绍郑夫人和她的儿子欢郎，也没有提前介绍方丈和白马将军，金圣叹大加赞叹《西厢记》情节的高度统一。③

《西厢记》的前十六折已经叙述了一个完整的故事，且都围绕着张生和莺莺的爱情这条主线展开。但是从第四本第四折开始故事发展似乎脱离了核心情节。即便如此，《西厢记》和它同时期的其他杂剧作品相比，都更加接近西方戏剧对于情节统一的要求。

二 情节结构

《塞莱斯蒂娜》总共有二十一幕，但是这种幕的区分并没有特殊的结构上的意义，因为直到 16 世纪末 17 世纪初才出现了影响西班

---

① 吕效平：《中国古典戏剧情节艺术的孤独高峰——从欧洲传统戏剧情节理论看〈西厢记〉》，《文学遗产》2002 年第 6 期，第 54 页。
② Relinque Eleta, Alicia, *Tres Dramas Chinos* (Madrid: Editorial Gredos, S. A., 2002), p. 34.
③ 大部分杂剧都会有一个部分专门用来详细介绍人物背景。

牙剧作家戏剧作品情节结构的理论。① 在《西厢记》中，折的区分也没有特定的结构意义，因为它更接近音乐和旋律单位，而不具备区分场景的功能。②

这两部作品都以一个意外事件而展开剧情：男主人公偶然遇到女主人公，从此便开启了一段爱情故事。第一个情节冲突均是男主人公直接或间接的表白遭到女主人公的拒绝。当他们求助于第三方，也就是红娘和塞莱斯蒂娜时，冲突得到了些许缓和。虽然情节类似，但两部作品冲突爆发的形式却有所区别。在《塞莱斯蒂娜》中，故事开端即爆发冲突：卡利斯托向梅莉贝娅表白而遭到无情的拒绝；③ 而在《西厢记》中作者则以一种渐进的方式一点点地引发冲突。我们可以从表2中看到这两部作品中冲突发生的过程。

表2 第一部分的情节结构

《塞莱斯蒂娜》	第一次见面→卡利斯托表达爱意→梅莉贝娅拒绝卡利斯托（以上均发生在第一幕的第一个场景）
《西厢记》	张生和莺莺的第一次见面没有交谈（第一本第一折场景一）→张生的间接表白和来自红娘的拒绝（第一本第二折场景四）→张生和莺莺通过诗歌交流（第一本第三者场景五）→张生和莺莺的第二次见面没有交谈（第一本第四折场景四）→张生解救莺莺（第二本楔子）→郑夫人毁约（第二本第三折第一幕）

根据爱情故事的进展，我们可以将两部作品的剩余情节再细分为两个部分。《塞莱斯蒂娜》的第二部分包含了塞莱斯蒂娜的参与、她和两个仆人的死亡，以及两个恋人一起度过第一个夜晚；第三部分包含了阿雷乌莎和艾莉西娅的复仇，卡利斯托的死亡和梅莉贝娅

---

① Ruiz Ramón, Francisco, *Historia del Teatro Español: Desde Sus Orígenes Hasta 1900* (Madrid: Cátedra, D. L., 1988), p. 63.
② Relinque Eleta, Alicia, *Tres Dramas Chinos* (Madrid: Editorial Gredos, S. A., 2002), p. 25.
③ Chicharro Chamorro, Dámaso, *Orígenes del Teatro: La Celestina* (Madrid: Cincel, 1980), p. 49.

的自尽。《西厢记》第二部分从红娘的介入开始,以郑夫人和红娘之间的争论和互相指责结束;第三部分以恋人的告别为开始,最终以张生和莺莺幸福的婚姻为故事的结尾。

这两部作品的第二部分在情节上都经历了从"紧张"到"松弛"的过程。紧张存在于当卡利斯托和张生焦急地等待他们的中间人(塞莱斯蒂娜和红娘)牵线搭桥时。当他们终于获得了女主人公的芳心,这种紧张感在很大程度上便得到了缓解,新的情节也随之产生:在《塞莱斯蒂娜》中,当爱情的冲突被解决后,出现了由主要情节引出的次要情节,即塞莱斯蒂娜和两个仆人之间的争吵以及他们三人的死亡,这便引出了第三部分,阿雷乌莎和艾莉西娅的复仇;在《西厢记》中,当张生和莺莺开始幽会后,出现了新的冲突,即张生、莺莺、红娘三人和郑夫人之间的冲突,这也引出了第三部分,即莺莺和张生的分离。

《塞莱斯蒂娜》被许多作家模仿,但没有一部改编作品能够达到或是超越原著丰富的戏剧性。《西厢记》,特别是它的前十六折,在某种程度上最贴近西方戏剧理论。在前文分析的基础上我们可以认为这两部大师级著作在情节结构上虽然有一些明显的区别,却也同时拥有诸多相似之处。

第三节 空间和时间

如果用古典主义的眼光去衡量《塞莱斯蒂娜》,那么它并不是一部戏剧作品,因为这部作品中不存在"舞台空间",但可以肯定的是其存在"戏剧空间"。Ruiz Ramón 阐明了"舞台空间"和"戏剧空间"这两个概念的联系和区别:"我们不该将戏剧空间和舞台空间混为一谈。戏剧中的情节、人物、时间和空间、语言等元素常常高度依赖于舞台概念,而这些舞台概念,又取决于戏剧史上不断变化的惯例。然而,这些元素并不是一部作品戏剧性的必要条件,只要作者在写作时能够搭建虚构的舞台场景,那么这部作品就可以被认为是戏剧。"①

空间和时间这两个互相影响的维度,是《西厢记》和《塞莱斯蒂娜》中不可或缺的元素。接下来,我们集中探究这两部作品时空构建的共性。从前文可知,读者能够根据两部作品中的对话和独白推测空间和时间信息。虽然文本中的信息对于搭建一个具体的舞台场景显然是不够的,但足以使情节发展顺理成章。在《西厢记》中,观众还能获得演员的声调、手势、步伐、服饰等信息,音乐、曲调等都能使他们更好地构建时空框架。

一 空间

前文中已经提到,《西厢记》和《塞莱斯蒂娜》中出现的地点数目并没有超过元杂剧或是黄金世纪西班牙戏剧中常见的地点数目,但是引起人们注意的是这两部作品中地点频繁变化、人物来来往往,特别是红娘和塞莱斯蒂娜,她们频繁地从一个场景进入另一个场景。

显而易见,《塞莱斯蒂娜》所构建的空间结构是充满生机的,从根本上说是动态的。② 人物非常自由地从一个空间进入另一个空间。他们的路线也被作者细致地勾勒和安排,读者能够从文中获得足够的信息来想象人物移动的轨迹,并推测出街道、房子、楼梯等的具体的位置。《塞莱斯蒂娜》中巡游式的、动态的空间概念,和作者对

---

① Ruiz Ramón, Francisco, *Historia del Teatro Español: Desde Sus Orígenes Hasta 1900* (Madrid: Cátedra, D. L., 1988), p. 58.
② Ruiz Ramón, Francisco, *Historia del Teatro Español: Desde Sus Orígenes Hasta 1900* (Madrid: Cátedra, D. L., 1988), p. 60.

于人物行程路线的细致描绘，可以使我们联想到电影的叙述风格和电影艺术空间的移动感。

和《塞莱斯蒂娜》不同的是，《西厢记》的作者没有如此细致地描绘人物的路线，但与之相同的是，很多时候所描述的空间也是动态的。例如当张生首次出场时，他用语言描绘了当下的动作和路线，"行路之间，早到蒲津"；当法聪向张生介绍普救寺时，通过文本信息，我们能够身临其境地跟随张生进行参观。此外，读者借助对话和独白中的各类信息，能够在脑海中形成一幅地图，在图中能够确定张生的卧房、寺庙的花园等的位置。据此，读者就有可能想象出红娘在小姐的闺房和张生的卧房间多次往返的路线了。图8就是基于《西厢记》的文本信息绘制的插图。

两部作品中繁多的场景主要可以分为两类，即内部场景和外部场景，它们的功能是不一样的。《西厢记》中内部场景包含了张生的卧房、莺莺的闺房、崔府的大厅；《塞莱斯蒂娜》中包含了卡利斯托、塞莱斯蒂娜、梅莉贝娅、阿雷乌莎的家。作者使用内部场景，主要是为了能够描绘人物的内心活动，特别是男主人公的想法，因为他们常常在自己的卧室里轻声哼唱、沉思或是抱怨，女主人公则是在闺房里毫无掩饰地表达思想、流露情感。《西厢记》中的外部环境是寺庙、花园、十里长亭；《塞莱斯蒂娜》中的外部环境则是城市的街道、广场、梅莉贝娅家的果园。寺庙、花园、果园等给男女主人公的相遇提供了机会，其他外部场景则是用来从一个地点过渡到另一个地点的。

不论是在《西厢记》还是在《塞莱斯蒂娜》中，一些人物是无法自由地从一个空间进入另一个空间的。莺莺和梅莉贝娅，因小姐身份被而被限制在有限的空间内。当莺莺想要去其他地方时，必须事先征求其母亲郑夫人的同意；而梅莉贝娅直到自杀也没有走出过家门。张生和卡利斯托在一开始也没有能够进入他们想要进入的空

图 8　花园和张生的卧房

资料来源：王实甫《西厢记》，河北教育出版社，2007，第 89 页。

间，尽管和女主人公相比，他们拥有更多的自由。在这种大环境下，男女主人公只能借助第三方（红娘和塞莱斯蒂娜）互相通信，传递相思之情。我们常常看到，在两部作品中，那些社会地位低下的人物反而能够在内部和外部场景中自由移动、频繁进出。

《西厢记》和《塞莱斯蒂娜》在空间构建上的另一个共性就是作者创造地点时具有随意性。《西厢记》中关于环境的描写是非常诗意的，作者主要用环境来突出人物的情绪状态，而并不在意是否精确地描绘了环境。很多时候作者所构建的地点仅仅是根据情节发展来确定的。

Alcina Franch 在文中提到，Gilmman 定义《塞莱斯蒂娜》为

"异类",因为"每当情节需要的时候作者就随意创造时间和空间"①。《西厢记》中也随处可见这种自由的创造。在《西厢记》和《塞莱斯蒂娜》中,几乎所有的地点都恰到好处,所有情节恰好就在合适的地点发生。两部作品中也都是女主人公选择约会的场景,这一定程度上预示着她们已经坠入爱河了,否则她们不敢冒险采取行动。莺莺:"昨夜红娘传简去与张生,约今夕和他相见,等红娘来做个商量。"② 梅莉贝娅:"请你同意在明天这个时候再来,从我家花园翻墙进来。"③ 红娘和塞莱斯蒂娜与小姐们关于追求者的对话都发生在非常隐秘的地方,这些地点分别是莺莺的闺房、夜晚的花园,梅莉贝娅的家等,只有在这些地方红娘和塞莱斯蒂娜才能够试探女主人公真正的想法。为了营造悲凉的氛围,王实甫在《西厢记》中运用了十里长亭的意象,长亭间的距离凸显出莺莺在送别张生时的艰难;在《塞莱斯蒂娜》中,梅莉贝娅家中的高塔为她戏剧性的自杀提供了一个最合适的场景。

二 时间

任何一个专注的读者都不难注意到在这两部作品中时间是一个非常重要的元素。我们可以看到在很多情况下,两位作者都尽可能精确地描述事件发生的具体时间,其目的是赋予故事一种真实感。它们之间的区别在于,由于《西厢记》中所描述的时间跨度有一年左右,作者运用的主要时间符号是天和季节;而《塞莱斯蒂娜》中所描述的时间跨度仅有一个多月,因此作者能够用更加精确的时间

---

① Alcina Franch, Juan, *La Celestina: Fernando de Rojas* (Barcelona: Laia, 1983), p. 56.
② 王实甫:《西厢记》,河北教育出版社,2007,第140页。
③ 〔西班牙〕费尔南多·德·罗哈斯:《塞莱斯蒂娜》,屠孟超译,译林出版社,1997,第168页。

符号来构建时间框架。

《西厢记》第一本第四折中和尚法聪指出"今日二月十五日开启"①，由此我们知道，故事开始于二月末；第二本中的时间是在春末（莺莺："况值暮春天道。""那值残春。"②）；第三本和第四本第一折的时间是在夏天和初秋（红娘："金荷小。"）。我们推测第四本的其余故事发生在秋末（红娘："立苍苔将绣鞋儿冰透。"③ 莺莺："西风紧，北雁南飞。"④ 张生："秋蛩鸣四野，助人愁的是纸窗儿风裂。"⑤），而第五本开始时间相较第四本已经过了半年（"相见时红雨纷纷点绿苔，别离后黄叶萧萧凝暮霭。今日见梅开，别离半载。"⑥）。

在《塞莱斯蒂娜》中，我们不仅可以得知故事时间跨度，很多时候还能够绘制出一条精确的时间轴：在第九幕中森普罗尼奥说他从一点就开始等待塞莱斯蒂娜；⑦ 第十一幕中塞莱斯蒂娜说她曾和梅莉贝娅家做了四年邻居；⑧ 在第十四幕中，索西亚观察到"现在已经下午四时了，可他既没有召唤我们，也没有吃午饭"⑨。

但是，两部作品中的时间细节都有前后矛盾之处。在《塞莱斯蒂娜》中，巴尔梅诺还如此年轻，他已逝的母亲却似乎和塞莱斯蒂娜年纪相仿（塞莱斯蒂娜称巴尔梅诺的母亲为她年轻时的朋友和导师），这是极不合理的。在《西厢记》中，张生和莺莺第一次相遇是在春天，当张生状元及第归来时已经是第二年的春末了，这就意

---

① 王实甫：《西厢记》，河北教育出版社，2007，第40页。
② 王实甫：《西厢记》，河北教育出版社，2007，第48页。
③ 王实甫：《西厢记》，河北教育出版社，2007，第150页。
④ 王实甫：《西厢记》，河北教育出版社，2007，第158页。
⑤ 王实甫：《西厢记》，河北教育出版社，2007，第167页。
⑥ 王实甫：《西厢记》，河北教育出版社，2007，第174页。
⑦ ［西班牙］费尔南多·德·罗哈斯：《塞莱斯蒂娜》，屠孟超译，译林出版社，1997，第139页。
⑧ ［西班牙］费尔南多·德·罗哈斯：《塞莱斯蒂娜》，屠孟超译，译林出版社，1997，第159页。
⑨ ［西班牙］费尔南多·德·罗哈斯：《塞莱斯蒂娜》，屠孟超译，译林出版社，1997，第196页。

味着整个故事应有一年多的时间跨度,但如果根据文本中给出的其他时间信息来推算的话,一共只有八个月左右的时间跨度。

因此,我们可以说这两个故事都在一个假想而又合理的时间轴上展开。它们的时间有时是真实可信的,有时又是似是而非的。我们可以观察到在两部作品中存在两种时间:第一种以显性的方式、连续地呈现出来,时间跨度较短;另一种则以隐性的方式呈现,主观性较强,和人物的行为密不可分。第二类时间是非常必要的,是作者为了体现人物个性而创造出来的。Ruiz Ramón 在他的作品中曾提到,对《塞莱斯蒂娜》中时间矛盾性的理解可以参考 R. M. Frye 对莎士比亚作品中时间不一致性的解释:"短暂的时间是不够的,因为它不能凸显角色的心理活动,角色需要一个较长的时间来孕育行为动机,完善自我人格。"①

《塞莱斯蒂娜》中时间的矛盾之处,据 Gilman 所说,对作品中人物的影响大于对读者的影响,因为读者要么压根儿没有注意到,要么根本分辨不清这些小细节。② 用 Salvador Miguel 的话来说,这些矛盾之处是由于"罗哈斯常常为了达到必要的结果而创造了时间,作者并不追求向读者展现连续的不间断的时间,而仅仅想展示经过精心挑选的片段"③。上述论点同样可以用来解释《西厢记》中时间细节的矛盾之处。

除了上述特点外,两部作品的作者都钟爱描述时间的流逝。一方面,男主人公在等待女主人公时总是抱怨时间过得太慢;另一方面,很多角色又经常思考为什么时间过得如此之快。《西厢记》中张

---

① Ruiz Ramón, Francisco, *Historia del Teatro Español: Desde Sus Orígenes Hasta 1900* (Madrid: Cátedra, D. L., 1988), p. 62.
② Gilman, Stephen, "El Tiempo y el Género Literario en la *Celestina*", *Revista de Filología Hispánica* 7, 1945, p. 154.
③ Salvador Miguel, Nicasio, "Fernando de Rojas y *La Celestina*", *La Aventura de la Historia* 1, 1999, p. 156.

生说"读书继晷怕黄昏,不觉西沉强掩门"①,莺莺说"自张生去京师,不觉半年"②,"不觉的过了小春时候"③。《塞莱斯蒂娜》中,塞莱斯蒂娜观察到女孩们和爱人在一起时觉得时间过得飞快,"她们会咒骂公鸡,因为它们报晓;她们也诅咒时钟,厌它们走得太快"④。普莱贝里奥说:"我觉得光阴就像人们说的那样,像流水一样过去了。日子比什么溜得都快。"⑤ 卡利斯托说:"天快亮了。这是怎么一回事?我觉得我们在这儿才过了一个小时,可时钟却敲了三下。"⑥

与空间一样,两部作品中的时间安排也专门服务于情节。《西厢记》的第一本第一折中,郑夫人忽然决定让红娘和莺莺去寺庙走走,于是莺莺就与张生巧合地在寺庙相遇,王实甫通过类似的方式多次制造男女主人公意外相遇的机会。在《塞莱斯蒂娜》中,当塞莱斯蒂娜第一次去梅莉贝娅家拜访的时候,梅莉贝娅的母亲阿莉莎恰好要出门看望她生病的姐妹,这就提供了塞莱斯蒂娜和梅莉贝娅单独相处的机会。

此外,王实甫和罗哈斯都在各自作品中运用时间元素来烘托恋人告别时的情绪:王实甫将张生的离开安排在秋天,引发一种悲凉之感;罗哈斯将卡利斯托的离别安排在黎明之前,同样透出一丝伤感。此外,王实甫延长剧情的发展脉络,目的是使恋人的情绪状态和人们对于一年四季的感受相吻合:春天是最容易发生浪漫故事的季节,因此作者将张生和莺莺的第一次相遇安排在三月;作者将冲

---

① 王实甫:《西厢记》,河北教育出版社,2007,第113页。
② 王实甫:《西厢记》,河北教育出版社,2007,第176页。
③ 王实甫:《西厢记》,河北教育出版社,2007,第181页。
④ 〔西班牙〕费尔南多·德·罗哈斯:《塞莱斯蒂娜》,屠孟超译,译林出版社,1997,第49页。
⑤ 〔西班牙〕费尔南多·德·罗哈斯:《塞莱斯蒂娜》,屠孟超译,译林出版社,1997,第206页。
⑥ 〔西班牙〕费尔南多·德·罗哈斯:《塞莱斯蒂娜》,屠孟超译,译林出版社,1997,第190页。

突和逆境主要安排在炎热、容易让人烦躁的夏季；秋季是一个伤感的季节，最合适凸显恋人离别的苦闷；最后当张生状元及第时，恰好又到了万物复苏、草长莺飞的春天。整个故事在季节的循环中完美结束。作品中时间的流逝是伴随着情节发展的，作者完全没有考虑到表演的时长，但这也并没有影响到故事的有序开展。

第四节　二元性特征

时空的二元性是《西厢记》和《塞莱斯蒂娜》另一个相似之处，在某些场景中同一时间内情节会在两个不同的空间展开。《西厢记》中作者有时用一堵墙来区分花园（莺莺和红娘所处之处）和寺庙（张生所处之处）这两个场景，例如，第一本第三折中，张生在墙边等待莺莺的到来，当莺莺和红娘出现时，张生偷偷观察莺莺并且赞叹她的美貌，同时在墙的另一边莺莺和红娘正在交谈：

〔旦云〕红娘，移香桌儿近太湖石畔放者！〔末做看科云〕料想春娇厌拘束，等闲飞出广寒宫。看他容分一捻，体露半襟，軃香袖以无言，垂罗裙而不语。似湘陵妃子，斜倚舜庙朱扉；如玉殿嫦娥，微现蟾宫素影。是好女子也呵！

【调笑令】我这里甫能、见娉婷，比着那月殿嫦娥也不恁般撑。遮遮掩掩穿芳径，料应来小脚儿难行。可喜娘的脸儿百媚生，兀的不引了人魂灵！

〔旦云〕取香来！〔末云〕听小姐祝告甚么？〔旦云〕此一柱香……〔末云〕小组倚栏长叹，似有动情之意。

夜深香霭散空庭，帘幕东风静。拜罢也斜将曲栏凭，长吁了两三声。剔团圞明月如悬镜。又不是轻云薄雾,都则是香烟人气,两般儿氤氲得不分明。①

又如第二本第四折中,张生在卧房弹琴;同时,莺莺在花园里听着琴声,并赞叹旋律优美:

〔末云〕来了。〔做理琴科〕〔旦云〕这甚么响?〔红发科〕〔旦唱〕

【天净纱】莫不是步摇得宝髻玲珑?莫不是裙拖得环佩玎玲?莫不是铁马儿檐前骤风?莫不是金钩双控,吉丁当敲响帘栊?

【调笑令】莫不是梵王宫,夜撞钟?莫不是疏竹潇潇曲槛中?莫不是牙尺剪刀声相送?莫不是漏声长滴响壶铜?潜身再听在墙角东,原来是近西厢理结丝桐。

【秃厮儿】其声壮,似铁骑刀枪冗冗;其声幽,似落花流水溶溶;其声高,似风清月朗鹤唳空;其声低,似听儿女语,小窗中,喁喁。

【圣药王】他那里思不穷,我这里意已通,娇莺雏凤失雌雄;他曲未终,我意转浓,争奈伯劳飞燕各西东;尽在不言中。②

当张生发现莺莺在听他弹琴时,立刻改变旋律,开始唱《凤求凰》,莺莺赞叹道:"是弹得好也呵!其词哀,其意切,凄凄然如鹤唳天;故使妾闻之,不觉泪下。"③

《西厢记》中的这两个场景使我们联想到《塞莱斯蒂娜》中与

---

① 王实甫:《西厢记》,河北教育出版社,2007,第32~34页。
② 王实甫:《西厢记》,河北教育出版社,2007,第88页。
③ 王实甫:《西厢记》,河北教育出版社,2007,第90页。

之非常相似的一幕。在第十六幕中,分隔空间的元素不是墙,而是门:普莱贝里奥和阿莉莎正在计划着女儿梅莉贝娅的婚姻;同时在门的另一边梅莉贝娅偷听着他们的谈话并和女仆卢克雷西娅交谈。

> 梅莉贝娅:傻丫头,你躲在那儿干什么?
> 卢克雷西娅:快上这儿来,小姐,你来听听,你父母正想快点把你嫁出去呢。
> 梅莉贝娅:看在上帝分上,快闭嘴,他们会听见的。让他们去议论,让他们去空谈吧。①

此外,这两部作品中还有其他一些场景,在这些场景中我们可以看到同一时间内不同事件同时发生。例如《西厢记》第一本第三折开头引领下文的人物独白,在时间上是同时进行的:

> 〔正旦上云〕老夫人着红娘问长老去了,这小贱人不来我行回话。〔红上云〕回夫人话了,去回小姐话去。②

又如第二本第二折中,三个人物就同一话题同时进行了独白:

> 〔夫人上云〕今日安排下小酌,单请张生酬劳。道与红娘,疾忙去书院中请张生,着他是必便来,休推故。〔末上云〕夜来老夫人说,着红娘来请我,却怎生不见来?我打扮着等他。皂角也使过两个也,水也换了两桶也,乌纱帽擦得光挣挣的。怎么不见红娘来也呵?〔红娘上云〕老夫人使我请张生。我想若非

---

① 〔西班牙〕费尔南多·德·罗哈斯:《塞莱斯蒂娜》,屠孟超译,译林出版社,1997,第208~209页。
② 王实甫:《西厢记》,河北教育出版社,2007,第31页。

张生妙计呵，俺一家儿性命难保也呵。①

在《塞莱斯蒂娜》中我们可以看到类似的情况。例如第十二幕中，当卡利斯托在梅莉贝娅家门口与其谈话的时候，森普罗尼奥和巴尔梅诺在不远处等待，他们偷听到男女主人公的谈话内容，并私下进行评论：

巴尔梅诺：你听到了吗，森普罗尼奥？他想找我们过去砸门，该我们倒霉了。这次上这儿来我真不愿意。我认为这桩恋事的头没有开好。我不想在这儿等下去了。

森普罗尼奥：别说了，别说了，你听，她不同意让我们过去砸门。

梅莉贝娅：我亲爱的，你打算毁了我和我的名声吗？可不能随心所欲啊。……你知道，事情闹得越大，闹事人的坏名声就传得越远。用不了多久，就会闹得满城风雨。

森普罗尼奥：今天夜里到这儿来真不是时候。看我们主人这么磨磨蹭蹭的样子，我们可能得在这儿待到天亮。

巴尔梅诺：我两个小时前就对你说要离开这儿。这么下去，很快就会出事的。

卡利斯托：我的小姐，你是我幸福的源泉！……

巴尔梅诺：胡说，卡利斯托，胡说！凭我的信仰起誓，老兄，他准不是个基督徒。②

第四幕中，在去梅莉贝娅家的路上，塞莱斯蒂娜自言自语的场

---

① 王实甫：《西厢记》，河北教育出版社，2007，第69页。
② 〔西班牙〕费尔南多·德·罗哈斯：《塞莱斯蒂娜》，屠孟超译，译林出版社，1997，第168~169页。

景和卢克雷西娅从家里看到她走过来时的场景交替出现:

> 塞莱斯蒂娜:她是艾莉西娅的表妹,不会和我作对。
> 卢克雷西娅:那急匆匆地朝前走的老太太是谁?
> 塞莱斯蒂娜:但愿这家人平安无事!
> 卢克雷西娅:是塞莱斯蒂娜老妈妈,欢迎,欢迎!是哪阵风将你吹到这个不常来的地方的?①

除了时空二元性外,两部作品在其他方面也展示出二元性特点。Bataillon曾在其研究中提到过María Rosa Lida对《塞莱斯蒂娜》中"二元性"的研究是细致入微的,② 她写道:"当我们审视这部悲剧时,我们就不难发现角色、语言和情境的二元性特征贯穿全文,这种二元性在叙事技巧上也十分明显。"③ 有趣的是这种二元性特征在《西厢记》中也很常见。

首先在两部作品中都存在两个对立的社会:上层社会和底层社会。《西厢记》中上层社会的代表人物是莺莺、郑夫人,而婢女红娘则处于底层社会。《塞莱斯蒂娜》中,卡利斯托和梅莉贝娅都是贵族家庭的继承者,和他们形成鲜明对比的是来自社会底层的塞莱斯蒂娜、妓女们和仆人们。有趣的是,这两个形成巨大反差的社会却保持着紧密的联系,但是,两个社会之间存在着一种根深蒂固的互不信任。

上层社会和底层社会之间关系的复杂性可以通过主仆之间的关

---

① 〔西班牙〕费尔南多·德·罗哈斯:《塞莱斯蒂娜》,屠孟超译,译林出版社,1997,第56页。
② Bataillon, Marcel, "La Originalidad Artística de La Celestina", Nueva Revista de Filología Hispánica (París: Marcel Didier, 1960), pp. 265–266.
③ Lida de Malkiel, María Rosa, La Originalidad Artística de "La Celestina" (Buenos Aires: Eudeba, 1962), p. 265.

系表现出来。在两部作品中,上层社会的虚伪尤为明显,因为主人们总是表现出对仆人的轻蔑,而当他们为达目的必须求助于仆人时,往往会说些甜言蜜语。当莺莺称红娘为"妹妹"时,往往是需要她将信件带给张生或者是探得张生的近况,又或是哀求红娘向郑夫人隐瞒她和张生之间的关系。卡利斯托在追求梅莉贝娅的过程中,为了让仆人巴尔梅诺出力,便将他称作朋友:"虽说你我是主仆关系,但我一直是将你当朋友看待的。"①

讽刺的是,文中诸多细节显示出主人并未真正将仆人视为自己的朋友或姐妹。虽然红娘是莺莺的贴身侍女,在莺莺需要红娘的帮助之前,她们二者之间的关系并没有非常亲密,也没有任何迹象表明莺莺看待红娘如同亲密的朋友或姐妹。反之,莺莺对红娘的不屑倒是处处可见。例如第一本第三折中,莺莺自言自语道:"老夫人着红娘问长老去了,这小贱人不来我行回话。"② 当红娘悄悄地将张生的信递给莺莺时,莺莺不但没有表示感谢,反而斥责红娘的行为,而这仅仅是为了维护她体面且骄傲的大小姐形象:

> 小贱人,这东西那里将来的?我是相国的小姐,谁敢将这简帖来戏弄我,我几曾惯看这等东西?告过夫人,打下你个小贱人下截来。③

当郑夫人发现莺莺的行为举止和以前不大一样时,她便询问红娘缘由。在问询过程中郑夫人对红娘也用了"小贱人"这个称谓。我们不难看出,不论是郑夫人还是莺莺,骨子里都是轻视红娘的。

---

① 〔西班牙〕费尔南多·德·罗哈斯:《塞莱斯蒂娜》,屠孟超译,译林出版社,1997,第23页。
② 王实甫:《西厢记》,河北教育出版社,2007,第31页。
③ 王实甫:《西厢记》,河北教育出版社,2007,第107页。

《西厢记》和《塞莱斯蒂娜》的比较研究

而当卡利斯托感到气愤或郁闷时,他毫不犹豫地将负面情绪发泄在了仆人身上。当他第一次被梅莉贝娅拒绝后回到家,就开始咒骂仆人森普罗尼奥:

森普罗尼奥,森普罗尼奥,森普罗尼奥!这该死的家伙上哪儿去了?①

让魔鬼将你抓走才好呢。该让你倒霉,没完没了地受大罪!让你受比我期待的痛苦的悲惨的死亡还要大得多的罪!快过来,该死的!快去打开房门,整理好床铺。②

快离开这儿!别多嘴!否则,在我一怒身亡之前,也许会用双手将你卡死。③

当卡利斯托得知他的两个仆人由于杀害了塞莱斯蒂娜而在广场被处以绞刑的时候,他仅仅是担心自己的名誉受损;在了解情况后,他随即冷漠地表示森普罗尼奥和巴尔梅诺是自作自受,塞莱斯蒂娜也是自食其果:

可是,我却为自己的声誉感到遗憾。上帝啊,我要是他们,也会宁可失去生命也不丢弃名声,不抛弃实现自己目标的希望的。失去名声是我最感到痛心的,现在我已臭名昭著,我的一

---

① 〔西班牙〕费尔南多·德·罗哈斯:《塞莱斯蒂娜》,屠孟超译,译林出版社,1997,第2页。
② 〔西班牙〕费尔南多·德·罗哈斯:《塞莱斯蒂娜》,屠孟超译,译林出版社,1997,第3页。
③ 〔西班牙〕费尔南多·德·罗哈斯:《塞莱斯蒂娜》,屠孟超译,译林出版社,1997,第3页。

第二章 文体和语言

切已成了人们的话柄了。我那深深埋藏着的秘密也会公之于众，四处张扬。我怎么办？到哪儿去？上广场上去吗？人都死了，还有什么办法？留在家里吗？这样做显得太懦弱了。索西亚，你说，我该怎么办？他们为什么要杀死她？①

眼下发生的这一切都是她引起的。我应该努力争取自己希望得到的幸福，不要因死了两个仆人而一蹶不振。这两个人傲慢无礼，一味逞强，即使今天不死，往后也免不了会遭殃。那老婆子不是个好人，奸诈虚伪，看样子她和他们已暗中勾结，这次，为瓜分酬金争吵起来。她这样结束自己的一生也是一种报应，因为她这一生制造了许多起奸情。②

事实上，纵然发生了如此悲剧的事件，卡利斯托依然决定立即与梅莉贝娅约会。他对仆人们以及塞莱斯蒂娜冷漠至极的态度和之前在他们面前表现出的感激不尽的样子形成强烈的对比。

在底层社会的人物中，塞莱斯蒂娜是最清醒的，她熟知上层社会人物的伪善。她从未期望过和卡利斯托、梅莉贝娅等人建立真正的友谊。她对卡利斯托的阿谀奉承也全部"免疫"，在卡利斯托面前她曾多次表示只接受物质上的回馈。此外，卡里斯托的两个仆人森普罗尼奥和巴尔梅诺，在主人的反复无常和虚情假意面前，虽然继续为他提供帮助但也颇有怨言。

在《西厢记》中，当张生向红娘解释给莺莺所写诗歌的意思，以及推测莺莺真实的想法时，红娘顿时感到不快：

---

① 〔西班牙〕费尔南多·德·罗哈斯：《塞莱斯蒂娜》，屠孟超译，译林出版社，1997，第185页。

② 〔西班牙〕费尔南多·德·罗哈斯：《塞莱斯蒂娜》，屠孟超译，译林出版社，1997，第186页。

〔红云〕你看我姐姐,在我行也使这般道儿。

【三煞】他人行别样的亲,俺根前取次看,更做道孟光接了梁鸿案。别人行甜言美语三冬暖,我根前恶语伤人六月寒。我为头儿看:看你个离魂倩女,怎发付掷果潘安①。

之后,当得知母亲郑夫人也许已经知道了她和张生的关系时,莺莺只替自己担心,丝毫没有想到可能发生在红娘身上的危险。红娘颇感寒心:

姐姐,你受责理当,我图甚么来?

【调笑令】你绣帏里效绸缪,倒凤颠鸾百事有。我在窗儿外几曾轻咳嗽,立苍苔将绣鞋儿冰透。今日个嫩皮肤倒将粗棍抽,姐姐呵,俺这通殷勤的着甚来由?②

此外,《塞莱斯蒂娜》的作者罗哈斯还凸显了某些角色在他人面前的行为举止和内心真实想法之间的矛盾,以此显示上层社会和底层社会人物之间不可逾越的鸿沟。③ 这一点在仆人森普罗尼奥和巴尔梅诺身上体现得淋漓尽致。他们表面奉承卡利斯托,但事实上非常清楚他们之间这种虚伪的关系。在卡利斯托对梅莉贝娅极尽赞扬时,我们可以注意到仆人们在内心深处并不认同他的观点。他们对卡利斯托的感受表示出冷淡的态度,甚至私下进行嘲讽。森普罗尼奥帮助卡利斯托只是为了自己的利益;而巴尔梅诺,当

---

① 王实甫:《西厢记》,河北教育出版社,2007,第112页。
② 王实甫:《西厢记》,河北教育出版社,2007,第150页。
③ Bataillon, Marcel, "La Originalidad Artística de *La Celestina*", *Nueva Revista de Filología Hispánica*(París: Marcel Didier, 1960), p. 86.

意识到卡利斯托对他的忠心报以怀疑的态度时，他渐渐开始认同塞莱斯蒂娜的观点：

> 他们不懂世事，只一味效忠于他们的主人。这不但损害了他们自己，也对他们的主人不利，就像眼下你对卡利斯托那样。①

> 不要相信主子们的空头支票，他们常常会对仆人答应给这给那，结果却全都落空。他们会像蚂蟥一样吸干你的血，不但不感激你，反会侮辱你，将你对他的效劳忘在脑后，不给你任何奖赏。②

> 眼下的这些财主老爷们只关心自己，对他们的佣人根本不关心。他们这么做也没有什么错，佣人们也要学主子们的样。眼下恩赏和豪爽大方等高尚的行为已不复存在。财主老爷们全都疯狂地在自己仆人身上进行压榨。为此，仆人们也应该作出反应，应该尽力让主子们做到依法办事。巴尔梅诺，我的孩子，我这样说是有原因的，因为你的主人就像人们说的那样，是个唯利是图的人。③

男女主人公爱情故事的发展是《西厢记》和《塞莱斯蒂娜》的核心情节。有趣的是，这种爱情关系在其他人物关系中也有体现。

---

① 〔西班牙〕费尔南多·德·罗哈斯：《塞莱斯蒂娜》，屠孟超译，译林出版社，1997，第26页。
② 〔西班牙〕费尔南多·德·罗哈斯：《塞莱斯蒂娜》，屠孟超译，译林出版社，1997，第30页。
③ 〔西班牙〕费尔南多·德·罗哈斯：《塞莱斯蒂娜》，屠孟超译，译林出版社，1997，第30~31页。

红娘和张生之间所萌生的感觉与张生和莺莺之间显而易见的爱情形成鲜明对照。红娘单独出现在普救寺那天,我们不难看出她一出场便给张生留下了深刻的印象,他们之间还有短暂的眼神交流:"胡伶渌老不寻常,偷睛望,眼挫里抹张郎。"① 不难看出,张生和红娘从一开始便互相欣赏。红娘对张生细致的外貌描述使我们联想起张生和莺莺初次见面时莺莺的反应,而红娘从眼角偷偷观察张生,这一举动也和莺莺当时的举动相似。随着故事情节的发展,红娘对张生的关心变得越来越强烈,甚至开始劝导张生把精力集中在科举备考上,她总是在为张生的前途考虑。每次当红娘看到张生备受相思病的折磨时,她就会暗自下定决心要帮助张生。可以说红娘和莺莺对张生产生好感在故事发展过程中是同步进行的,其强烈程度也同时递进。

此外我们还可以在两部作品中看到王实甫和罗哈斯为推动剧情发展而创造出的其他二元性元素。例如在故事开头男主人公向女主人公表白的过程中,他们都两次通过中间人接近女主人公(红娘两次将张生的信带给莺莺,塞莱斯蒂娜也为了达到目的两次拜访梅莉贝娅),也两次被女主人公拒绝。

在《塞莱斯蒂娜》中,卡利斯托一开始和梅莉贝娅说话时极尽谄媚,而女主人公即刻揭穿了他并对他进行了无情的讽刺。在《西厢记》中,当张生在红娘面前表达了试图进一步了解莺莺的意图后,红娘立刻拒绝了他的请求并对他讽刺了一番。之后,在自认为他们已经被女主人公"接受"后,张生和卡利斯托决定再次尝试靠近他们的梦中情人。张生信心满满地试图拥抱莺莺,如此鲁莽的举动使莺莺非常生气,并且当着红娘的面对其严厉斥责:"张生,你是何等之人!我在这里烧香,你无故至此;若夫人闻知,有何理说!"② 当

---

① 王实甫:《西厢记》,河北教育出版社,2007,第 20~21 页。
② 王实甫:《西厢记》,河北教育出版社,2007,第 122 页。

卡利斯托向塞莱斯蒂娜确定梅莉贝娅已经"接受"他后,他连忙赶去一探究竟,但梅莉贝娅一开始的回答使他瞬间失去了希望:

> 从你这番话中表现出的非凡勇气促使我对你说几句话,卡利斯托先生。对你的那些言辞我过去已作了答复。我不知除了我以前向你表示的以外,你还想从我的情意中得到什么。你应该驱除那些疯狂的无法达到目的的念头,免得我的声誉和人品受到恶意猜测的伤害。我正是为此而来,我想把事情说清楚,让你离开这里,让我休息。你不要让那些信口雌黄的人来对我的名声妄加评论。①

很明显,红娘带给张生的两封信以及塞莱斯蒂娜对梅莉贝娅的两次拜访都是推动后续情节发展的关键因素。

第五节 语言风格

Fernández Moreno 认为文学有三个基本属性:语言属性、心理属性和价值属性。② 因此,语言研究就组成了文学研究的一个重要部分。

《西厢记》和《塞莱斯蒂娜》都展示出高水平的语言美学。在《西厢记》的独白和对话中我们能够找到大量的诗句,③《塞莱斯蒂

---

① 〔西班牙〕费尔南多·德·罗哈斯:《塞莱斯蒂娜》,屠孟超译,译林出版社,1997,第165页。
② Fernández Moreno, César, *Antología de Textos Sobre Lengua y Literatura* (México: UNAM, 1971), pp. 96-98.
③ 如前文所说,根据元朝时期的审美范式,诗句才被认为是评价作品文学水平的关键,而散文式的对话并不受重视。

娜》的绝大部分内容是以散文的形式写成的。①此外，在两部作品中，作者都将高深的不通俗的语言艺术和直白的市井俗语相结合。两种截然相反的文学风格的融合——诗意的和通俗的、精雕细琢的和直白朴素的、引经据典和谚语俗语，组成了《西厢记》和《塞莱斯蒂娜》原创性的一大特点，也为每个人物的个性化描述做出了重要贡献。

对《西厢记》语言艺术的高度评价主要在于作者在融合生动活泼的市井俗语与晦涩难懂的诗词的同时还能注意到唱词韵律的能力。在元朝的诸多文学评论家中，周德清是第一个赞赏《西厢记》的语言的，他强调了作品尾音和韵脚的完美。根据黄季鸿的研究可知，周德清著作《中原音律》的序言中有一段是关于诗体韵律的研究，他用了《西厢记》第一本第三折中的几个词——"忽听一声""猛惊"作为难度很大的诗体押韵的例子。②

除了在尾音和韵脚上的成功以外，《西厢记》在语言上的其他特征也引起了文学评论家的关注。根据黄季鸿的研究我们可知，王国维曾这样总结杂剧的特点：元曲之佳处何在？一言以蔽之，曰：自然而已矣。③元杂剧因这种特性而与古代中国大部分文学体裁都存在矛盾之处，因为与通俗的语言风格相比，它们常常更加青睐典雅的、诗意的，甚至是晦涩难懂的语言风格。而根据王国维所说，元朝时期的戏剧会用到很多衬字④，因此会出现许多通俗的语言表达方式。

王国维对《西厢记》的评价来自将它和其他文学体裁进行的比较，从这个角度来看，吴梅持相同观点，他同样认为《西厢记》文

---

① Stamm, James R., *La Estructura de La Celestina* (Salamanca: Universidades de Salamanca, 1988), p.151.
② 黄季鸿：《〈西厢记〉语言风格剖析》，《文学前沿》2005年第1期，第333页。
③ 王国维：《王国维戏曲论文集》，中国戏剧出版社，1957，第105页。
④ 衬字是为了句子的平衡而插在句中的词。

学风格的基础就是自然，且这个特点为元朝所有戏剧作品所共有。①但是，根据吴梅所说，如果我们将《西厢记》和其他杂剧作品进行比较，它的突出特点又是大量诗意的、典雅的词语的运用，②就像朱权用来概括《西厢记》的美学所用的比喻一样："王实甫之词，如花间美人。"③

和《西厢记》一样，《塞莱斯蒂娜》的作者也运用了多种修辞手法，例如重复、排比、对照、对偶等。但它最突出的特点，就是将两种几乎对立的语言风格融为一体。对于《塞莱斯蒂娜》的语言特征，Gilman概括道：它是阳春白雪和下里巴人的融合，是模仿和原创的融合；作者罗哈斯操纵着俗套的配方，将这些配方与具体生动的修辞结合在一起。④ Russell认为，这两种风格的共存，特别是蕴含着深奥拉丁语的警言格句和明显来自市井的谚语俗语的混合应用，使得《塞莱斯蒂娜》在语言上大放异彩。⑤

语言美是《西厢记》和《塞莱斯蒂娜》能够在同时期作品中脱颖而出的重要原因之一，但有部分学者正因这种风格而批判它们，认为它们的语言被过分雕琢了。根据Gilman的观点，人文主义文学传统中不同的角色应该用符合他们自身特点的语言来进行表达，作者不能随心所欲地对角色语言风格进行分配。而《塞莱斯蒂娜》中人物的语言风格的确缺少真实性，作者没有遵循文学传统，没有对不同社会等级人物的语言风格加以区分。《西厢记》中也存在同样的问题。

---

① 吴梅：《吴梅全集》，河北教育出版社，1998，第1087页。
② 吴梅：《吴梅全集》，河北教育出版社，1998，第17页。
③ 朱权《太和正音谱》评曰："王实甫之词如花间美人。铺叙委婉，深得骚人之趣。极有佳句，若玉环之出浴华清，绿珠之采莲洛浦。"
④ Gilman, Stephen, "Carmelo Samonà, Aspetti del Retoricismo Nella Celestina", *Nueva Revista de Filología Hispánica* 10 (1), 1956, pp. 77-78.
⑤ Russell, "Discordia Universal. La Celestina Como 'Floresta de Philósophos'", *ínsula* 497, 1988, p. 152.

两部作品中，作者时常让来自社会底层的大概率文化水平极低的人物，也就是让红娘、塞莱斯蒂娜和卡利斯托的仆人们显示出博学的特性，这显然是与事实不符的。我们不难发现，每当作者需要的时候，就会赋予这类人物博学、深奥的表达方式，如同他们受过高等教育一样。因此，有评论家认为作品中上层社会的人物和底层人物在语言上过于相似，这显然是不真实的。

Lida de Malkiel 认为，从文学评论的视角来看，罗哈斯的现实主义的写作企图和过多的博学深奥的语言的运用之间存在矛盾之处。① 在这方面她是如此解释的：

> 《塞莱斯蒂娜》的作者罗哈斯一直用现实主义的艺术理想来主导创作，但在现代读者看来，作品中某些人物展现出的富有文化底蕴的语言显得与现实格格不入。从严格的现实主义角度来看，卡利斯托学识渊博是可以被读者接受的；他的仆人森普罗尼奥常年跟随男主人公左右，或许受到了他的教导和熏陶，其偶尔运用高深的语言也可以理解。但特里斯坦和塞莱斯蒂娜等人物运用这类语言就显得非常奇怪了。如果说作者将引经据典的能力慷慨地分配给所有角色是为了"卖弄"自己的学识，那么这部现实主义作品在艺术上的不协调性是无论如何也无法被忽略的。②

《西厢记》中也存在同样的问题。我们可以注意到婢女红娘和受过高等教育的莺莺和张生等的语言风格并没有太大的区别。而莺莺

---

① Lida de Malkiel, María Rosa, *La Originalidad Artística de "La Celestina"* (Buenos Aires: Eudeba, 1962), pp. 330–331.

② Lida de Malkiel, María Rosa, *La Originalidad Artística de "La Celestina"* (Buenos Aires: Eudeba, 1962), pp. 332–333.

的表哥郑恒理应受过很好的教育，但一张口给人的第一印象却是一个蛮横粗鄙之辈。有评论指出，除了两个相距甚远的阶层在语言上具有相似性以外，要将这部充满了修辞和诗歌的作品进行广泛传播也是困难重重，因为丰富的修辞手法和富有诗意的唱段，很可能使这部作品与作者的创作初衷偏离，毕竟元代的戏剧作品是一种面向普罗大众的文学体裁。①

基于上述观点我们可以将学者们针对《西厢记》和《塞莱斯蒂娜》在语言方面的批评概括如下：第一，王实甫和罗哈斯没有区分来自上层社会人物和来自底层社会人物的语言风格；第二，两部作品引经据典之处过多，这种阳春白雪的文学风格增加了作品在各自文化中被理解和被传播的难度。

针对第一种情况，Gilman 是这样认为的：

> 的确，罗哈斯没有严格地根据人物的身份来安排他的语言风格，而是根据语境来决定某个人物要说些什么以及要用何种方式进行表达。这种灵活的写作手法毫无疑问提升了作品的文学水平。②

因此，在《塞莱斯蒂娜》中，决定人物语言风格的不是一个固定的身份，也不是某个确定的话题，而是人物所处的环境和状态。人物在交流时除了信息的交换外，还应伴随着情感的融合，正因如此，每一个语境都是独一无二的。也就是说，在一段交谈中，最重要是在特定的时间点，谈话内容符合需要传达的信息的特点，而不是符合特定的人物类型。这个观点同样适用于解释《西厢记》的语

---

① 许荣生：《〈西厢记〉曲词中诗词典故的引用》，《青海师范大学学报》1983 年第 3 期，第 48 页。
② Gilman, Stephen, *La Celestina: Arte y Estructura* (Madrid: Taurus, 1974), p. 78.

言特点,这部作品中两个阶层之间语言风格的流动性和流动的自然性也是这部杂剧能够获得巨大成就的原因之一。

《西厢记》和《塞莱斯蒂娜》中人物语言风格的自由性尤其引人注目,这种特点在底层人物,特别是在红娘、塞莱斯蒂娜和卡利斯托的两个仆人身上表现得尤为明显。这些人物语言的适用域非常广,当有需要时他们能够引经据典、用华丽的辞藻来凸显自己渊博的学识,而在另一些情况下则会用俗语俚语等简单的通俗的语言来表达观点。Gilman认为《塞莱斯蒂娜》中的人物表现出的改变语言风格的灵活性是这部作品的一大特点,他们能够根据语境和说话对象灵活调整语言风格,目的是说服对方,或者是表达自己的观点和感受。[1]

不论是红娘还是塞莱斯蒂娜,她们说服谈话对象的方式都很有特点,我们挑了几个典型片段进行赏析。

当面临郑夫人的恐吓时,红娘敢于指出是夫人不守承诺在先(郑夫人没有履行将莺莺许配给张生的诺言),并且引用孔子的话来强调信用的重要性:"人而无信,不可知其也。大车无輗,小车无軏,其何以行之哉?"[2] 最后,红娘将张生救莺莺的高尚行为和夫人的不诚信做对比,意图说服夫人接受两人现有的关系:

> 当日军围普救,夫人所许退军者,以女妻之。张生非慕小姐颜色,岂肯区区建退军之策?兵退身安,夫人悔却前言,岂得不为失信乎?既然不肯成其事,只合酬之以金帛,令张生舍此而去。却不当留请张生于书院,使怨女旷夫,各相早晚窥视,所以夫人有此一端。目下老夫人若不息其事,一来辱没相国家谱;二来张生日后名重天下,施恩于人,忍令反受其辱哉?使

---

[1] Gilman, Stephen, *La Celestina: Arte y Estructura* (Madrid: Taurus, 1974), pp. 45–46.
[2] 王实甫:《西厢记》,河北教育出版社,2007,第151页。

至官司，夫人亦得治家不严之罪。官司若推其详，亦知老夫人背义而忘恩，岂得为贤哉？红娘不敢自专，乞望夫人台鉴：莫若恕其小过，成就大事，掩之以去其污，岂不为长便乎？①

在第五本第三折中，红娘意图通过大量的修辞手法贬低郑恒。她用首句重复法，给予郑恒一连串批评：

【越调】【斗鹌鹑】枉腌了他金屋银屏，枉污了他锦衾绣裀。
【紫花儿序】枉蠢了他梳云掠月，枉羞了他惜玉怜香，枉村了他滞雨尤云。②

【紫花儿序】清者为乾，浊者为坤，人在中间相混。君瑞是君子清贤，郑恒是小人浊民。③

【调笑令】你值一分，他值百十分，萤火焉能比月轮？④

【秃厮儿】他凭师友君子务本，你倚父兄仗势欺人。斋盐日月不嫌贫，博得个姓名新、堪闻。
【圣药王】这厮乔议论，有向顺。⑤

《塞莱斯蒂娜》中塞莱斯蒂娜运用了各类比喻来使自己的观点更加形象生动，更容易被对方接受。当她第一次去梅莉贝娅家时，面对上层社会的富家小姐，她首先通过让其思索衰老的悲伤以及富人

---

① 王实甫：《西厢记》，河北教育出版社，2007，第151页。
② 王实甫：《西厢记》，河北教育出版社，2007，第191页。
③ 王实甫：《西厢记》，河北教育出版社，2007，第191页。
④ 王实甫：《西厢记》，河北教育出版社，2007，第192页。
⑤ 王实甫：《西厢记》，河北教育出版社，2007，第192~194页。

《西厢记》和《塞莱斯蒂娜》的比较研究

生活的不如意来试图引起梅莉贝娅的兴趣：

塞莱斯蒂娜：青春时代是人生最愉快、最欢乐的时代。而老年呢，在我看来，是疾病缠身的时期。老年人爱胡思乱想，忧患无穷；他们有的还得了不治的顽症。想到过去，感到自己身上污迹斑斑；想到现在，痛苦万分；想到未来，更觉得非常凄凉。老年人已临近死亡。老年也像一座四处漏雨的茅草房，像一根稍一用力就会弯曲的藤手杖。

梅莉贝娅：老妈妈，众人都非常希望享受到的晚年你为什么要说得这么糟糕呢？

塞莱斯蒂娜：众人希望享受到的晚年其实是很糟糕的，是无穷无尽的操劳。人们希望到达晚年是因为能享受到长寿，而活着总是好的，只有活下去，才能享受高龄。因此，孩子希望成为青年，老人总希望多活几年，尽管活得痛苦万分。一切都是为了活下去，正如人们说的，好死不如赖活。

……………

塞莱斯蒂娜：对上帝一片虔诚的人才是真正的富人，那些无足轻重的人比声名显赫的人日子过得还牢靠。……富人们往往都是儿孙满堂，但他们在祈祷时，只求上帝将自己从儿孙中带走。儿孙们还没有等到他们入土，就将他们的财富瓜分掉，只花其中的少量钱财为他们建造永恒的居所。[①]

在兜兜转转了一大圈之后，塞莱斯蒂娜才表明此行真正的目的，以"我刚从一个快死的病人那儿来，他对你无比倾心，只要你开一开金口，吐出几个字儿让我带去给他，他的病就能起死回

---

① 〔西班牙〕费尔南多·德·罗哈斯：《塞莱斯蒂娜》，屠孟超译，译林出版社，1997，第59~61页。

生"① 开头,为她之后要讲的内容增加可信度。当塞莱斯蒂娜展开说明了善良的重要性之后,她立刻用一系列动物的例子来佐证这种观点:

> 我们都是凡人,有生必有死,如果只为自己而生的人,算不得真正的人。这种人与畜生没有什么差异,况且畜生中也有富有同情心的,例如犀牛,公犀牛见到女孩子就表现得十分谦恭。会咬人的狗尽管气势汹汹地向行人扑去,但只要他立即倒在地上,狗就不会伤害他。这就是怜悯。再拿家禽来说吧,公鸡找到了食物,一定会呼叫母鸡来分享。鹈鹕会让自己的胸膛裂开,用自己的内脏哺育它们的后代。白鹳幼小时受父母的抚养有多长时间,它们就赡养年老的父母多长时间。②

最后她说出了应当尽力帮助他人的结论:"既然畜类和鸟类都具有这样的天性,我们人类为什么要那么残忍呢?我们为什么不可以拿自己拥有的财物或别的什么赐予他人,尤其当此人已身患怪病,药物本身正是他发病的原因的时候呢?"③

当塞莱斯蒂娜认为她已经获得了梅莉贝娅的信任时,才假装不经意间提起卡利斯托。她将卡利斯托和历史上或神话里家喻户晓的男性人物进行比较,用夸张的手法突出卡利斯托的优秀:

> 他像亚历山大大帝一般坦率,像赫克托耳一样强壮有力,

---

① 〔西班牙〕费尔南多·德·罗哈斯:《塞莱斯蒂娜》,屠孟超译,译林出版社,1997,第64页。
② 〔西班牙〕费尔南多·德·罗哈斯:《塞莱斯蒂娜》,屠孟超译,译林出版社,1997,第64~65页。
③ 〔西班牙〕费尔南多·德·罗哈斯:《塞莱斯蒂娜》,屠孟超译,译林出版社,1997,第65页。

像国王一样稳重；他幽默风趣、性格开朗，从不知忧愁。你知道，他出身高贵，是个有名的骑士，一旦全身披挂，就像圣乔治一般威风凛凛，连赫拉克勒斯也没有他那么雄壮威严。说到他的外表、面容、体态和风度，需要另一张嘴才能细细描述。总之，他的模样就像天上的天使。我敢肯定地说，就是那个在水潭里见到自己的倒影而爱上了自己影子的风度翩翩的美少年那喀索斯也没有他漂亮。①

当第二次去梅莉贝娅家拜访时，一看到年轻的小姐向她寻求方法来治愈爱情的疾病，塞莱斯蒂娜便迫不及待地用堆砌的词句来表达同一个观点：

驯服牲口，让它们老老实实地套上套子，这一切也要趁它们年幼时进行，等它们长大了，皮硬了，就会困难得多。移花接木也是一样，得趁花木幼小时进行，长大开花结果后，就不易移植。犯了过错，初犯易改，如果积弊成疾，成了坏习惯，改起来就很困难。②

在这两次对梅莉贝娅的拜访中，除了我们已经引用的段落外，塞莱斯蒂娜的其他话语内容也充满了谚语和伟大哲学家们的话语。在很多情况下，也许是为了增强自己话语的可信度，塞莱斯蒂娜总是习惯于用不同的例子反复陈述同一个观点。

塞莱斯蒂娜和巴尔梅诺在第一幕的谈话内容同样体现出了她强

---

① 〔西班牙〕费尔南多·德·罗哈斯：《塞莱斯蒂娜》，屠孟超译，译林出版社，1997，第70页。
② 〔西班牙〕费尔南多·德·罗哈斯：《塞莱斯蒂娜》，屠孟超译，译林出版社，1997，第145~146页。

烈的说服意识和强大的语言艺术。塞莱斯蒂娜不遗余力地建议年轻的巴尔梅诺,在他的主人面前要如何行事,强调和森普罗尼奥保持友谊所带来的便利。在整个谈话中我们可以看出塞莱斯蒂娜对名言警句、俗语俚语等信手拈来。

为了告诉巴尔梅诺主人们只关心自己的利益,塞莱斯蒂娜攻击贵族,批评他们藐视仆人,甚至将他们与寄生虫水蛭做比较:"他们会像蚂蟥一样吸干你的血,不但不感激你,反而侮辱你,将你对他的效劳忘在脑后,不给你任何奖赏。"① 随后她继续用不同的例子将这个观点展开,她用《圣经》中净水池的故事(一百个人进去治病,治愈的只有一人)来影射绝大部分的贵族主人都不是什么好人。就这样塞莱斯蒂娜在巴尔梅诺面前总结他的主人卡利斯托具有上述她所列举的这些所有贵族共有的缺点,并建议他看清主人的真面目:"巴尔梅诺,我的孩子,我这样说是有原因的,因为你的主人就像人们说的那样,是个唯利是图的人。"② 最后,她提醒巴尔梅诺眼下致富的可能性以及和森普罗尼奥保持友谊的重要性,然后用一连串问句重复这些观点。

再说,城里有钱人会离开朋友过孤单单的日子吗?这么说,感谢上帝,你已有财富了。可是,有了钱财,你难道不知道需要朋友来帮你保管吗?你别以为自己得到了主人的宠信,就万无一失了。要知道,财富越多,就越不安全。因此,遇到不幸,就只好请朋友帮忙。那么,怎样才能交上朋友呢?也就是说,

---

① 〔西班牙〕费尔南多·德·罗哈斯:《塞莱斯蒂娜》,屠孟超译,译林出版社,1997,第30页。
② 〔西班牙〕费尔南多·德·罗哈斯:《塞莱斯蒂娜》,屠孟超译,译林出版社,1997,第31页。

怎样才能交上在幸福、利益和欢乐这三方面能够共享的朋友呢？[1]

她给予巴尔梅诺的解决办法就是立刻与森普罗尼奥建立信任和友谊。接着，为了完全获得同巴尔梅诺合作的机会，塞莱斯蒂娜还将阿雷乌莎作为诱饵，再通过引用名言警句、俗语俚语，堆砌例子，使用比喻夸张等修辞手法来阐明爱情的重要性和自然属性。

我们可以注意到红娘和塞莱斯蒂娜都惯用警言（从民间传说或诗歌中获得的共识[2]）来作为她们论据的基础。不论是红娘还是塞莱斯蒂娜，在社会地位较高的人面前，都会通过谚语、民间故事，以及大哲学家的话语，竭力使自己的论据看起来更有价值，从另一个角度来看，这也印证了底层社会人物会受到上层社会人物的轻视。

在两部作品中，红娘和塞莱斯蒂娜和他人对话的目的常常是通过语言说服或者影响对方。她们的语言模式也很类似，首先抛出观点，随即再围绕主题通过举例进行阐述。同样，两个人物的语言中也经常出现重复这种修辞手法，例如首句重复法或者对偶法。此外，当她们为了给他人某种建议而需要引起他人注意的时候，常常会用问句来引起下文。

各类修辞手法的使用的确会赋予红娘和塞莱斯蒂娜一种博学感，但事实上这两个人物在与他人交谈中也常常会用较为通俗的语言，毕竟从作品中不难看出王实甫和罗哈斯还是倾向于将市井俚语用在社会地位低的人物身上。

在两部作品中，男女主人公的语言风格和底层人物相比展现出明显的区别。他们的讲话方式，源自其所受的教育，作者还赋予了

---

[1] 〔西班牙〕费尔南多·德·罗哈斯:《塞莱斯蒂娜》，屠孟超译，译林出版社，1997，第32页。

[2] Lausberg, Heinrich, *Manual de Retórica Literaria* (Madrid: Gredos, 1966), p.426.

他们大量浪漫的表达方式以体现身处恋爱关系中的人物的特点。

作者利用修辞手法描写张生和卡利斯托的语言，使其给人一种卖弄学识的感觉。作者在他们的对话和独白中喜欢引经据典，或引用神话或运用比喻的修辞手法，用迂回的方式进行表达。虽然女主人公的语言也充满了各种修辞，彰显出一定的文化底蕴，但相较她们的追求者而言并未显得多么矫揉造作。

恋人们对神话故事或经典诗歌的概括和运用，使其学识与红娘、塞莱斯蒂娜以及卡利斯托的仆人们等社会底层人物的学识形成了鲜明的对比。

当张生回忆起莺莺时，其表述充满了诗情画意：

近庭轩，花柳争妍，日午当庭塔影圆。春光在眼前，争奈玉人不见，将一座梵王宫疑是武陵源。①

【络丝娘】空撇下碧澄澄苍苔露冷，明皎皎花筛月影。白日凄凉枉耽病，今夜把相思再整。

【东原乐】帘垂下，户已扃，却才个悄悄相问，他那里低低应。月朗风清恰二更，厮侥幸：他无缘，小生薄命。

【绵搭絮】恰寻归路，伫立空庭，竹梢风摆，斗柄云横。

…… ……

【尾】一天好事从今定，一首诗分明照证；再不向青琐闼梦儿中寻，则去那碧桃花树儿下等。②

同样当卡利斯托谈论起梅莉贝娅的美貌时，其语言也极具夸张之感：

---

① 王实甫：《西厢记》，河北教育出版社，2007，第 11 页。
② 王实甫：《西厢记》，河北教育出版社，2007，第 35 页。

你说梅莉贝娅长得很俊俏,老太太?从你语气看,仿佛在讥笑她。难道世界上还有和她一样美丽的女人吗?上帝创造过更俊美的身躯吗?画家的画笔能画出这么好看的五官吗?即使那个海伦,那个许多希腊人和特洛伊人因她而丧生的美人,或美貌绝伦的玻利塞纳在世,她们也会对使我感到痛苦的那个姑娘佩服得五体投地的。她当年如果也和三位女神一起参加争夺一个苹果,人们就不会对这只苹果加上制造不和的罪名了,因为三位女神一定会一致同意,让梅莉贝娅取走苹果,因此,这只苹果就应该改称为"和谐"的苹果了。……总之,像她这么完美无缺的姑娘值不值得我这样一个可怜的男子去为她效劳呢?①

我们注意到,当两位男主赞扬爱人的美貌时,常常会引用神话故事,例如中国神话中的仙女嫦娥和希腊神话中女神的故事。这种对神话故事的引用较少出现在社会底层人物的话语中。

和男主人公们一样,莺莺和梅莉贝娅也经常通过引用神话或诗歌来表达内心的情感。从《西厢记》第四本第三折中莺莺的这一唱段我们不难看出她学识渊博:

【正宫·端正好】碧云天,黄花地,西风紧,北雁南飞。晓来谁染霜林醉?总是离人泪。

【滚绣球】恨相见得迟,怨归去得疾。柳丝长玉骢难系,恨不倩疏林挂住斜晖。马儿迍迍的行,车儿快快的随,却告了相思回避,破题儿又早别离。听得道一声去也,松了金钏;遥望

---

① 〔西班牙〕费尔南多·德·罗哈斯:《塞莱斯蒂娜》,屠孟超译,译林出版社,1997,第95~96页。

见十里长亭,减了玉肌:此恨谁知?①

这一段所描绘的场景和宋代著名文学家范仲淹的词《苏幕遮》中描绘的场景十分相似。情景交融的写作手法加上朗朗上口的韵律感使得这段唱词成为《西厢记》中最为出彩的段落之一。此外,也是在这一折中,出现了例如"蜗角虚名,蝇头微利""淋漓襟袖啼红泪,比司马青衫更湿""未饮心先醉""一春鱼雁无消息"②等诗句,这些都是作者对唐诗宋词名篇名句的直接引用或改写。③

《塞莱斯蒂娜》第十六幕中梅莉贝娅同样展现出她对历史和神话的掌握程度,她用历史和神话故事来支撑她的行为:

> 就像我读过的古书中讲到的许多女子那样。她们都比我更有教养,门第更高,血统更高贵。其中一些人被尊为女神,如埃涅阿斯和爱神丘比特的母亲维纳斯,她婚后就违背了夫妻的承诺。还有一些女子欲火烧得更旺,她们犯了令人不齿的乱伦罪:如米拉跟她的父亲,塞米拉米斯和她的儿子以及卡纳塞和她的兄弟,还有那个大卫王遭人奸污的女儿塔玛。还有一些女子的行为更严重地违背了大自然的准则,如米诺斯王的妻子帕息弗跟公牛交配。这些女子不是女王就是贵夫人,与她们的罪行相比,我的过失完全可以理解,不必受到指责。④

并不是说男女主人公等上层社会人物的话语中完全没有通俗的

---

① 王实甫:《西厢记》,河北教育出版社,2007,第158页。
② 王实甫:《西厢记》,河北教育出版社,2007,第161~162页。
③ 沈林昌:《简论〈西厢记·长亭送别〉的语言魅力》,《消费导刊》2008年第10期,第211页。
④ 〔西班牙〕费尔南多·德·罗哈斯:《塞莱斯蒂娜》,屠孟超译,译林出版社,1997,第208~209页。

语言，王实甫和罗哈斯在书写这类人物的语言时也都注意到了表达时的自然性和自由性。和女主人公们比起来，这个特点在男主人公们身上更为明显。在描写张生和卡利斯托的语言时两书的作者有时会使用十分通俗的表达方式，甚至偶尔会用到粗俗的甚至是辱骂性的语句。例如张生背地里称长老为"老秃驴"；在第五本第四折中，当听说莺莺已经和她的表哥郑恒成婚后，张生难以置信地抱怨道："那里有粪堆上长出连枝树，淤泥中生出比目鱼？"①而卡利斯托，在有些时候和他的仆人甚至是和梅莉贝娅对话时，也常会用到市井大众常用的语言。当他被告知他的仆人们要被执行绞刑的时候，他将这场悲剧归咎于法官，在长篇大论的抨击中夹杂了和他的身份地位非常不匹配的表达方式。

综上所述，我们可以看到，两部作品中不同阶层的人物的确存在语言风格的差异。受过教育的人物，以两对恋人为代表，总体上使用高雅的表达方式。而作品中出现的如民间谚语、俚语等通俗语言，则大多出自红娘和惠明和尚、妓女、仆人和塞莱斯蒂娜之口。

部分文学评论家认为对于现代读者来说，《西厢记》和《塞莱斯蒂娜》中都充斥着过多晦涩难懂的内容，大量的诗歌、名言警句和对历史典故的影射会增加戏剧演出的难度。然而，在封建时期的中国，文言文和白话文之间并没有一个明晰的界限。在使用频率上，白话文在日常对话交流中使用得更多，而文言文则经常用于书面写作。而在西班牙，在《塞莱斯蒂娜》成书的年代以及之后很多年中，欧洲教育的基础都是拉丁文，因此对那时的读者来说这部作品中人物的语言并不会显得过于晦涩难懂②。

的确，作品中关于历史和神话故事的影射对于当今许多读者来说可能比较陌生，但对元朝时期的人和 15 世纪的西班牙人来说并不

---

① 王实甫：《西厢记》，河北教育出版社，2007，第 201 页。
② López-Ríos, Santiago, *Estudios Sobre la Celestina* (Madrid: Istmo, D. L., 2001), p. 189.

构成什么大问题。由于当时的教育体系和现今有很大的区别,那时人们知悉警句、逸事、神话和历史基本知识,以及他们所处年代的文学著作和之前的文学著作中的某些段落,因此,在《西厢记》和《塞莱斯蒂娜》中,底层人物言语中包含的颇具文化底蕴的内容对于那时的民众来说并不突兀。

除了诗歌化和散文化的语言风格之外,在《西厢记》和《塞莱斯蒂娜》中凸显作者文学水平的方式还有对历史和神话的影射。在中国文学历史中这种写作手法被认为很大程度上提高了作品的文学艺术水平。① 但由于元朝戏剧作品的创作目的是使剧作能够被普通大众欣赏,影射历史这样的写作手法就用得相对较少,因为不利于作品的传播。但是,我们看到在《西厢记》中作者王实甫广泛运用了这种写作手法,且这种手法几乎分布在每个人物的对话或独白之中。《塞莱斯蒂娜》也是一样,除了对格言警句、谚语的运用之外,作者也常常借助对神话和历史故事的影射来表达作品中人物的某些观点。

一些文学评论家认为既然《塞莱斯蒂娜》这部作品是以能够被大声朗读或是表演为目的的,那么对历史和神话故事的影射就会增加大众的理解难度。但是,如果我们仔细分析就不难发现,不论在《西厢记》中还是在《塞莱斯蒂娜》中,被引用的神话和历史故事都是民众所熟知的。

在元朝,戏剧作品影射的历史和神话大多来自传奇或其他著名的戏剧作品,因此大众并不会觉得陌生或难以理解。②《西厢记》中有许多对历史和神话故事的影射,也有许多对唐宋时期诗词的引用或改编,还有其他文学体裁的内容。这些诗句或章节太过出名,以至于普通人,哪怕不知道全部内容、其深层含义或者是其文学源头,

---

① 吕薇芬:《元曲的用典使事》,《文史知识》2002 年第 6 期,第 37 页。
② 吕薇芬:《元曲的用典使事》,《文史知识》2002 年第 6 期,第 37 页。

也仍旧感到熟悉。①

《塞莱斯蒂娜》中也有许多对历史和神话故事的影射对于很多现代读者来说相当陌生，但对当时的西班牙人来说，都是脍炙人口的故事。例如特洛伊战争、金苹果之争等。当然，至于文中的信息是否被当时的民众所熟知以及当时民众的接受程度，都仅仅是现代学者的推测。

《西厢记》和《塞莱斯蒂娜》的作者在写作中都习惯于堆砌华丽的辞藻，但文中确实也可以找到多处简明扼要的表达，例如《西厢记》第一本楔子中红娘和郑夫人的对话，第一本第三折中莺莺和红娘之间的谈话，以及第一本第二折中住持和张生之间的一问一答等；在《塞莱斯蒂娜》中森普罗尼奥面对生气的卡利斯托时的表现，卢克雷西娅在第十幕中的一些旁白和第十三幕中索西亚在通知卡利斯托他的两个仆人死亡消息时的话语。上述所有例子的特点都是十分简短，但毫无疑问，这两部作品的作者都不追求这类简明扼要的表述方式。

我们能够注意到对王实甫和罗哈斯来说所谓阳春白雪的文学艺术不是单纯为了创造美的效果或故作高深，而是为了服务情节和塑造人物性格。张生在《西厢记》开篇对黄河予以描述，作者正是想通过张生之口告诉读者男主人公是一个饱读诗书的书生：

> 这黄河有九曲，此正古河内之地，你看好形势也呵！
> 九曲风涛何处显，则除是此地偏。这河带齐梁，分秦晋，隘幽燕。雪浪拍长空，天际秋云卷；竹索缆浮桥，水上苍龙偃。东西溃九州，南北串百川。归舟紧不紧如何见？恰便似弩箭乍离弦。②

---

① 杨柳青：《〈西厢记〉中典故的运用及其独特之处》，《文教资料》2012年第25期，第12页。

② 王实甫：《西厢记》，河北教育出版社，2007，第8页。

此段以抒情为基调，用排比、对偶、比喻等修辞凸显张生的博闻强识。

《塞莱斯蒂娜》中卡利斯托渊博的学识主要通过他引用神话故事或提及神话故事中的人物来显现，例如：

> 也愿上帝保佑你。啊，万能的、永恒的上帝，你为迷途者指引方向，通过星星将东方的国王引向伯利恒，又将他们引回自己的祖国。我衷心地请求您，也为我的森普罗尼奥引路，让他能将我的痛苦和悲伤变成快乐，让我这个微不足道的人能达到自己的愿望。①

虽然《塞莱斯蒂娜》中如卡利斯托的仆人们、塞莱斯蒂娜等底层社会的人物偶尔也会引用神话故事以增加他们话语的可信度，但其引经据典的频率远不如卡利斯托和梅莉贝娅等上层社会的人物高。

《西厢记》的女主人公莺莺表达的思想或观点常常以诗句的方式呈现，这同样不仅仅是为了营造语言上的美感，还因为莺莺是官宦人家未出阁的小姐，这样的身份不允许她公开地直白地表达内心的想法，因此她需要借助影射和比喻等方式抒怀。红娘曾这样评价莺莺："对人前巧语花言；没人处便想张生，背地里愁眉泪眼。"② 在第一本的楔子中，莺莺引用了一连串来源于不同诗歌的诗句来表达她的孤独和悲伤："可正是人值残春蒲郡东，门掩重关萧寺中；花落水流红，闲愁万种，无语怨东风。"③ 在第二本第三折中，莺莺借助一句通俗的谚语表现出她对母亲的怨气："当日成也是您个母亲，今

---

① 〔西班牙〕费尔南多·德·罗哈斯：《塞莱斯蒂娜》，屠孟超译，译林出版社，1997，第14页。
② 王实甫：《西厢记》，河北教育出版社，2007，第109页。
③ 王实甫：《西厢记》，河北教育出版社，2007，第4页。

日败也是您个萧何。"①

和莺莺一样，梅莉贝娅也同样常常借助不同的修辞手法表达内心的想法，就像在第十九幕中，当她在等待爱人的到来时，用歌词传达忧虑和不安；当看到卡利斯托出现时，她转而颂扬起月光和水流：

> 光芒四射的太阳，你刚才在哪儿？你的光辉躲藏在哪里？你听我唱歌已经有一会儿了吗？你为什么让我用天鹅一般沙哑的嗓音胡唱一阵？你的光临使花园的万物一片欢腾。你瞧，月光是如此的皎洁，乌云已经悄悄消逝。请听，这一汪清泉的淙淙水声，它在长满鲜嫩青草的草地上缓缓流淌。请听，高耸的柏树在清风的吹拂下，一根根枝条磨（摩）擦时发出沙沙声。为了将我们的欢乐遮掩，它们的树影显得无比阴暗。②

在两部作品中，当需要红娘和塞莱斯蒂娜的话语更加具有说服力时，作者会在她们的言语中增添一些能够彰显文化底蕴的表达内容，但这仅仅是为了服务情节和突出人物性格。

畅游于王实甫和罗哈斯构建的知识海洋中，最令读者印象深刻的应该是他们对于先人文学的加工和创作。在《西厢记》中有多处作者对著名诗歌的改编，特别是第四本第三折，这部分被认为是全书文学水平最高的章节。而关于《塞莱斯蒂娜》，Lida de Malkiel 认为，许多著名作品都是罗哈斯艺术创作的源泉。③ 他对已有文学作品内容的吸收和加工是显而易见的。

---

① 王实甫：《西厢记》，河北教育出版社，2007，第 80 页。
② 〔西班牙〕费尔南多·德·罗哈斯：《塞莱斯蒂娜》，屠孟超译，译林出版社，1997，第 229 页。
③ Lida de Malkiel, María Rosa, *La Originalidad Artística de "La Celestina"* (Buenos Aires：Eudeba, 1962), p.339.

《西厢记》中与唐诗宋词有明显关联的诗句和《塞莱斯蒂娜》中与中世纪修辞学相关的段落毫无疑问为这两部作品的语言增添了韵律感，大大提高了它们的艺术价值。如果没有这些复杂的、能够彰显作者文化底蕴的段落，毫无疑问，《西厢记》和《塞莱斯蒂娜》在各自文学世界中不会拥有如今的地位。

第三章

"爱情"的概念

此章将探讨《西厢记》和《塞莱斯蒂娜》中的一个非常重要的主题：爱情。

和人类所有形式的情感一样，爱情也取决于社会历史条件。[①] 当然，两部作品中的爱情也取决于两部作品所处的文学环境。据此，我们围绕两部作品中爱情这一概念来阐释，以期打破国家和文化界限，从多个角度来进行探究。

第一节 爱情的定义

《西厢记》第五本第四折末尾写道："永老无别离，万古常完聚，愿普天下有情的都成了眷属。"[②] 而罗哈斯在《塞莱斯蒂娜》中明确表示"恋人们要侍奉上帝，放弃各种邪念和情爱方面的陋习"[③]。不论是《西厢记》中的美好祝愿还是《塞莱斯蒂娜》中的训诫，爱情都是两部作品的核心主题。此外，不论是《西厢记》中的

---

① Maravall, José M., *El Mundo Social de " La Celestina"* (Madrid: Gredos, 1972), p. 147.
② 王实甫：《西厢记》，河北教育出版社，2007，第 206 页。
③ 〔西班牙〕费尔南多·德·罗哈斯：《塞莱斯蒂娜》，屠孟超译，译林出版社，1997，第 7 页。

圆满结局还是《塞莱斯蒂娜》中的悲剧结局，爱情都是导致人物最终结局的直接或者间接原因。我们不禁要问，这两部作品中所展现的爱情到底是哪种类型的爱情，它们之间是否存在相似点？

为了回答这个问题，我们需要首先了解在那个时代的中国社会和西班牙社会中，人们是如何理解爱情的。中国最早的诗歌总集《诗经》的名篇《击鼓》这样描述爱情：此生契阔，与子成说。执子之手，与子偕老。这种偏向于精神形式的爱情在古代中国被认为是与肉体爱情相对立的，且符合社会规范的感情。《诗经》中的第一首诗歌就讲述了一个年轻人对一个美女一见钟情，念念不忘：

> 关关雎鸠，在河之洲。窈窕淑女，君子好逑。
> 参差荇菜，左右流之。窈窕淑女，寤寐求之。
> 求之不得，寤寐思服。悠哉悠哉，辗转反侧。
> 参差荇菜，左右采之。窈窕淑女，琴瑟友之。
> 参差荇菜，左右芼之。窈窕淑女，钟鼓乐之。[①]

这首诗歌描绘了女子的动人之处和男子的爱慕与思念之情。这种爱情在中国传统文学中是非常常见的，并且我们可以在西方的宫廷爱情概念中找到与它的相似之处。宫廷爱情诞生于12世纪法国南部和北部的贵族环境中，之后这种爱情观念遍布整个欧洲，并且根据不同地区和文化进行演化，以至于分阶段分地区呈现出不同的特点。[②]

宫廷爱情，一般来说，是中世纪理想化感情的一种，它的主要特点是追求者对于理想情人的完全臣服，突出了爱情的神秘主义和

---

① 《诗经》，北京教育出版社，2015，第2页。
② Cherchi, Paolo, *Andreas and the Ambiguity of Courtly Love* (Toronto: Toronto University, 1994), p.4.

柏拉图主义。在追求者眼中,他的女神聚集了一系列优越条件,身体和道德上几乎接近完美,以至于追求者在其面前显得无比逊色。Deyermond 试图定义这种爱情:

1. 不论是在血统上还是在行为举止上,男女都属于贵族阶级;
2. 男子拥有一系列可贵的品质,或至少被认为应该拥有这些品质;
3. 爱情的力量不仅作用于被爱者,同时也能给予陷入爱情的男子带来动力;
4. 虽然婚姻没有被排除在外,但这类爱情一般不以婚姻为目的;
5. 爱情的目的往往是在婚姻外实现性关系;
6. 这是一种必定会受挫的爱情,要么是因为不可能实现(这常常发生),要么是因为实现之后灾难也紧随其后;
7. 不论客观事实是否如此,男子都认为自身地位低于被追求者;
8. 男子的激情程度完全由被追求者来回应;
9. 恋人们一般都试图掩盖他们爱情的秘密。①

宫廷爱情是一种综合性的文化现象,是一种文化运动、一种意识形态、一种理论体系、一种生活方式、一种文化元素的表达方式。② 宫廷爱情的概念影响了情感小说、骑士小说和 15 世纪的诗歌

---

① Yang, Xiao, *La Concepción del Amor en Dos Tradiciones Literarias: La Celestina, de Fernando de Rojas (1470 – 1514), e Historia del Ala Oeste, de Wang Shifu (1260 – 1336)* (Brcelona: Facultad de filosofía y Letras de la Universidad Autónoma, 2015), pp. 66 – 67.

② Boase, Roger, *The Origin and Meaning of Courtly Love: A Critical Study of European Scholarship* (Manchester: Manchester University Press, 1997), pp. 129 – 130.

创作。若想要给宫廷爱情一个严格的定义是很难实现的,[①] 但它的确呈现出可以与其他爱情形式区分开来的一些特点,例如女方一开始拒绝甚至蔑视追求者,追求者长时间承受相思之苦,追求者最终获得女方的青睐等。

古代中国文学中出现的爱情与上述提及的宫廷爱情有一些相似之处。这种爱情在中国历代不断发展直至形成文学作品中最常见的一种模式:才子佳人。才子佳人是中国古代作家非常偏爱的话题,也是我们在此要分析的概念。才子佳人模式,虽然与西方的宫廷爱情的传统概念相比呈现出一些区别,但同时它们也有很多相似之处,就像 Paz 在其著作 *Un Más Allá Erótico: Sade* 中所说的一样:宫廷爱情给人的感觉就像是一种灵魂之光照亮现实,具有一种感性的吸引力。在遥远的东方也有与之相似的爱情,并在它们自己的文化中蓬勃发展。与宫廷爱情相似的是,东方的这种爱情也需要在一群特定的男女中发展。[②]

Paz 经研究还发现,才子佳人文学传统中的女性一般来自书香门第或官宦之家,而和西方宫廷爱情不同的是,男性一般是没落家族的贫穷书生,虽满腹经纶却囊中羞涩。Paz 总结道,在东方文化中,这种爱情被认为是"精神贵族"的特权,尽管男主人公可能没有贵族血统或者大量的物质财富,但在精神层面能够展示出高尚的品格。[③] Paz 在阐述才子佳人的概念时,将曹雪芹的小说《红楼梦》作为中国文学"宫廷爱情"的代表作。《红楼梦》的主人公都是朝廷高官的后代,书中充满了作者对爱情的思考。[④] 男女主人公贾宝玉和林黛玉之间的感情,虽然坚固,但最终却因为重重阻挠,以女主人

[①] Cherchi, Paolo, *Andreas and the Ambiguity of Courtly Love* (Toronto: Toronto University, 1994), p. 3.
[②] Paz, Octavio, *Un Más Allá Erótico: Sade* (México: Vuelta, 1993), p. 35.
[③] Paz, Octavio, *Un Más Allá Erótico: Sade* (México: Vuelta, 1993), p. 35.
[④] Paz, Octavio, *Un Más Allá Erótico: Sade* (México: Vuelta, 1993), p. 36.

公的死亡悲剧结尾。

在西方宫廷爱情的传统概念中，女主人公在大多数情况下已经和一位贵族结婚了，但在中国文学中，才子佳人的故事总是发生在未婚女性身上，因为一旦男女主人公有了实质性的接触（很少情况下发生）就会被认为私通，哪怕在文学作品中也不会被读者认为是美好的爱情而是丑闻了。《西厢记》中的恋人正是才子佳人的典型：故事发生在两个年轻人之间，一个是饱读诗书的书生，一个是官宦人家的女子，他们之间囿于社会地位的鸿沟本不太可能产生联系。

综上所述，我们可以总结中国传统文学中的才子佳人模式和西方传统文学中的宫廷爱情之间的一些相似点：男女主人公在实现爱情的过程中困难重重；爱而不得的痛苦能够彰显出爱情的纯粹；男主人公在女主人公面前时常感到卑微；在抒发情感时男主人公的表达方式常常是诗意且夸张的。才子佳人的故事结局和宫廷爱情却大有不同。在西班牙文学传统中，就算女主人公最终接受了男主人公，剧情也会因为某些意外的发生而走向悲剧；而在大多数中国文学传统中，虽然存在部分以悲剧为结局的作品，例如上述提及的《红楼梦》，但大部分作品是有情人终成眷属的圆满结局。

第二节　《西厢记》和《塞莱斯蒂娜》中的恋人

一　张生和卡利斯托

《塞莱斯蒂娜》的作者在剧情介绍里就阐明了男主人公的社会地位："卡利斯托出身名门，聪颖机敏，中等身材，举止优雅，风流倜悦，受过很好的教育。"① 借助文中的其他信息我们得知，卡利斯托是一个二十三岁的资产阶级青年，过着舒适悠闲的生活，他生活中的唯一的烦恼似乎就是对梅莉贝娅求而不得。

和卡利斯托不同的是，张生不属于上层社会，也没有可供其自由支配的大量财富。但张生也绝不是一个普通书生，因为据他自己所说，他是已故礼部尚书之子，只是不像卡利斯托一样闲适，他需要为科举考试而发奋努力。在故事开头张生就用悲苦压抑的语调表达了内心的苦闷和焦虑：

【仙吕】【点绛唇】游艺中原，脚跟无线、如蓬转。望眼连天，日近长安远。

【混江龙】向诗书经传，蠹鱼似不出费钻研。将棘围守暖，把铁砚磨穿。投至得云路鹏程九万里，先受了雪窗萤火二十年。才高难入俗人机，时乖不遂男儿愿。空雕虫篆刻，缀断简残编。②

虽然两个男主人公的结局不一样，张生最终得以和莺莺完婚而卡利斯托死于意外，但二者身上，特别是在他们追求女主人公的过程中，仍存在着许多相似点。其中有一些特点和我们前文总结的宫廷爱情中的特点相似，而另一些特点则体现为对宫廷爱情的讽刺，是对这个概念戏谑性的模仿。

Cherchi 评价道："爱情，总而言之，来自观察和思考，然而不是所有对一个对象的想念都可以被称作是爱，只有被夸大的和令人无法自拔的情感才是爱情。"③ Cherchi 的观点和 Capellanus 的著作 *De*

---

① 〔西班牙〕费尔南多·德·罗哈斯：《塞莱斯蒂娜》，屠孟超译，译林出版社，1997，第13页。
② 王实甫：《西厢记》，河北教育出版社，2007，第7~8页。
③ Cherchi, Paolo, *Andreas and the Ambiguity of Courtly Love* (Toronto: Toronto University, 1994), p. 28.

Amore 中提到的关于爱情的定义相吻合:"爱情是一种与生俱来的激情,它起源于对异性美的感知和对这种美的痴迷,因此他首先渴望拥有另一个人的拥抱,在这拥抱中,他们共同履行所有爱的戒律。"① 换句话说,外在美是唤醒爱的第一步,因为根据 Capellanus 所说,这种激情仅仅产生于"基于他所见而得的精神反射"②。在《西厢记》和《塞莱斯蒂娜》中,张生和卡利斯托首先被他们所爱之人的美貌所虏获,基于此出现了无法自拔的感觉和其他类似宫廷爱情的特征。

根据 Paz 的观点,爱情的产生需要两个看似互相矛盾的条件:恋人之间的相互吸引是不由自主的,产生于一种神秘而万能的磁力;这种吸引同时又是一种基于客观和主观条件下的自主选择。爱是两个人相遇并互相吸引而产生的抽象空间。③ 在《西厢记》和《塞莱斯蒂娜》中,男女主人公都是意外相遇的,男主人公对女主人公心动不已、一见钟情。男主人公的欲望基于女主人公的美貌自发产生,从那一刻起,我们可以看到张生和卡利斯托身上出现了一些宫廷爱情的特征:他们甘愿被所爱之人俘虏,并在其面前表现得如奴隶一般卑微,用 Capellanus 的话来说就是表现得"无比顺从"。

顺从是描述宫廷爱情恋人之间关系的关键词,这种关系发生在男主人公和在社会和/或道德上优于他的女性之间。④ 不论是在《西厢记》还是在《塞莱斯蒂娜》中,我们可以看到男主人公曾多次表达对女主人公百依百顺的意愿。张生在第一本第二折中立誓:"我得时节手掌儿里奇擎,心坎儿里温存,眼皮儿上供养。"⑤ 卡利斯托也

---

① Capellanus, Andreas, *De Amore* (Barcelona: El Festín de Esopo, 1985), p. 55.
② Capellanus, Andreas, *De Amore* (Barcelona: El Festín de Esopo, 1985), p. 57.
③ Paz, Octavio, *La Llama Doble: Amor y Erotismo* (Barcelona: Seix Barral, 1994), p. 34.
④ Cherchi, Paolo, *Andreas and the Ambiguity of Courtly Love* (Toronto: Toronto University, 1994), p. 7.
⑤ 王实甫:《西厢记》,河北教育出版社,2007,第 23 页。

向梅莉贝娅表达了相似的意愿,他自称是她永远的奴隶、俘虏和仆人。虽然仆人森普罗尼奥向他保证他是一个非常出众的男性,而卡利斯托认为和梅莉贝娅相比他算不了什么,他认为梅莉贝娅在各个方面都超过了他,例如她高贵而古老的血统、她的巨额财产、她高尚的品德、她优雅的身姿、她的智慧和她的美貌等。

在两部作品中,男主人公们都抱有夸张的奴役心态,他们将女主人公理想化,进而胡思乱想,甚至有些走火入魔。即便法聪批评张生胡言乱语,但他仍然坚持认为莺莺是观音下凡:

〔末云〕和尚,恰怎么观音现来?
〔聪云〕休胡说,这是河中开府崔相国的小姐。……你道是河中开府相公家,我道是南海水月观音现。①

在第三折中,张生又一次遇到莺莺并悄悄观察她,他再次感叹其美貌并将莺莺和仙女进行对比:

〔末做看科云〕料想春娇厌拘束,等闲飞出广寒宫。看他容分一捻,体露半襟,挥香袖以无言,垂罗裙而不语。似湘陵妃子,斜倚舜庙朱扉;如玉殿嫦娥,微现蟾宫素影。是好女子也呵!
【调笑令】我这里甫能、见娉婷,比着那月殿嫦娥也不恁般撑。遮遮掩掩穿芳径,料应来小脚儿难行。可喜娘的脸儿百媚生,兀的不引了人魂灵!②

卡利斯托也是一样,当森普罗尼奥问他是否是基督徒时,他是

---

① 王实甫:《西厢记》,河北教育出版社,2007,第10~11页。
② 王实甫:《西厢记》,河北教育出版社,2007,第32页。

这样回答的:"我吗?我是梅莉贝娅的信徒,我只崇拜梅莉贝娅,我只信梅莉贝娅,我只爱梅莉贝娅。"① 在卡利斯托眼中,梅莉贝娅就是他的上帝,他不停地重复这近乎异端的说辞:"开玩笑?我认为她就是上帝,我相信她就是上帝。尽管她和我们生活在凡间,我觉得除了她,天上不会再有至高无上的上帝了。"② 就算在巴尔梅诺面前他也不打算掩饰这种想法:"快去牵匹马来,将它洗刷干净,勒紧马肚带,也许我要出去走走,会路过我那位小姐——我的上帝家门前。"③ 张生和卡利斯托都认为他们自己配不上他们的爱人,因为在他们眼中女主人公并不是普通的女人,而是天国的女神。

当张生和卡利斯托得知女主人公自愿献身于他们时,他们不敢相信自己能够获此殊荣。当莺莺已经走到张生的客房里时,张生还是无法相信这是真的,他跪在莺莺面前感叹道:"张珙有何德能,敢劳神仙下降,知他是睡里梦里?"④ 他认为自己实在配不上莺莺:"不才张珙,合当跪拜。小生无宋玉般容,潘安般貌,子建般才;姐姐,你则是可怜见为人在客!"⑤ 同样的事情也发生在卡利斯托身上。当塞莱斯蒂娜向他确定梅莉贝娅已经属于他时,这位贵族绅士不敢相信,并说:"老妈妈,说话要有分寸,别这么说,否则,这几个小伙子要说你发疯了。梅莉贝娅是我的女主人,是我的上帝,是我的生命;我是她的俘虏,是她的奴仆。"⑥ 在两部作品中,男主人公都夸大了所爱之人的形象,并且认为自己在各个方面都比不上她们。

---

① 〔西班牙〕费尔南多·德·罗哈斯:《塞莱斯蒂娜》,屠孟超译,译林出版社,1997,第6页。
② 〔西班牙〕费尔南多·德·罗哈斯:《塞莱斯蒂娜》,屠孟超译,译林出版社,1997,第7页。
③ 〔西班牙〕费尔南多·德·罗哈斯:《塞莱斯蒂娜》,屠孟超译,译林出版社,1997,第42页。
④ 王实甫:《西厢记》,河北教育出版社,2007,第143页。
⑤ 王实甫:《西厢记》,河北教育出版社,2007,第143页。
⑥ 〔西班牙〕费尔南多·德·罗哈斯:《塞莱斯蒂娜》,屠孟超译,译林出版社,1997,第156页。

第三章 "爱情"的概念

虽然张生和卡利斯托经常表现出谦卑,但当真正思考是否配得上女主人公时,张生比卡利斯托显得更有信心,这种信心大多来自他对自己才学的肯定,就像他在一开始所表述的那样:"暗想小生萤窗雪案,刮垢磨光,学成满腹文章……"① 他认为自己不论在外貌还是在品格上都毫不逊色:

> 夫人忒虑过,小生空妄想,郎才女貌合相仿。休直待眉儿浅淡思张敞,春色飘零忆阮郎。非是咱自夸奖:他有德言工貌,小生有恭俭温良。②

而卡利斯托,虽然得到来自塞莱斯蒂娜和他的仆人们的肯定,但他就像典型的宫廷爱情中的男子一样,坚信自己比不上他所爱慕之人。

恋人之间的忠诚也是宫廷爱情的重要特征之一,这在 Capellanus 的著作 De Amore 中被反复提及,"一个散发着爱的光芒的人,无论这光芒有多么美丽,他都不会想要拥有另一个人的怀抱。事实上,他只会考虑对她的爱,任何其他女人的形象在他眼里都是粗鄙的"③。在《塞莱斯蒂娜》中,卡利斯托只想要梅莉贝娅,梅莉贝娅也只爱卡利斯托,"卡利斯托是我的灵魂、我的生命、我的先生,我的全部希望都寄托在他身上"④。在《西厢记》中,虽然张生留意过红娘的外表,但他首先且唯一想到的也只是"我将小姐央,夫人央,他不令许放,我亲自写与从良"⑤。虽然红娘不断给张生提供帮助和建议,

---

① 王实甫:《西厢记》,河北教育出版社,2007,第 7 页。
② 王实甫:《西厢记》,河北教育出版社,2007,第 23~24 页。
③ Capellanus, Andreas, De Amore (Barcelona: El Festín de Esopo, 1985), p.655.
④ 〔西班牙〕费尔南多·德·罗哈斯:《塞莱斯蒂娜》,屠孟超译,译林出版社,1997,第 208 页。
⑤ 王实甫:《西厢记》,河北教育出版社,2007,第 21 页。

他也只想用金银绸缎和千恩万谢来表达感激之情。而莺莺，毫无疑问，也只爱张生一人。莺莺对张生的强烈的感情，在第四本第三折送别张生时表现得淋漓尽致。

《西厢记》和《塞莱斯蒂娜》中另一个与宫廷爱情相似的特征是恋人之间交流时展现出的富有诗意的语言风格。在《西厢记》中，作者因张生的儒生身份和莺莺大家闺秀的身份而赋予了他们较高的文学素养，使他们能够用富有诗意的语言表达自己的思想感情。在《塞莱斯蒂娜》中，为了和仆人妓女等底层社会人物形象区分开来，作者赋予年轻的绅士卡利斯托和高贵的小姐梅莉贝娅一种诗意的更加具有文化底蕴的语言。

比喻是两部作品中的男女主人公常常会用到的一种修辞手法，例如莺莺用自然界特定的某些植物或动物比喻男性女性（"并蒂莲花"和"鸳鸯"）；卡利斯托用战争或者熊熊燃烧的火焰来比喻炙热的爱情。他们还经常借助文学典故来为自己辩护或支撑自己的观点。例如《西厢记》中，张生和莺莺都多次用司马相如和卓文君的爱情故事来对比他们之间的爱情；而在《塞莱斯蒂娜》中，男女主人公多次倾向于将他们之间的关系和某些神话故事中的人物关系相提并论。

两个男主人公的表达方式的确符合宫廷爱情的语言风格，但他们的某些行为却违反了宫廷爱情中的道德准则。如果我们仔细阅读便不难发现，张生和卡利斯托追求的并不仅仅是精神上的爱情，并且他们常常表现出自私自利的性格特征。

Capellanus 在其著作 *De Amore* 第六章伊始就总结了五条获得爱情必须拥有的元素：美貌、道德操守、较好的口才、丰厚的财富，以及能够快速向心爱的人屈服。① 我们可以看到，不论是张生还是卡

---

① Capellanus, Andreas, *De Amore*（Barcelona: El Festín de Esopo, 1985), p.71.

利斯托都不完全具备这五个元素。

虽然两个男主人公都具有较高的文学素养，但他们并不知道如何在恰当的时机合适地表达自己的想法。根据 Capellanus 的建议，追求者应该避免直接靠近被追求者；当他们有机会和被追求者交谈的时候，应当特别注意他们的语言以及谈话内容。但张生和卡利斯托在第一次表达对女主人公的倾慕之情时就显现了他们鲁莽和轻率的特征。当女主人公出现时，他们的反应和语言都是不合适的。和张生不同，卡利斯托有机会直接向他的爱慕对象梅莉贝娅表明心意，但他和梅莉贝娅刚刚相遇就匆忙地公开表明爱意。在关于爱情的著作 *De Amore* 中，男性遇到风尘女子时才会以这样直白的方式进行交流。因此，卡利斯托的爱慕之情在梅莉贝娅眼中变成了一种侮辱，更糟糕的是，卡利斯托只关注了她的外在美。这就解释了为什么当梅莉贝娅听到卡利斯托热情的赞美之词时，她回以讽刺，且用一种不礼貌的、不符合贵族少女身份的语言拒绝了他。

而张生，由于一开始没有机会接近莺莺，他就将目光投向了红娘，犯下一系列鲁莽的错误。在与红娘的交谈中，张生透露了自己的生辰八字等不必要的细节，并且大胆询问莺莺的私人生活：

> 小生姓张，名珙，字君瑞，本贯西洛人也，年方二十三岁，正月十七日子时建生，并不曾娶妻……敢问小姐常出来么？[①]

听到这些，红娘明显生气了，命他"休得胡说"。红娘在回到家后就立刻告知莺莺所发生的事情，莺莺虽未表现出明显的不悦，但也未表现出对张生的兴趣。如果说在第一本第一折中张生只是犯了些小错误，那么他在第三本第三折中的行为就直接违背了前文

---

① 王实甫：《西厢记》，河北教育出版社，2007，第 22 页。

Capellanus 提到的不能直接接近所爱之人这条原则。张生夜晚赴约，跳过矮墙想要搂抱莺莺，虽然因天黑他误抱了红娘，但这种行为还是激起了莺莺的反感和恼怒："张生，你是何等之人！我在这里烧香，你无故至此；若夫人闻之，有何理说！"① 红娘也十分气愤："禽兽，是我，你看得好仔细着，若是夫人怎了。"② 我们可以看出张生和卡利斯托在追求女主人公的过程中都显得笨拙且缺乏谨慎。

两个男主人公共有的另一个符合宫廷爱情的特征是对爱情的坚持不懈。然而，他们都没有做好被拒绝的准备，且因为缺乏耐心而倾向于寻找第三个人从中牵线搭桥。这种主动性的缺乏体现了他们的不自信。比起主动出击，他们宁愿花时间哀叹自己的处境或抱怨残酷的命运，被动地等待别人的努力所带来的结果。但矛盾的是，他们对于中间人并不是完全信任，卡利斯托派森普罗尼奥去监视塞莱斯蒂娜，而张生总是怀疑红娘没有尽心尽力地帮助他。

张生和卡利斯托用给予好处换取第三方帮助的做法与宫廷爱情所要求的纯洁、不可买卖的爱情观相矛盾。卡利斯托付给塞莱斯蒂娜至少一百枚金币和一条金链子，这种行为同时也降低了梅莉贝娅的身份，因为她在这过程中变成了被交易的对象。而为获得红娘真诚的帮助，张生承诺今后会用金银和丝绸来答谢她，虽然红娘表示拒绝，但她却提出了其他的酬谢方式。和卡利斯托一样，张生的行为使追求莺莺的过程变成了一桩买卖交易。可以说这两部作品中的爱情都是通过利益交换获得的。这显然违背了宫廷爱情的原则，因为它要求爱情必须是纯洁的，是不受任何物质条件束缚的。

张生和卡利斯托在被拒绝后，都陷入了漫长的相思之苦。在这个阶段他们不断告诉自己女主人公在外貌和品格上的完美无瑕，这种不断将自己与女主人公相比较而产生的自惭形秽的感觉更加加重

---

① 王实甫：《西厢记》，河北教育出版社，2007，第122页。
② 王实甫：《西厢记》，河北教育出版社，2007，第121页。

了他们相思病的症状。卡利斯托还将自己所受的情感上的折磨和耶稣受难相提并论,在天主教徒的眼中这种行为近乎异端。

如果说两部作品中男女主人公之间的爱情完全是纯粹的,可能很多学者不敢苟同。我们不难发现,不论是张生还是卡利斯托,都只想尽快用尽一切手段来满足自己的欲望,全然不顾自己和他人的名誉。欲望的驱使让他们的语言和行为在某些情况下时而夸张时而怪诞。

为了遮掩欲望,卡利斯托运用了 Capellanus 建议的说话方式,但就像我们前文分析的一样,他错用了与风尘女子的对话方式,因而弄巧成拙。他的仆人森普罗尼奥,敏锐地意识到他那些喋喋不休的话语背后隐藏的真正目的,因此引导卡利斯托去寻求塞莱斯蒂娜的帮助。巴尔梅诺在卡利斯托面前对于塞莱斯蒂娜的警告是徒劳的,塞莱斯蒂娜名声越坏,卡利斯托就越相信她的办事效率,因为他真正想要的和塞莱斯蒂娜所能带给他的是完全一致的。换句话说,卡利斯托从一开始就只考虑自己的欲望而丝毫没有顾及梅莉贝娅的名声。

张生同样也被欲望驱使。在第一本第二折中,红娘提醒张生:

> 俺夫人治家严肃,有冰霜之操。内无应门五尺之童,年至十二三者,非呼召不敢辄入中堂。向日莺莺潜出闺房,夫人窥之,召立莺莺于庭下,责之曰:"汝为女子,不告而出闺门,倘遇游客小僧私视,岂不自耻。"莺立谢而言曰:"今当改过从新,毋敢再犯。"是他亲女,尚然如此,何况以下侍妾乎?先生习先王之道,尊周公之礼,不干己事,何故用心?早是妾身,可以容恕,若夫人知其事呵,决无干休。今后得问的问,不得问的休胡说![①]

---

① 王实甫:《西厢记》,河北教育出版社,2007,第 23 页。

听到这些，张生立刻意识到想要接近莺莺十分困难，因此顿感失望和悲伤。但他立刻想到了可以通过不正当的方式得到莺莺，并自言自语道：

> 小姐年纪小，性气刚。张郎倘得相亲傍，乍相逢厌见何郎粉，看邂逅偷将韩寿香。才到得风流况，成就了会温存的娇婿，怕甚么能拘束的亲娘。①

也就是说，张生想要效仿韩寿偷香，将道德准则和莺莺的名誉放在一旁。因此尽管他想用华丽的语言来掩饰，但我们还是可以注意到他对莺莺不可抑制的欲望。当红娘告知张生郑夫人请他去府上用餐，他首先且唯一想到的就是终于可以和莺莺私订终身了：

> 我比及到得夫人那里，夫人道："张生，你来了也，饮几杯酒，去卧房内和莺莺做亲去！"小生到得卧房内，和姐姐解带脱衣，颠鸾倒凤，同谐鱼水之欢，共效于飞之愿。觑他云鬓低坠，星眼微朦，被翻翡翠，袜绣鸳鸯。②

卡利斯托从未想过将他和梅莉贝娅的关系公之于众，从未考虑拜访梅莉贝娅的父母以及向她求婚，因为他唯一感兴趣的就是在夜晚和爱人偷尝禁果。张生从一开始就表示了想和莺莺成婚的愿望，但当意识到了他们之间社会地位的巨大差距后，他没有足够的勇气去向郑夫人说明心意。结果就是卡利斯托和张生都选择了一种不道德的方式来达到自己的目的，这种方式既有可能伤害自己也很有可能伤害到女主人公和她们的家人。

---

① 王实甫：《西厢记》，河北教育出版社，2007，第23页。
② 王实甫：《西厢记》，河北教育出版社，2007，第72页。

张生和卡利斯托的自私除了表现在宁愿伤害爱人也要满足自己的欲望之外，还表现在其他方面。当卡利斯托得知塞莱斯蒂娜和他的两个仆人已经死亡时，一开始他表现出了悲伤，但他立刻就表明他最担心的还是自己的名誉受损。同样地，不论红娘面临怎么样的危险张生都从未表现出对她的担心。当红娘告诉张生郑夫人已经发现了他和莺莺的关系时，他首先且唯一担心的只有自己："小生惶恐，如何见老夫人？当初谁在老夫人行说来？"[①] 一看到张生如此害怕承担责任，红娘嘲讽道：

【红云】休佯小心，过去便了。
【小桃红】既然泄漏怎干休？是我相投首。俺家里陪酒陪茶倒搁就。你休愁，何须约定通媒媾？我弃了部署不收，你原来"苗而不秀"。呸，你是个银样镴枪头。[②]

综上所述，如果我们用 Lida 形容卡利斯托的词语来形容张生也是合适的，他们都在"道德、现实和社会之外"。张生和卡利斯托，置他人甚至是自己爱人的利益于不顾，用尽手段只为满足自己的欲望。张生是幸运的，而卡利斯托最终成了自己欲望的牺牲品。

二 莺莺和梅莉贝娅

两个女主人公同样有许多相似之处。梅莉贝娅是独女，因此将来会继承父亲的财产和社会地位。我们通过普莱贝里奥在女儿自杀后的独白可以得知上述信息：

[①] 王实甫：《西厢记》，河北教育出版社，2007，第 152 页。
[②] 王实甫：《西厢记》，河北教育出版社，2007，第 152 页。

已经失去了自己心爱的继承人,我的心为什么还不粉碎呢?失去了继承人,我究竟为谁建造了塔楼?为谁赢得了声誉?为谁种树?为谁造船?……你为什么不摧毁我的家园,焚毁我的住宅,毁掉我的巨大家产?①

梅莉贝娅的父亲认为,女儿优越的条件足以使其成为一个理想的伴侣:

城里人有谁不愿意跟我们结亲?有哪个男子不愿意找我们的宝贝女儿作终身伴侣?新娘应该具备的四个基本条件她全有:第一,稳重、诚实、贞洁;第二,端庄、秀丽;第三,门第高贵,亲戚也都是上等人家;第四,家境殷富。这一切大自然全都赐予她了。对方提出的任何要求我们都能满足。②

和梅莉贝娅一样,莺莺也出身于上层社会,她的父亲是前朝相国;但和梅莉贝娅不同的是,在莺莺的父亲逝世后,崔府每况愈下。郑夫人曾感慨道:"我想先夫在日,食前方丈,从者数百;今日至亲只这三四口儿,好生伤感人也呵!夫主京师禄命终,子母孤孀途路穷……"③ 如同梅莉贝娅的父母普莱贝里奥和阿莉莎,郑夫人也认为莺莺具备寻得一个好夫婿的所有条件,因为她"针指女工,诗词书算,无不能者"④。

梅莉贝娅在故事一开始就是单身的状态,并未婚配,而莺莺早

---

① 〔西班牙〕费尔南多·德·罗哈斯:《塞莱斯蒂娜》,屠孟超译,译林出版社,1997,第242页。
② 〔西班牙〕费尔南多·德·罗哈斯:《塞莱斯蒂娜》,屠孟超译,译林出版社,1997,第207页。
③ 王实甫:《西厢记》,河北教育出版社,2007,第2页。
④ 王实甫:《西厢记》,河北教育出版社,2007,第2页。

第三章 "爱情"的概念

已许配给了郑夫人的侄子郑恒。两个女主人公都具备物质上的财富和时间上的闲适。和男主人公不同的是,她们在各自作品中总体维持一个较好的形象,特别是在故事伊始她们都十分符合传统大家闺秀的形象。她们的美貌不但使男主人公为之癫狂,也得到了作品中其他人物的肯定。普救寺僧侣见到莺莺时不得体的举止体现了莺莺外貌的强大吸引力。此外,红娘也多次赞叹小姐的美貌,"觑俺姐姐这个脸儿吹弹得破"①,"因姐姐闭月羞花"②。梅莉贝娅的美貌也被卡利斯托的两个仆人赞美过,因此还引起了妓女阿雷乌莎和艾莉西娅的嫉妒。③ 两个妓女受够了他们的情人对梅莉贝娅的崇拜,于是诋毁她所拥有的一切,特别是她的外表。艾莉西娅从未见过梅莉贝娅,但打赌说她并不美丽,她的外表仅仅是得益于华贵的装束:

> 你们瞧瞧,究竟谁长得漂亮!耶稣啊,瞧你那厚颜无耻的样子,真叫人又气又恨!究竟是谁长得好看?如果她真的长得俊俏的话,那就让上帝惩罚我!除非像你这样眼睛里全是眼屎的人才会见了眉飞色舞。我真想为你的愚蠢无知划十字。哼,谁想跟你争论她是不是长得俊俏秀丽!梅莉贝娅好看吗?她要是真的好看,那除非是人们的十个指头联成了双。像她这样的美人儿真是一文不值。我确实认识住在她那条街上的四个姑娘,上帝分别赐给她们的妩媚,在梅莉贝娅身上却一点儿也没有。如果说她还称得上有点儿好看的话,那也得归功于她那一身衣著。其实,你只要将她那身衣服套在木棒上,也会说它很好看的。千万不要以为我这么说,是在进行自夸。我认为我也有你

---

① 王实甫:《西厢记》,河北教育出版社,2007,第77页。
② 王实甫:《西厢记》,河北教育出版社,2007,第121页。
③ Arias, Consuelo, "El Espacio Femenino en Tres Obras del Medioevo Español: de la Reclusión a la Transgresión", *La Torre* 3, 1987, p.382.

那个梅莉贝娅那么好看。①

阿雷乌莎也毫不留情地抨击梅莉西娅，以至于明显地歪曲事实："我的表姐，你没有见过她，可我见过了。如果哪一天你碰巧在饭前见到了她，那你准会恶心得吃不下饭。"②她还暗示梅莉贝娅的美貌得益于那些化妆品："她一年到头关在房间里，使用的化妆品不下百种。有时外出到公共场所，她就得把胆汁、蜂蜜和烤焦了的无花果及其他一些东西混合配制的液体搽在脸上。那些玩意儿我怕大家听了会恶心，就不说了。"③她还极尽夸张地诋毁梅莉贝娅的身体：

> 瞧她那一对乳房，一个黄花闺女竟有生过三个孩子的妇女那么大，就像两个大南瓜。她的肚子我看不到，不过，根据她身躯的别的部位我可以猜想，那一定像个五十岁的老太婆一样松软。④

面对阿雷乌莎和艾莉西娅明显缺乏客观性的评论，森普罗尼奥的讽刺再一次印证了梅莉贝娅的美貌："妹子，我感到这儿的每个货郎都在夸自己的针好，可是，城里买针的人说的正好相反。"⑤

除了惊人的美貌，莺莺和梅莉贝娅还在其他方面拥有相似之处。

---

① 〔西班牙〕费尔南多·德·罗哈斯：《塞莱斯蒂娜》，屠孟超译，译林出版社，1997，第131~132页。
② 〔西班牙〕费尔南多·德·罗哈斯：《塞莱斯蒂娜》，屠孟超译，译林出版社，1997，第132页。
③ 〔西班牙〕费尔南多·德·罗哈斯：《塞莱斯蒂娜》，屠孟超译，译林出版社，1997，第132页。
④ 〔西班牙〕费尔南多·德·罗哈斯：《塞莱斯蒂娜》，屠孟超译，译林出版社，1997，第132页。
⑤ 〔西班牙〕费尔南多·德·罗哈斯：《塞莱斯蒂娜》，屠孟超译，译林出版社，1997，第132页。

第三章 "爱情"的概念

在两种文化中，女性的行为举止，特别是来自上层社会女性的行为举止，会受到社会道德准则的严格限制。两个男主人公口中所描绘的女主人公似乎符合各自社会的审美理想，但这样的描述无疑是非常主观的。在和男主人公的第一次相遇中，两个女主人公精致而优雅的形象完全符合上层社会受到良好教育的女性标准。虽然她们的外表符合各自时代的审美标准，但行为举止却与社会道德要求不相符。事实上莺莺和梅莉贝娅也是各自作品中心理变化最大最为复杂的人物。首先，她们对于追求者的第一反应是冷漠。梅莉贝娅认为卡利斯托所说的话粗鲁无礼，因此非常愤怒，甚至拒绝与他继续说话。塞莱斯蒂娜第一次拜访梅莉贝娅时，作为卡利斯托的说客，被梅莉贝娅骂作"拉皮条的骗子""老巫婆""诚实人的敌人""专干偷鸡摸狗勾当的老太婆"。然而很快，她就表现出了不同的思维方式，开始对塞莱斯蒂娜的话语表现出极大的兴趣。最后，她还主动请求塞莱斯蒂娜下一次再来。梅莉贝娅前后态度的反差令人咋舌。这种前后矛盾的特性也体现在莺莺身上。根据红娘向张生传达出的关于莺莺的信息，莺莺是一个受过良好教育且对父母言听计从的大家小姐。但在父亲的葬礼上，这位大家闺秀却表现出对张生的兴趣并暗暗称赞他的才华和外表。从第二天莺莺和红娘的对话中，我们可以明显感觉到莺莺对张生的好感，她甚至暗示红娘帮忙牵线搭桥：

〔红云〕姐姐往常不曾如此无情无绪；自见了那生，便觉心事不宁，却是如何？〔旦唱〕【那吒令】往常但见个外人，氲的早嗔；但见个客人，厌的倒褪；从见了那人，兜的便亲。想着他昨夜诗，依前韵，酬和得清新。

【鹊踏枝】吟得句儿匀，念得字儿真，咏月新诗，煞强似织锦回文。谁肯把针儿将线引，向东邻通个殷勤。

《西厢记》和《塞莱斯蒂娜》的比较研究

【寄生草】想着文章士，旖旎人；他脸儿清秀身儿俊，性儿温克情儿顺，不由人口儿里作念心儿里印。①

两部作品中女主人公时而百般温柔时而怒气冲冲，这种性格在其他文学作品中拥有类似社会地位的女性身上也很常见，我们可以解读为这种喜怒无常的性格特点是那个时代文学作品中上层社会女性共有的。当莺莺看到由红娘带来的张生的信件时，"厌的早攧皱了黛眉"②，并高声叫道："小贱人，不来怎么？"③ 同时"忽的波低垂了粉颈，氲的呵改变了朱颜"④，且呵斥道："小贱人，这东西那里将来的？我是相国的小姐，谁敢将这简帖来戏弄我，我几曾惯看这等东西？告过夫人，打下你个小贱人下截来。"⑤ 这是我们在作品中第一次看到莺莺生气，完全不同于之前温柔优雅的形象，更确切地说，完全不同于张生口中塑造出的形象。梅莉贝娅对塞莱斯蒂娜的态度同样可以用反复无常来形容。一开始，面对塞莱斯蒂娜的拜访，梅莉贝娅表现出了一个上层社会大家小姐应有的涵养，"老妈妈，你有什么需求，请全都说出来吧。我们是老相识，过去又是邻居，凭这一点，只要有可能，我一定乐意帮你的忙。远亲不如近邻嘛"⑥。但当听到卡利斯托的名字后，她立刻粗暴地打断塞莱斯蒂娜喋喋不休的讲话，态度急转直下：

好了，好了，老太太，请你不要说下去了。你跑了这么多路，特地来求我帮忙的病人就是他吗？为了他，你是上这儿来

---

① 王实甫：《西厢记》，河北教育出版社，2007，第49~50页。
② 王实甫：《西厢记》，河北教育出版社，2007，第107页。
③ 王实甫：《西厢记》，河北教育出版社，2007，第107页。
④ 王实甫：《西厢记》，河北教育出版社，2007，第107页。
⑤ 王实甫：《西厢记》，河北教育出版社，2007，第107页。
⑥〔西班牙〕费尔南多·德·罗哈斯：《塞莱斯蒂娜》，屠孟超译，译林出版社，1997，第63页。

找死的吧？不要脸的老妖婆，你刚才说了这么多胡言乱语，原来就为了他！你这么急匆匆地上这儿来，那个没有出息的家伙究竟得了什么病啦？我看他的病一定是疯病，你认为怎么样？我要是刚才没有猜想到就是这个疯子，不知你还会跟我唠叨些什么呢。怪不得人们常说，无论是坏男人还是坏女人，身上最恶毒的部位就是舌头。让你活活被烧死，你这个拉皮条的骗子、老巫婆、诚实人的敌人、专干偷鸡摸狗勾当的老太婆！耶稣啊，快让她离开我！卢克雷西娅，快将她赶出去！我不行了，她将我身上的血全都吸干了！不管是谁，只要听到她刚才说的话，都会这样的，甚至会更严重！说真的，要不是考虑到我自己的贞操和名声，不打算将这个胆大妄为的冒失鬼的行为让众人知晓，我就让你这个坏家伙的那套言论和你的生命全都完蛋！①

莺莺和梅莉贝娅都很容易被情绪左右。当她们十分愤怒的时候，在红娘和塞莱斯蒂娜面前会显得咄咄逼人，有时甚至会威胁要伤害她们的生命。如果不结合上下文来看，两个女主人公态度的忽然变化确实让人匪夷所思，但若结合语境，也就不难理解了。下文梅莉贝娅的独白就解释了她看似阴晴不定的原因：

啊，我忠实的使女卢克雷西娅！你会怎么说我呢？你要是听到我对你说出以往从来没有打算向你表露的心事，你会怎样想呢？你要是发现我这个一贯深居简出的大家闺秀不再像往常那样一本正经，那样害羞，你会怎么吃惊呢？②

---

① 〔西班牙〕费尔南多·德·罗哈斯：《塞莱斯蒂娜》，屠孟超译，译林出版社，1997，第65~66页。
② 〔西班牙〕费尔南多·德·罗哈斯：《塞莱斯蒂娜》，屠孟超译，译林出版社，1997，第143~144页。

梅莉贝娅在女仆面前隐藏自己内心真实情感的行为让我们想起《西厢记》中，张生因书简内容而去花园赴约，而莺莺却佯装不知甚至大发雷霆，其实她这样做是因为她不想让别人，特别是不想让她的侍女红娘知道她内心的真实想法。

两个女主人公自知身份高贵，也都试图成为别人眼中贞洁而高雅的大家闺秀，以期和下层阶级的女性区分开来。因此，她们在某些情况下所表现出的夸张的愤怒其实是为了掩盖自己内心真实的情感。

她们感性且冲动的性格特性主要体现在对待爱情的态度上。与男主人公的被动相比，女主人公都更为主动。当莺莺和梅莉贝娅开始对各自的追求者产生兴趣时，她们主动安排与男主人公会面并协调细节。如果说一开始莺莺和梅莉贝娅被社会道德所束缚，但最后她们的表现几乎和男主人公一模一样了，她们都表示爱情才是她们唯一在乎的事情。

在《西厢记》中，为了能够有情人终成眷属，莺莺和张生接受了郑夫人提出的条件，这也是将这段不被接受的爱情关系进行转变的最好办法。但当张生准备进京赶考时，莺莺却明确地告诉他，自己并不在乎是否能够做状元夫人，因为在爱情面前，其他都是"蜗角虚名，蝇头微利"[①]。"你与俺崔相国做女婿，妻荣夫贵，但得一个并头莲，煞强如状元及第"[②]，她还不忘提醒张生，"此一行得官不得官，疾便回来"[③]。

对莺莺和梅莉贝娅来说，任何事情都不能阻止她们的爱情：她们欺瞒父母，自愿献身男主，全然忘记了自己所受过的来自社会和家庭的教育。她们的爱情游走在社会道德准则的边缘，但和莺莺不

---

① 王实甫：《西厢记》，河北教育出版社，2007，第161页。
② 王实甫：《西厢记》，河北教育出版社，2007，第160页。
③ 王实甫：《西厢记》，河北教育出版社，2007，第161页。

同的是，梅莉贝娅是有和卡利斯托成婚的自由的，因为卡利斯托有着和她相似的贵族血统及巨额财富。但这两个女主人公都没有思索过与对方成婚的可能性。梅莉贝娅至少在短期内，并不想和任何人成婚，对这一点她也坦然承认。当她无意听到父母想要帮她寻找夫婿时，她自言自语道：

> 如果我的父母想让我安安稳稳地过这一辈子，那么，他们就应该允许我和他相爱。他们不应该胡思乱想，不要考虑种种虚情假意的婚姻。让我勉勉强强地去结婚，不如痛痛快快当情人。他们如果想安度晚年，那就应该让我享受青春的快乐。如果一意孤行，那么，等待他们的只能是我的毁灭，而他们也很快会寿终正寝。打从与他相识后，我感到遗憾的只是没有和他及时行乐，只恨与他相见太晚。我不想正式结婚，不想玷污连接夫妻关系的纽带，不想结婚后又让另一个男子占有，就像我读过的古书中讲到的许多女子那样。①

很明显女主人公的个人意志和社会道德准则存在冲突。我们可以注意到两位女主人公对这种道德束缚的抵制，特别是梅莉贝娅，她将自己视作一个叛逆的不墨守成规的女性。莺莺虽未像梅莉贝娅表现得那样明显，但从故事一开始她就抱怨自己所承受的孤独："兰闺久寂寞，无事度芳春。"② 而这种孤独正是来源于母亲郑夫人和侍女红娘的长期监视：

【天下乐】红娘呵，我则索搭伏定鲛绡枕头儿上盹。但出闺

---

① 〔西班牙〕费尔南多·德·罗哈斯：《塞莱斯蒂娜》，屠孟超译，译林出版社，1997，第208~209页。
② 王实甫：《西厢记》，河北教育出版社，2007，第34页。

门,影儿般不离身。

〔红云〕不干红娘事,老夫人着我跟着姐姐来。〔旦云〕俺娘也好没意思!这些时直恁般提防着人;小梅香伏侍得勤,老夫人拘系得紧……①

此外,我们通过红娘得知,莺莺有几次在没有得到郑夫人允许的情况下就出了闺房,据此可以推测,莺莺其实并不一直都是谨守传统道德规范的"完美"女性。

当莺莺和梅莉贝娅被爱情虏获后,常常在"责任"和"情感"之间摇摆不定。文中的男主人公都几乎没有来自家庭的压力,但两个女主人公确实感到被家庭责任所束缚。尽管如此,她们俩还是选择了爱情。这样的选择在她们各自的文化中都可视作一种个人主义意识的萌芽。

总之,我们不难发现,张生和莺莺之间的爱情,卡利斯托和梅莉贝娅之间的爱情,都具有宫廷爱情的某些特征,但同时在另一些方面又以一种戏谑的手法对宫廷爱情进行了讽刺:男女主人公之间的爱情都不符合当时社会的期望。也许王实甫和罗哈斯在人物心理特征刻画上取得如此成就恰恰是因为创造出了有血有肉、形象生动的人物,这些人物所表现出的强烈的情感,以及他们情感上和思想上的变化给读者留下了深刻的印象。

---

① 王实甫:《西厢记》,河北教育出版社,2007,第49页。

第四章

红娘与塞莱斯蒂娜

在《西厢记》和《塞莱斯蒂娜》所刻画的众多经典人物中，最突出的当属丫鬟红娘和老鸨塞莱斯蒂娜。此章我们就试图探究二者的一些特征和共性。我们希望通过细致的分析以及二者间的比较从新的视角阐释这两个人物，从而更好地理解这两部作品。

红娘和塞莱斯蒂娜在男女主人公的爱情故事中扮演着牵线搭桥者的角色。她们在情节发展中起着至关重要的作用，可以说这两个人物决定了故事情节的总体走向。

第一节 《西厢记》和《塞莱斯蒂娜》中的核心人物

在诸多《塞莱斯蒂娜》的研究者眼中，塞莱斯蒂娜无疑是编织整个故事情节和推动情节发展的最主要人物。[①] 我们只需从历年来书名的变化就可以得知她在故事中有着举足轻重的地位。罗哈斯这部著作的首版于1499年在西班牙北部的一座城市布尔戈斯面世，题为《卡利斯托和梅莉贝娅喜剧》。第二版则增加了一个字，更名为《卡利斯托和梅莉贝娅悲喜剧》，于1500年在古城托雷多出版。1502年出版的第三个版本沿用了上一版的书名，但不久之后塞莱斯蒂娜就代

[①] Martí Caloca, Ivette, "*Melibea*: Eje de la *Scriptum Ligata* de *La Celestina*", *Celestinesca* 36, 2012, p.161.

替故事的男女主人公卡利斯托和梅莉贝娅，成为我们现在所熟知的书名。①

塞莱斯蒂娜在故事的第十二幕就被卡利斯托的两个仆人杀死了，但这并不妨碍她成为整个故事的核心人物，并且随着时间流逝，逐步成为读者眼中这部作品里最经典的人物。而在《西厢记》中，虽然我们没有找到以"红娘"作为书名的《西厢记》其他版本，但她在中国民间文化中的重要意义显然已经超越了男女主人公张生和莺莺，成为人们心目中毫无疑问的经典文学人物。由荀慧生编演的京剧剧目《红娘》取材于《西厢记》，至《拷红》止。在这一京剧版本中，婢女红娘变成了唯一的主角，而原本的男女主人公张生和莺莺只是为了突出红娘的形象而存在的。同样在昆曲中也有一部基于《西厢记》改编的作品，名为《拷红》。可见，红娘早已成为《西厢记》中的核心人物。

正是红娘和塞莱斯蒂娜独特的个人魅力、超凡的智慧和口才，使众多读者的目光从大多数文学作品中俊美、优雅且多愁善感的男女主人公身上移开，而把注意力投向这两个社会底层的女性人物。可以说在文学的历史长河中我们首次遇到被刻画得如此完美且复杂的婢女和拉皮条者的形象，她们与先前其他文学作品中出现的同类人物大相径庭。

拉皮条者（alcahuete）的文学形象早就存在于西班牙文学传统之中。塞莱斯蒂娜之所以能够超越她众多的"前辈"，是因为作者罗哈斯赋予了其深刻的社会和心理属性，并完美地用文学手法刻画出来。Villanueva 评价道："罗哈斯在历史上第一次将一个拉皮条者变

---

① 关于书名的演变可详见 Patricia Botta 的文章，"La Autoría de *La Celestina*"，http://rm-cisadu.let.uniroma1.it/celestina/m-Autoria.PDF。

第四章 红娘与塞莱斯蒂娜

成了既邪恶又闻名世界的文学人物。"①

《西厢记》中所讲述的故事起源于唐传奇《莺莺传》。从《莺莺传》到《西厢记》，除了故事情节得到发展之外，人物形象也经历了较大的变化，其中变化最大的人物就是红娘。在唐传奇版本中，丫鬟红娘只是可有可无的人物，她可以被任何角色替代。但在王实甫的杂剧版本中，这个贴身婢女被作者赋予了独特的个性，人物形象一下子变得立体起来，变成了推动故事情节发展的关键角色。正是文学大师王实甫细致入微的刻画使红娘得以成为中国文学历史长河中的经典人物。如今红娘这个名字家喻户晓，并且已经成为牵线搭桥者的代名词。

在文学研究初期红娘和塞莱斯蒂娜被部分学者理解为为推动情节发展而生的工具式的人物，但大多数学者则倾向于认为她们才是故事的创造者。红娘对于故事情节发展的作用正如中国古典文学评论家段启明所说的："红娘，在崔张爱情中虽然不是当事者，但却是绝对不可缺少的人物；在贯穿作品始终的矛盾冲突中，她是具有关键性作用的人物。"② 同样，塞莱斯蒂娜在作品中的角色地位举足轻重。她将卡利斯托的仆人们变成了她的助手，也是她让梅莉贝娅落入圈套并无可救药地爱上卡利斯托。她的口若悬河让读者印象深刻。毫不夸张地说，红娘和塞莱斯蒂娜是故事情节得以发展的关键角色，她们就像是催化剂，催生了爱人之间的激情，唤醒了男主人公的希望，并悄悄传递情人之间的暗语。很明显在这两部作品所创造的人物中，给与作品同时代以及后来的读者们印象最深刻、影响最深远的，就是婢女红娘和老鸨塞莱斯蒂娜；而男女主人公，即张生和莺莺，卡利斯托和梅莉贝娅，他们的影响力则小得多，在其后的文学

---

① Villanueva, Darío, "Literatura Comparada y Teoría de la Literatura", *Curso de Teoría de la Literatura*, ed. M. C. Bobes (Madrid: Taurus, 1994), p.140.

② 段启明：《西厢论稿》，四川人民出版社，1982，第136页。

作品中也鲜被模仿和影射。

　　塞莱斯蒂娜被塑造得如此成功以至于后世出现了许多类似的文学人物。Chevalier曾指出黄金世纪的西班牙读者对塞莱斯蒂娜无比着迷。① 我们也可以在后世的许多著作中找到她的影子，例如 *El Caballero de Olmedo*，*La Dorotea*，*La Tía Fingida de Cervantes*。而红娘对于后世作品的影响与塞莱斯蒂娜相比毫不逊色。梁帅在他的文章《文学本位视角下红娘形象流变的原因》中提到过，汤显祖如此赞扬红娘："王实甫笔下的红娘有二十分才，二十分识，二十分胆。有此军师，何攻不破，何战不克。"② 的确，红娘在莺莺和张生的爱情故事中扮演着非常重要的角色，的确应该被称为"军师"。在后世模仿她所塑造的众多文学人物中，最具代表性和最广为人知的是《㑇梅香》③ 中的梅香一角。

　　红娘这个角色对于民间文化的影响力是显而易见的。它通常用来指代试图通过牵线搭桥而使男女成为情侣或夫妻的女性，一般是褒义的。如果没有读过或听过《西厢记》的故事，人们可能不会知道张生和莺莺，但大家一定知道"红娘"所指代的含义。同样，当西班牙人使用"塞莱斯蒂娜"一词时，无论是否知道《塞莱斯蒂娜》这部作品，大家也明确该词指的就是为男女建立爱情关系牵线搭桥的人，这个词可以是褒义的也可以是贬义的。红娘和塞莱斯蒂娜的影响力如此之大以至于两者都成为各自文化中牵线搭桥者的代名词，这也再次证明了王实甫和罗哈斯对这两个人物的塑造取得了巨大的成功。

---

① Chevalier, Maxime, *Lectura y Lectores en la España de los Siglos XVI y XVII* (Madrid: Ediciones Turner, 1976), p.44.
② 梁帅:《文学本位视角下红娘形象流变的原因》,《郑州航空工业管理学院学报》2010年第2期,第15页。
③ 元代剧作家郑光祖的作品。在一些学者看来，这部作品是模仿《西厢记》创作的。两者的主要区别在于,《㑇梅香》中省去了《西厢记》里对朝廷的嘲讽和批评，只讲述了儒生的风流轶事。

第四章 红娘与塞莱斯蒂娜

第二节 "媒妁"和"拉皮条者"

Alcahuete（拉皮条者），在《西班牙皇家语言字典》中的第一个意思就是"协调、掩盖和提供恋爱关系的人，一般来说是非法的、不正当的"；而 casamentero/la casamentera（媒人）指的是"促成或协调一场婚姻的人"。由于前者常常和非法关系相联系，因此暗含贬义色彩；而后者，虽然在很多情况下和前者是近义词，但不一定带有贬义色彩。根据此定义，为了更加清晰地区分红娘和塞莱斯蒂娜，我们应把红娘称为媒人而不是拉皮条者。

根据 Márquez Villanueva 所说，在东方的一些古老文明中，社会规则规定了想要在婚姻中结合的人们应当在婚前使用专业的中间人。① 在中国承担这一角色的就被称为媒妁。根据《说文解字注》，"媒，谋也，合二者姓也；妁，酌也，斟酌二者姓也"②。根据《辞源》，媒妁的意思是婚姻的协调者。它的同义词还有媒人、媒婆等，其中媒婆通常指从事这个职业的较为年长的女人。Liu Ch'i-Fen 认为，媒妁的形象在中国古典文学作品中广为人知，并通常被认为是正面的，③ 她们一般由受人尊敬的较年长者担任。因此比起 alcahuete，中文中媒妁这个词更加接近西班牙语中的 casamentero。

在古代中国的悠长历史中，但凡涉及男女婚配，媒妁的存在就是必要的，因为严苛的社会道德规则禁止男女私订终身。孟子道：

---

① Márquez Villanueva, Francisco, *Orígenes y Sociología del Tema Celestinesco*（Editorial Anthropos, 1993），p. 24.
② 段玉裁：《说文解字注》，上海古籍出版社，1981，第63页。
③ Liu, Ch'i-Fen, "Lung Hung-Niang yu Hsi-Niang, Hsiang yu La Celestina", *Chung Wai Literary Monthly*, 1977, p. 65.

"男女授受不亲。"①《礼记》对于男女所需要遵守的行为准则做了详细的规定和描述，男女行为的细则太过严苛以至于同一家庭的男女都不能有"过分"的接触：

> 男女不杂坐，不同椸枷，不同巾栉，不亲授。叔嫂不通问，诸母不漱裳……姑姊妹女子子，已嫁而反，兄弟弗与同席而坐，弗与同器而食。②

在这种情况下，媒妁对于促成婚姻就起到了关键作用。在我国最早的一部诗歌总集《诗经》中就已经能找到媒妁的痕迹：

> 氓
> 氓之蚩蚩，抱布贸丝。
> 匪来贸丝，来即我谋。
> 送子涉淇，至于顿丘。
> 匪我愆期，子无良媒。
> 将子无怒，秋以为期。③

> 伐柯
> 伐柯如何？匪斧不克。取妻如何？匪媒不得。
> 伐柯伐柯，其则不远。我觏之子，笾豆有践。④

第一首诗歌中女人提醒她的追求者，虽然他们彼此互相吸引，

---

① 《孟子》，中国华侨出版社，2016。
② 《礼记》，西安交通大学出版社，2013，第 11 页。
③ 王财贵编《诗经》，北京教育出版社，2015，第 52 页。
④ 王财贵编《诗经》，北京教育出版社，2015，第 146 页。

但没有媒人就不得成亲。第二首诗歌将娶妻与伐木做比较，说媒人对婚姻的重要性就如同斧头对伐木的重要性一样。这两首诗歌都传递了同一个信息——没有媒妁就没有婚姻，这映射了媒妁在古代中国婚姻中举足轻重的地位。

我们同样能在其他文学作品中找到相似的概念，例如《礼记》中就有"男女非有行媒，不相知名"①。《战国策》中说道，"处女无媒，老且不嫁"②。《白虎通》中说，"男不自专娶，女不自专嫁，必由父母，须媒妁何？远耻防淫佚也"③。

如果一对男女决定私订终身，这种关系就不会被社会和家庭接受，会被认为令家族蒙羞。就像管子所说，"妇人之求夫家也，必用媒而后家事成；求夫家而不用媒，则丑耻而人不信也"④。孟子也强调这是一种丑闻，"不待父母之命，媒妁之言，钻穴隙相窥，逾墙相从，父母国人皆贱之"⑤。在古代中国，可以说，在建立男女关系前寻找媒妁的帮助是道德准则的重要组成部分。

媒妁中渐渐出现了一个群体，她们用欺骗的方式促成婚姻，目的是牟取利益。袁采就曾举例说明，"给女家，则曰男家不求备礼，且助出嫁遣之资。给男家，则厚许其所迁之贿，且虚指数目"⑥。

一开始传统意义上的媒妁肩负着促成婚姻的职责，渐渐地这个词适用范围被扩大了，还用来指在社会不容许的非正当恋爱关系中牵线搭桥的人，这类人在文学作品中一般以大家小姐的贴身婢女为代表，也一般以正面形象出现。正因如此，红娘在中国文化中会被认为是媒妁的代表人物。红娘与西班牙文化中的拉皮条者（alcahuete）

---

① 《礼记》，西安交通大学出版社，2013，第11页。
② 诸祖耿：《战国策集注汇考》，江苏古籍出版社，1985，第1572页。
③ 《白虎通》，崇文书局，1875。
④ 《管子》，浙江人民出版社，1987。
⑤ 《孟子》，中国华侨出版社，2013，第90页。
⑥ 袁采：《袁氏世范》，天津古籍出版社，1995，第49页。

有着明显的区别，因为她在文学作品中的形象是正面的，而 alcahuete 的文学形象往往是负面的。然而在现实中，以红娘为代表的这一类型的媒妁，与 alcahuete 一样，都是在促成男女间一种不被社会接受的不正当的关系。

仆人作为媒妁传递情人间信息这一行为最早可以追溯到汉朝司马相如和卓文君的故事："既罢，相如乃使人重赐文君侍者通殷勤。文君夜亡奔相如……"① 在这里我们可以看到卓文君的婢女就是这对恋人通信的桥梁。

在古代中国，大户人家的丫鬟和小厮的地位是非常低的，但若他们能成为小姐和追求者之间的桥梁，他们就会受到重视从而被赋予新的价值。当这段关系是一段不符合社会道德准则的关系时，仆人所扮演的角色就至关重要了。不论小姐或公子原先是如何清冷孤傲，这时的他们必须放下身段，以求得仆人的帮助。在这种情况下，小姐和婢女之间的界限有时就会变得模糊。② 我们可以在《西厢记》中注意到随着剧情发展，红娘和莺莺在对彼此态度上出现细微变化，特别是当小姐需要得到红娘帮助的时候，这时仅从她们的言语和态度上我们很难区分二者的身份。

作为文学作品中丫鬟群体的代表性人物，红娘身上展现出她们的共性：热情、勇敢、清醒、聪敏。当莺莺无法和追求者相会时，红娘想方设法保证他们联系通畅，同时避免被他人发现；如果莺莺对她没有完全放下戒备，红娘知道如何谨慎行事，并不急于道出莺莺内心的真实想法；当莺莺失去勇气并退缩时，红娘知道如何鼓励她追求爱情；就连莺莺和张生的关系被夫人发现时，红娘也敢于在家族权威面前为他们辩护。红娘被王实甫刻画得入木三分，这一生

---

① 司马迁：《史记》，中华书局，1975。
② 严明、沈美红：《闺阁内的爱情导师——三言二拍中的婆子、丫环、尼姑的角色分析》，《明清小说研究》2006 年第 1 期，第 94~96 页。

动活泼、伶俐讨喜的形象，理应成为作品中最为出彩的人物。

　　Márquez Villanueva 曾评价道："世界各地不断地有人在从事拉皮条的勾当，他们就像瘟疫一样在各地蔓延。"① 西班牙 15 世纪的文学作品倾向于向读者展示拉皮条者惹人憎恶的一面，② 作者将他们刻画成编织阴谋诡计的恶棍，通过控制妓女对社会造成负面影响③。塞莱斯蒂娜无疑就是这类拉皮条者的典型代表。拉皮条者所干的勾当因违反了社会道德规范而被人们普遍认为是一种罪恶。他们因特殊的身份和所从事的活动逐步成为社会边缘群体。④ 但是，虽然当权者对皮肉生意的管控非常严格，塞莱斯蒂娜却有能力继续她拉皮条的营生。她对自己的能力非常自信，谈起自己的职业时也毫不避讳。在第三幕中塞莱斯蒂娜毫不掩饰地向森普罗尼奥炫耀自己在这方面的过人之处：

　　　　孩子，感谢上帝，在这个城市里，你见不到几个不经我牵第一根线就开店卖笑的黄花闺女。女孩儿一出娘肚，我就记在自己的账本上，看看往后有几个能漏网的。不知你是怎么想的，森普罗尼奥。难道我是靠喝西北风过日子吗？我继承什么遗产了吗？我拥有房产和葡萄园吗？除了我这份职业外，你发现我还有别的什么产业吗？我靠什么吃，靠什么喝，靠什么穿？大家伙儿都知道，我在这儿土生土长，也在这个城市里有了点名气。眼下谁都知道我的名字。如果有人不知我的名字和我的家，

---

① Márquez Villanueva, Francisco, *Orígenes y Sociología del Tema Celestinesco* (Editorial Anthropos, 1993), p. 24.
② Márquez Villanueva, Francisco, *Orígenes y Sociología del Tema Celestinesco* (Editorial Anthropos, 1993), pp. 120 – 124.
③ Blay Manzanera, Vicenta, "Más Datos Sobre la Serpiente-cupiditas en Celestina", *Celestinesca* 20, 1996, p. 153.
④ Díaz Tena, María Eugenia, "Que Paresces Serena", *Celestinesca* 36, 2012, p. 74.

那他准是外乡人。①

得益于罗哈斯入木三分的刻画，塞莱斯蒂娜成为西班牙黄金世纪乃至世界文学史上一个经典的老鸨形象。

一 面临的危险和阻碍

红娘和塞莱斯蒂娜为了完成各自的任务克服了诸多困难。首先，二者由于牵线搭桥者的身份都需要冒着被严重惩罚的风险：红娘作为丫鬟可能被郑夫人严厉责罚，而塞莱斯蒂娜则可能面临法律的制裁。

在西班牙，虽然很长一段时间内并没有专门针对拉皮条者制定的法律，但针对流浪者和偷盗者的专门法律提及了拉皮条者是有可能会被驱逐出境的；如果拉皮条者中的女性以巫婆的身份被告发，她们还有可能因为宗教法庭的审判和惩罚而丢失性命。②

巴尔梅诺在第二幕中提到过，塞莱斯蒂娜三次被插上羽毛游街示众。在第七幕中，塞莱斯蒂娜告诉巴尔梅诺她和他的母亲曾"一起干那种事儿，同时被发现，一起被捕，也一起被起诉。那次（我认为也是第一次）我们一起被判刑"③。她还告诉了巴尔梅诺他的母亲所遭受的来自当权者的其他四次惩罚：

孩子，我是说，不算那一次，你妈妈一个人还被捕了四次。

---

① 〔西班牙〕费尔南多·德·罗哈斯：《塞莱斯蒂娜》，屠孟超译，译林出版社，1997，第46页。

② Vázquez de Prada, Valentín; Usunáiz, J. M., *Las Cortes de Navarra Desde Su Incorporación a la Corona de Castilla: Tres Siglos de Actividada Legislativa (1513 – 1829)* (Pamplona: EUNSA, 1993), p. 85.

③ 〔西班牙〕费尔南多·德·罗哈斯：《塞莱斯蒂娜》，屠孟超译，译林出版社，1997，第104页。

有一次当局甚至是将她当女巫给抓起来的，因为发现她深更半夜在十字路口点着蜡烛取泥土。随后，在她脑袋上扣上一顶涂上各种颜色的帽子，让她在广场一边的石阶上站了半天。①

换句话说，不管是因为撮合卡利斯托和梅莉贝娅，抑或是半夜去阿雷乌莎家向她介绍巴尔梅诺，塞莱斯蒂娜都冒着被告发成拉皮条者甚至是巫婆的风险，有可能会遭受上述提及的惩罚。

而红娘在给莺莺和张生牵线搭桥的过程中同样需要冒一系列风险，甚至有可能失去生命。在中国封建社会很长一段时间内，人们主要被分为两个群体，即良民和贱民，贱民被视为良民的私有财产。在第一本第二折中，张生向红娘许诺，如果最终他能和莺莺在一起，就让红娘"从良"。这里"写于从良"的意思是给红娘"良民"的身份。这意味着红娘的社会身份是"贱民"，她被视为崔府的私家财产。

《唐律疏议》明确指出，同一种罪行对于良人和贱人的惩罚是不一样的。元朝的法律这样规定：主人或良人（指非主人的其他有地位者）杀奴仆仅受杖责。② 这样看来，不论是根据唐朝还是元朝的法律，莺莺在第三本第二折威胁红娘的话语"告过夫人，打下你个小贱人下截来"③ 和郑夫人在第四本第二折中所说的"若不实说呵，我直打死你这个小贱人！"④ 不是单纯的威吓，而是有可能被施行过的惩罚措施。

当然，塞莱斯蒂娜和红娘被惩罚的可能性都较小。一方面，她们行事隐秘且谨慎；另一方面，无论是恋人本身，还是《西厢记》

---

① 〔西班牙〕费尔南多·德·罗哈斯：《塞莱斯蒂娜》，屠孟超译，译林出版社，1997，第104页。
② 张蔚琼：《〈西厢记〉红娘心解》，《文化天地》2011年第1期，第248页。
③ 王实甫：《西厢记》，河北教育出版社，2007，第107页。
④ 王实甫：《西厢记》，河北教育出版社，2007，第150页。

中的僧侣,抑或是《塞莱斯蒂娜》中的仆人等,因为千丝万缕的利益关系,都不会主动揭发她们。但这并不意味着她们可以放松警惕,因为一旦事情败露,对她们而言这种惩罚可能是致命的。

除了被告发的风险,红娘和塞莱斯蒂娜还需要面对女主人公一开始表现出来的拒绝态度。当张生请求红娘捎信给莺莺来传达他的相思之情时,红娘立刻预判这种行为很可能让小姐十分生气:

〔红云〕只恐他番了面皮。
【上马娇】他若是见了这诗,看了这词,他敢颠倒费神思。他拽扎起面皮来:"查得谁的言语你将来,这妮子怎敢胡行事!"他可敢嗤、嗤的扯做了纸条儿。①

塞莱斯蒂娜和森普罗尼奥对于梅莉贝娅可能出现的怒气冲冲的反应也是有心理准备的。因此森普罗尼奥劝告塞莱斯蒂娜行事一定要慎重:

老妈妈,可得当心点儿,开头如果出了毛病,就很难得到好结果了。你应该考虑到她父亲是个高贵而精力充沛的人,她母亲呢,生性多疑、脾气暴躁,你去那儿,很可能引起怀疑。梅莉贝娅是他们家的独生女,如果失去了她,他们的一切全完了。想到这儿,我都有些发抖。你千万不能"为剪羊毛而去,回来时自己全身的羽毛被拔光"。②

一开始,塞莱斯蒂娜在卡利斯托的仆人面前表现出对于自己的

---

① 王实甫:《西厢记》,河北教育出版社,2007,第100页。
② 〔西班牙〕费尔南多·德·罗哈斯:《塞莱斯蒂娜》,屠孟超译,译林出版社,1997,第50页。

智慧以及专业性的自信，但第四幕一开头，她在第一次前往梅莉贝娅家路上的独白中承认了自己的忧虑：

> 尽管我在森普罗尼奥面前没有说出心里话，其实，我也害怕。万一梅莉贝娅知道了我的底细，她虽然不会要了我的老命，不会杀死我，但一定会将我兜在毯子里往上抛，从中取乐；也可能会狠狠地用鞭子抽打我。这么一来，这一百枚金币的味道可是够苦涩的了。①

虽然存在这些忧虑，但不论是红娘还是塞莱斯蒂娜都决定冒险一试。红娘向张生保证道："放心波学士！我愿为之，并不推辞，自有言词。则说道：'昨夜弹琴的那人儿，教传示。'"②

塞莱斯蒂娜也说服自己继续前进：

> 我宁可得罪普莱贝里奥，也不想让卡利斯托生气。我准备上普莱贝里奥家去。我壮着胆让自己的承诺兑现，这会带来痛苦，但被看作胆小鬼而带来的羞耻更大。只要努力干，命运之神总会帮自己的忙。③

现实情况是，她们担心的事情都成真了。莺莺和梅莉贝娅分别斥责红娘和塞莱斯蒂娜牵线搭桥的意图并威胁要告发她们。《塞莱斯蒂娜》的作者罗哈斯在行文中透露出当时做违法的拉皮条生意的大环境并不友好。我们也可以通过塞莱斯蒂娜对往昔的怀念来推断她

---

① 〔西班牙〕费尔南多·德·罗哈斯：《塞莱斯蒂娜》，屠孟超译，译林出版社，1997，第54页。
② 王实甫：《西厢记》，河北教育出版社，2007，第101~102页。
③ 〔西班牙〕费尔南多·德·罗哈斯：《塞莱斯蒂娜》，屠孟超译，译林出版社，1997，第56页。

目前的境遇：她的房子越来越破败，近些年她手下妓女也越来越少，这些都促使她不得不搬离市中心。而红娘除了要面对莺莺的不信任以外，还要面对来自张生的质疑。当张生得知莺莺在读了自己的简帖后很生气，他立即指责红娘："则是小娘子不用心，故意如此。"①而红娘对于自己承受的不公所表现出的愤怒可想而知：

【上小楼】这的是先生命悭，须不是红娘违慢。那简帖儿倒做了你的招状，他的勾头，我的公案。若不是觑面颜，厮顾盼，担饶轻慢；先生受罪，礼之当然，贱妾何辜。争些儿把你娘拖犯。

【幺篇】从今后相会少，见面难。月暗西厢，凤去秦楼，云敛巫山。你也赸，我也赸；请先生休讪，早寻个酒阑人散。②

【满庭芳】你休要呆里撒奸；你待要恩情美满，却教我骨肉摧残。老夫人手执着棍儿摩挲看，粗麻线怎透得针关。直待我拄着拐帮闲钻懒，缝合唇送暖偷寒。③

通观全文，红娘虽然一直竭尽全力地提供帮助，但张生仍然不能完全信任她。当得知郑恒编造他将要和卫尚书的女儿成婚时，张生毫无缘由地认为红娘应当为这场误会负责：

〔末云〕这一桩事都在红娘身上，我只将言语傍着他，看他说甚么。红娘，我问人来，说道你与小姐将简帖儿去唤郑恒来。

〔红云〕痴人，我不合与你作成，你便看得我一般了。

---

① 王实甫：《西厢记》，河北教育出版社，2007，第109页。
② 王实甫：《西厢记》，河北教育出版社，2007，第109~111页。
③ 王实甫：《西厢记》，河北教育出版社，2007，第111页。

〔红唱〕君瑞先生，不索踌躇，何须忧虑。那厮本意糊涂；俺家世清白，祖宗贤良，相国名誉。我怎肯他根前寄简传书？

那吃敲才怕不口里嚼蛆，那厮待数黑论黄，恶紫夺朱。俺姐姐更做道软弱囊揣，怎嫁那不值钱人样虾朐。你个东君索与莺莺做主，怎肯将嫩枝柯折与樵夫。那厮本意罳虚，将足下亏图，有口难言，气夯破胸脯。①

红娘所需要承受的心理压力是显而易见的，这既源自她所面临的危险和各种阻碍，也源自张生和莺莺的不信任。

二 红娘和塞莱斯蒂娜作为牵线搭桥者的优势和劣势

塞莱斯蒂娜拥有红娘不具备的丰富的生活经历，这一点优势在她与他人谈话中也被无限放大。在《塞莱斯蒂娜》中，年迈的塞莱斯蒂娜扮演着一位因丰富的人生阅历而被作者赋予权威性的说教者的角色。在第一幕中，塞莱斯蒂娜希望巴尔梅诺能够根据她的建议行事，但巴尔梅诺反驳道："听了你的话，我全身都发抖了。我不知道该怎么办，方寸已乱。一方面，我认你为母亲，另一方面，我把卡利斯托当做主人。钱财我是想要，但是，一个人笨拙地爬到高处，一定会狠狠地摔下来。我可不想通过歪门邪道发财。"② 看到巴尔梅诺如此的反应，塞莱斯蒂娜立即强调她的年龄和人生经验，以期取得这个年轻人的信任：

你父母亲将你托付给我，你上哪儿去都没有在我的关怀照

---

① 王实甫：《西厢记》，河北教育出版社，2007，第 203 页。
② 〔西班牙〕费尔南多·德·罗哈斯：《塞莱斯蒂娜》，屠孟超译，译林出版社，1997，第 31 页。

料下好。尽管有许多人在诽谤我，我要说，我跟你亲娘一样。这也是你父母亲的意思。你不听我的话，就要吃苦头。你为自己的主人效力，也要吃苦头，而且一直要吃到我给你出了新主意。①

孩子啊，老话说，嘴上没毛，办事不牢。你还年轻啊。②

一个人没有经验就谈不上稳重，而老年人才拥有丰富的经验。大伙儿都叫我们这些上了年纪的人为爸爸妈妈。要做好爸爸妈妈，就得给孩子们多出些主意，特别是我对你要多多关心，我对你的生命和声誉的期望比对我自己的还高。你什么时候对我报答呢？永远也不会这么做的，因为对父母和老师的恩惠不可能作出同样的回报。③

随着时间的推移，塞莱斯蒂娜因年龄而带给她的丰富的经验使她获得了人们的尊重，据她自己回忆：

不管是年老、年轻的绅士还是教堂里各个等级的教士（上到主教，下到司事），只要见到我走进教堂，他们就向我脱帽致意，仿佛我是公爵夫人。那些和我交往得少的人反而觉得自己不体面。他们在半西班牙里之外见到了我，就放下手中的祈祷书，或单个或成双成对地向我走来。他们问我有什么事要他们

---

① 〔西班牙〕费尔南多·德·罗哈斯：《塞莱斯蒂娜》，屠孟超译，译林出版社，1997，第30页。
② 〔西班牙〕费尔南多·德·罗哈斯：《塞莱斯蒂娜》，屠孟超译，译林出版社，1997，第31页。
③ 〔西班牙〕费尔南多·德·罗哈斯：《塞莱斯蒂娜》，屠孟超译，译林出版社，1997，第34页。

办的,还向我打听他们心上人的情况。①

根据她在第三幕中对森普罗尼奥说的话可知,全城的人都知道她的名字:"大伙儿都知道,我在这儿土生土长,也在这个城市里有了点名气。眼下谁都知道我的名字。如果有人不知我的名字和我的家,那他准是外乡人。"② 关于她的流言蜚语无疑赋予了她更大的名声,在第九幕中她在卡利斯托的仆人们和她的妓女们面前止不住地炫耀:

> 他们派自己的侍从或仆役送我回家。我一进家门,就给我送来了鸡仔、母鸡、仔鹅、仔鸭、石鸡、斑鸠、猪肘、面饼和乳猪等。我就像收取献给上帝的什一税那样将它们全都收下,并将它们登记下来,以便日后我和他们的情人享用。说到酒,来自全国各地的城里人喝的最好的酒我全都有:有蒙维埃特罗的、卢克的、托罗的、马德里加尔的、圣马丁的和其他许多地方的。酒的种类实在太多了,尽管我的嘴能品味出它们的不同,但已经记不清它们各自的产地了。③

塞莱斯蒂娜的名声使得卡利斯托对她充满信心,但出于同样的原因,巴尔梅诺在一开始便试图在卡利斯托面前揭露她的丑恶嘴脸;卡利斯托也把仆人的死归咎于她。

和塞莱斯蒂娜不同的是,红娘既不具备丰富的人生阅历,在牵

---

① 〔西班牙〕费尔南多·德·罗哈斯:《塞莱斯蒂娜》,屠孟超译,译林出版社,1997,第139~140页。
② 〔西班牙〕费尔南多·德·罗哈斯:《塞莱斯蒂娜》,屠孟超译,译林出版社,1997,第46页。
③ 〔西班牙〕费尔南多·德·罗哈斯:《塞莱斯蒂娜》,屠孟超译,译林出版社,1997,第140页。

线搭桥这件事上也没有任何名声。由于红娘只是一个婢女,因此男女主人公曾一度怀疑她的忠诚度,她需要用一些时间来取得莺莺和张生的信任。因为不具备塞莱斯蒂娜的优势,所以在《西厢记》中也就没有面临类似巴尔梅诺向卡利斯托进谏这样的阻碍。红娘本来履行着以郑夫人的名义监视莺莺的职责,再加上她行事谨慎,因此不易让旁人产生怀疑。直到老夫人发现女儿的行为举止与先前有异,才发现这个丫鬟已经变成了张生和莺莺之间牵线搭桥的中间人。

红娘不像塞莱斯蒂娜一样拥有诸如森普罗尼奥和巴尔梅诺等人的帮助,也不像她那样出入自由、行事便利。红娘在整个过程中都是孤身一人。虽然周遭的环境是不利的,但由红娘的处事态度我们可以看出她是积极乐观的。

同时,因长期从事拉皮条的勾当,塞莱斯蒂娜在牵线搭桥这方面自然有经验,但她的过度贪婪直接导致了她的毁灭。塞莱斯蒂娜在一开始爽快接受了森普罗尼奥提出的条件,在他的全力配合下,塞莱斯蒂娜利用卡利斯托对梅莉贝娅的渴望不断牟取利益。而后,为了获得巴尔梅诺的帮助,她向森普罗尼奥保证:"你把巴尔梅诺交给我,我就会让他成为我们的人。将来我们得到好处,就分一部分给他。财富如果不使用,也就不成财富了。我们一起挣钱,一起分享。我一定将他治得服服帖帖的,让他像鸡鸭一样在我手心里啄食。这样,我们就可以两个对两个,或者就像老话说的,三个人骑一头骡子。"① 但是,当收取了卡利斯托预支的两百个金币的报酬后,塞莱斯蒂娜再也不提分酬劳的事儿了。

在第五幕中塞莱斯蒂娜和森普罗尼奥之间爆发了一次小冲突,因为森普罗尼奥发现塞莱斯蒂娜想独吞酬劳。

---

① 〔西班牙〕费尔南多·德·罗哈斯:《塞莱斯蒂娜》,屠孟超译,译林出版社,1997,第24页。

第四章 红娘与塞莱斯蒂娜

塞莱斯蒂娜：尽管你能从中得到一小部分好处，可我希望得到干这件事的全部报酬。

森普罗尼奥：得到一小部分，塞莱斯蒂娜？我觉得你说这样的话就不好了。

塞莱斯蒂娜：住口，傻小子，不管是一部分还是一小部分，你想要多少，我一定会给你多少的。我的一切也都是你的。我们一起享受，一起得益，在报酬的分配方面我们永远也不要争吵。你也明白，老年人比年轻人到底多需要多少，尤其像你这样光吃现成饭的人。

森普罗尼奥：可我还需要比吃饭更重要的东西。①

据此森普罗尼奥得出结论，塞莱斯蒂娜是一个阿谀奉承、满肚子都是坏水、贪婪的老太婆。但他仍然幻想着在最终利益分配时她不会食言。之后在第六幕中，当塞莱斯蒂娜用她滔滔不绝的演讲口才向卡利斯托索要酬劳的时候，巴尔梅诺感觉到塞莱斯蒂娜之前的承诺完全是谎言："你全都想自己占有，一点儿也不肯拿出来分给别人。这老婆子真想发大财。你这样会把我家少爷逼疯的。森普罗尼奥，好好听，别漏听她每一句话。你会发现，她不会要钱，因为钱是可以分享的。"②

当卡利斯托最终获得了和梅莉贝娅约会的机会时，为了表示感谢，他给了塞莱斯蒂娜一条金链子作为酬劳，但塞莱斯蒂娜并没有表现出哪怕一点点要和她的同伙分享的意思。于是一怒之下，两个仆人把她杀了，这也就造成了之后一系列的戏剧性事件。正是贪婪

---

① 〔西班牙〕费尔南多·德·罗哈斯：《塞莱斯蒂娜》，屠孟超译，译林出版社，1997，第77页。

② 〔西班牙〕费尔南多·德·罗哈斯：《塞莱斯蒂娜》，屠孟超译，译林出版社，1997，第82页。

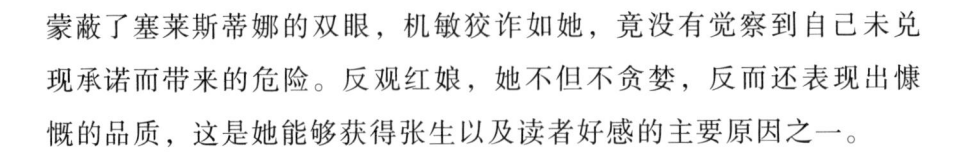

蒙蔽了塞莱斯蒂娜的双眼，机敏狡诈如她，竟没有觉察到自己未兑现承诺而带来的危险。反观红娘，她不但不贪婪，反而还表现出慷慨的品质，这是她能够获得张生以及读者好感的主要原因之一。

三 红娘和塞莱斯蒂娜语言中的情色元素

《西厢记》和《塞莱斯蒂娜》中，作者除了描绘恋人在一起时的情色场景外，在书写人物言语时也加入了一些情色元素，这个特点在红娘和塞莱斯蒂娜身上表现得尤为明显。这种特点和她们所扮演的牵线搭桥者的角色相符合，她们的语言常常充满暗示。

根据 Beltrán Llavador 所说，和男人不同，女人往往使用语言来吸引对方的注意力：

> 男人拥有权力，但女人拥有语言。女人用语言来勾引他人。女人不只是用语言勾引男人，还勾引其他女人。她们之间互相理解（互相交谈）也互相欺骗。男人不想理解她们的话，不想交谈，不想欺骗，只想赢或输，毁灭或者被毁灭。通过语言，女人揭露其他女人的策略，以及凌驾于她们之上的男人的策略。她们能够发现谎言，以及谎言背后的快乐、邪恶和罪恶……①

在《塞莱斯蒂娜》的第七幕中，当塞莱斯蒂娜想说服阿雷乌莎接受森普罗尼奥的时候，她如此说道：

> 你长得真丰满、真水灵！高耸的胸脯，美妙的身段！以往

---

① Beltrán Llavador, Rafael, "Tres Magas en el Arte de la Seducción: Trotaconventos, Plaerdemavida y Celestina", *El Arte de la Seducción en el Mundo Románico, Medieval y Renacentista*, ed. Elena Real Ramos (Valencia: Universidad de Valencia, 1995), p. 30.

从人们能见到的部位看,我一直以为你长得挺漂亮;现在我可以对你说,据我所知,全城的姑娘体态有你这么好的不会超过三个。瞧你的模样,不像是只有十五岁。啊,哪个男人能见到你身躯的各个部位,他就有眼福,你没有让喜欢你的所有男人都看一看这美好的身躯真是罪过,上帝赐给你这么好的身段可不是让你裹在六层呢绒和粗布衣裙里虚度青春年华的……①

红娘的语言也在很多场合中透露出情色的元素,她两次向张生建议在和莺莺接触时要尽量温柔:"他是个女孩儿家,你索将性儿温存,话儿摩弄,意儿谦洽;休猜做败柳残花。"② 在莺莺进入张生的卧房之前,红娘再次提醒张生:"你放轻者,休諕了他!"③ 一个也许比莺莺年龄还小的年轻女子,从小成长在莺莺身边,且大多数时候在深宅大院中,在监视下成长,而她却能够给张生这方面的建议,还敢用如此直接的语言讨论他人的欲望,这是令人吃惊的。红娘不仅安排了张生和莺莺的会面,还嘱咐了张生很多细节,她说出的话让人完全不敢相信这是一个涉世未深的黄毛丫头:"他是个娇滴滴美玉无瑕,粉脸生春,云鬟堆鸦。恁的般受怕担惊,又不图甚浪酒闲茶。则你那夹被儿时当奋发,指头儿告了消乏;打叠起噅呀,毕罢了牵挂,收拾了忧愁,准备着撑达。"④

虽然塞莱斯蒂娜在文中最具代表性的身份是拉皮条者,但实际上她有着多份职业。她曾多次夸耀自己的工作做得非常出色。据她自己所说,每个女孩在她眼里都是交易的潜在商品,她反复修补处女膜,能够将一个女孩的"贞洁"卖出很多次。

---

① 〔西班牙〕费尔南多·德·罗哈斯:《塞莱斯蒂娜》,屠孟超译,译林出版社,1997,第108页。
② 王实甫:《西厢记》,河北教育出版社,2007,第121~122页。
③ 王实甫:《西厢记》,河北教育出版社,2007,第143页。
④ 王实甫:《西厢记》,河北教育出版社,2007,第122页。

罗哈斯将塞莱斯蒂娜刻画成一个因年老而沾沾自喜却又因色衰而羡慕他人的青春年少的矛盾体。即便年老，她也常常酗酒，且渴望欢愉。她常常回想起年轻时纸醉金迷的生活。在第一幕中，巴尔梅诺说塞莱斯蒂娜的丈夫是"comedor de huevos asados"（食用烤蛋的人），有些人将其理解成在影射塞莱斯蒂娜对丈夫的不忠行为，因为这里的 huevo（蛋）可以暗指春药或者是男性生殖器。① 巴尔梅诺确信所有人在提及塞莱斯蒂娜时都会以"骚老婆子"相称。从她和阿雷乌莎的一次谈话中，我们可以认为她年轻时私生活是相当混乱的：

> 孩子，别以为我不懂这方面的事儿，别以为我没有见过男人和女人在一起，更不要以为我从来没有经历过、享受过你享受的乐趣，不要以为我不明白你们的所作所为。你刚才这样的话我可听多了。告诉你吧，我年轻时也像你一样养过汉子，有不少朋友，可从来没有将给我出主意的老头儿、老太太从自己身边赶走，也没有拒绝他们公开或私下向我提出的忠告。②

另外，据巴尔梅诺回忆，塞莱斯蒂娜曾经想引诱儿时的自己。也许正因如此，当塞莱斯蒂娜向他保证她会像爱亲儿子一样爱自己，以期获取他的信任时，巴尔梅诺完全没有相信她。当塞莱斯蒂娜试图亲近她所谓的"养子"，问他是否记得小时候她如何亲吻他，让他睡在自己脚边时，这个年轻人是这样回答的："记得，我清楚地记得。尽管那时很小，我还记得你将我抱起来，紧紧地搂住，我因觉

---

① Fernández-Rivera, Enrique, "*Huevos Asados*: Nota Margial", *Celestinesca* 17 (1), 1933, pp. 57~60.
② 〔西班牙〕费尔南多·德·罗哈斯：《塞莱斯蒂娜》，屠孟超译，译林出版社，1997，第 113~114 页。

第四章　红娘与塞莱斯蒂娜

得你太老，就拼命挣脱跑掉。"① 塞莱斯蒂娜的这种行为包含一定的暗示，一定程度上激起了一种近乎乱伦的欲望，这使得巴尔梅诺感到无比恶心。这不仅仅是因为她年迈的味道，也是因为她污秽的想法给巴尔梅诺造成的心理上的反感。她所说的这些话让巴尔梅诺感到愤怒，还非常尴尬，因为他明白这些事都真实发生过。González Echevarría 如此评价这个"坏"女人："塞莱斯蒂娜是启发者，而不是母亲，她所带给别人的是欢愉或痛苦或二者兼有，最后是死亡。塞莱斯蒂娜不会对社会秩序做出任何贡献。她是欲望的推动者……"②

如今枯老的身体让她感觉不再能够吸引人也不能享受到爱了："现在我已老朽了，没有人喜欢我了。"③ 塞莱斯蒂娜怀念她的青春时光，怀念年轻时所拥有的一切，因此如今年迈的她想方设法通过激起他人的欲望来使得自己获得些许宽慰。在第七幕中她对巴尔梅诺说："快过来吧，糊涂蛋，害什么臊呀，在离开这儿前，我想瞧瞧你有多大的能耐，快上床与她玩玩吧。"④ 她还打趣道："他就是那种我当年牙齿还好的时候，我家乡的医生们劝我食用的童子鸡。"⑤这里把童子鸡比作朝气蓬勃的年轻男子。在这幕的最后，塞莱斯蒂娜极不情愿地留下巴尔梅诺和阿雷乌莎独处，并在离开前感叹道："愿上帝保佑你们吧。我老了，我不怕在大街上会有人强奸我。"⑥ 在第

---

① 〔西班牙〕费尔南多·德·罗哈斯：《塞莱斯蒂娜》，屠孟超译，译林出版社，1997，第29页。
② González Echevarría, Roberto, *Celestina's Brood: Continuities of the Baroque in Spanish and Latin American Literature* (Durham: Duke University Press, 1993), p.30.
③ 〔西班牙〕费尔南多·德·罗哈斯：《塞莱斯蒂娜》，屠孟超译，译林出版社，1997，第136页。
④ 〔西班牙〕费尔南多·德·罗哈斯：《塞莱斯蒂娜》，屠孟超译，译林出版社，1997，第113页。
⑤ 〔西班牙〕费尔南多·德·罗哈斯：《塞莱斯蒂娜》，屠孟超译，译林出版社，1997，第113页。
⑥ 〔西班牙〕费尔南多·德·罗哈斯：《塞莱斯蒂娜》，屠孟超译，译林出版社，1997，第114页。

九幕中，她鼓励森普罗尼奥和艾莉西娅、巴尔梅诺和阿雷乌莎，鼓励他们享受当下，以达到自己通过观赏他人欢愉而满足欲望的目的："美好的未来是属于年轻人的，你们青春年少，正该及时行乐。别到时后悔浪费了青春……你们应该尽情地接吻拥抱，我没有其他的欲望，只想看着你们这样做，得到一点安慰。"①

社会环境变化导致塞莱斯蒂娜的生活质量急剧下降，这与她想要维持原状的强烈渴望形成了鲜明的矛盾，再加上她对过去的怀念激起了她多年来压抑的欲望，因此这个年迈的老鸨只能通过观察她手下的妓女和她们的情人的生活而获得些许满足。

虽然听起来有些不可思议，但塞莱斯蒂娜所表现出的对于恋人关系的羡慕和嫉妒，在年轻婢女红娘身上也能看到。如果说塞莱斯蒂娜产生这种妒忌是她的衰老和她特殊的职业使然，红娘则与之不同。她正处于花季，可以好好享受青春年少，因此有学者凭此认为红娘在牵线搭桥的过程中一直是乐在其中且不带有任何功利性目的的。

而事实上，通读全文，红娘不止一次表现出对张生和莺莺恋爱关系的嫉妒。在第四本第二折中，红娘在莺莺面前抱怨："你绣帏里效绸缪，倒凤颠鸾百事有。我在窗儿外几曾轻咳嗽，立苍苔将绣鞋儿冰透。"②红娘描述的情形让我们联想到了《塞莱斯蒂娜》中的一个非常相似的情节：当从房门外听到房内的男女主人公正在颠鸾倒凤的时候，梅莉贝娅的仆人卢克雷西娅抱怨自己不得不在门外独自等候。虽然红娘没有像卢克雷西娅一样如此明晰地袒露自己的渴望，但她牵线搭桥者的角色以及她的所见所闻很有可能会激起她的欲望。她就曾在莺莺面前回忆起那时她尴尬的处境："当日个月

---

① 〔西班牙〕费尔南多·德·罗哈斯：《塞莱斯蒂娜》，屠孟超译，译林出版社，1997，第136页。
② 王实甫：《西厢记》，河北教育出版社，2007，第150页。

明才上柳梢头,却早人约黄昏后。羞得我脑背后将牙儿衬着衫儿袖。猛凝眸,看时节则见鞋底尖儿瘦。一个恣情的不休,一个哑声儿厮耨。"①

红娘和塞莱斯蒂娜一样,她们都曾将自己的欲望投射到他人身上,塞莱斯蒂娜是通过直接观察的方式满足自己的欲望,而红娘则是通过帮助张生和莺莺间接获得精神上的满足。

第三节 人物形象的两面性特征

我们不难发现《西厢记》的作者王实甫在刻画红娘时,明显对她是偏爱的。红娘不论在外貌还是在行为举止上都十分讨喜。红娘第一次出场,作者通过张生的描绘来赞美她举止优雅大方:"大人家举止端详,全没那半点轻狂。大师行深深拜了,启朱唇语言得当。"②她首次出场时展现出的端庄和优雅立刻俘获了读者。接着当她用无可辩驳的理由斥责张生不该私下询问莺莺情况时,展现出强大的思辨能力和惊人的智慧。在帮助张生的过程中,她拒绝张生许诺的金银和绸缎等物质上的回报;在面对张生和莺莺的不信任时,她不卑不亢;当郑夫人威胁红娘,让她讲出事情原委时,她能够做到临危不惧,娓娓道来。

在红娘的众多优点中,让读者印象最为深刻的应该是她无私的品质。看起来她所做的一切都是为了让小姐莺莺获得幸福。杨庆存赞扬红娘是爱情的天使和善良的化身。③ 总之,王实甫给我们呈现的

---

① 王实甫:《西厢记》,河北教育出版社,2007,第152页。
② 王实甫:《西厢记》,河北教育出版社,2007,第20页。
③ 杨庆存:《〈西厢记〉艺术成就的多维度审视》,《中国文化研究》2000年第3期,第11页。

是一个落落大方、富有同情心、富有激情且勇敢的人物形象,她从不抱怨自己卑微的出身,仅仅想帮助小姐去获得想要的真正的爱情。不管红娘的做法是出于单纯的无私还是为了自身利益,作者呈现给我们的视角绝大多数是积极和正面的。

和红娘不同的是,罗哈斯笔下的塞莱斯蒂娜完全缺乏道德感且极度自私,她的这些特性自然容易引起读者的反感和排斥。[①] 很明显罗哈斯为了将塞莱斯蒂娜塑造成一个反面角色,毫不吝惜笔墨。

在故事开篇,作者就通过森普罗尼奥对卡利斯托的描述向读者展现了塞莱斯蒂娜的形象。森普罗尼奥言之凿凿地对卡利斯托说"她会施巫术,为人狡诈,干坏事特别精明"[②]。之后巴尔梅诺也警告他的主人,全世界都称塞莱斯蒂娜为"骚老婆子",试图说服他的主人不要与这类道德腐化堕落的人交往:

> 她有六种职业:裁缝、制作香料、替人化妆、"修补"处女膜、拉皮条,有时还耍点巫术。上面说的第一种职业只是其他几种职业的幌子。
>
> ……………
>
> 法国大使上她这儿来时,她让一个女佣前后三次充作处女卖给他享用。[③]

通过上述这些描述,读者立刻就能够捕捉到,这位年迈的老鸨

---

① McGrady, Donald, "Gerarda, la Más Distinguida Descendiente de Celestina", *El Mundo Social y Cultural de La Celestina*, eds. Ignacio Arellano and Jesús M. Usunáriz (Navarra: Universidad de Navarra, 2001), pp. 242 – 243.

② 〔西班牙〕费尔南多·德·罗哈斯:《塞莱斯蒂娜》,屠孟超译,译林出版社,1997,第14页。

③ 〔西班牙〕费尔南多·德·罗哈斯:《塞莱斯蒂娜》,屠孟超译,译林出版社,1997,第20~22页。

第四章 红娘与塞莱斯蒂娜

拥有的身份太多,远不是一个给恋人牵线搭桥的中间人那么简单。[1] 但这些职业几乎都是负面的,我们不难通过人们对她的称呼(甚至当着她的面)看出大家对她强烈的厌恶感。

随着情节的发展,我们逐渐了解到塞莱斯蒂娜一些其他方面的特点:对酒精疯狂着迷,对金钱贪婪,贪图享乐,信奉魔鬼,有高超的欺骗他人的技巧等。上述特点带给大多读者的印象是,这是一个充满负面特性的人物。[2]

塞莱斯蒂娜的生活目标非常明确,那就是在她能力范围内尽可能地聚敛钱财,因为丰富的人生经验和敏锐的嗅觉使她明白金钱和物质资源的重要性[3]。对她而言能够实现这个目标的最高效的方式就是拉皮条,例如通过利用卡利斯托对于梅莉贝娅的垂涎,她在短时间内就获得了丰厚的报酬。但由于贪婪的本性,她拒绝兑现诺言,尽管森普罗尼奥和巴尔梅诺对整个计划能够成功实施功不可没,但她并不打算将刚到手的财富和她的助手们分享。除了贪婪之外,塞莱斯蒂娜另一个惹人反感的特点就是谎话连篇,但谎言对她来说是必不可少的,因为这是她获取他人信任的常用手段。[4]

《塞莱斯蒂娜》的读者对这个"骚老婆子"的评价大多是负面的,部分原因是,作者并没有在文中传达出对于这个女人的哪怕一点点的同情。与之形成鲜明对比的是,《西厢记》的作者不吝笔墨将红娘描绘成一个十分讨喜的青年女性形象。然而,如果单凭这一点

---

[1] Martí Caloca, Ivette, "*Melibea*: Eje de la *Scriptum Ligata* de *La Celestina*", *Celestinesca* 36, 2012, p. 161.
[2] De Miguel Martínez, Emilio, "Celestina en la Sociedad de Fines del XV: Protagonista, Testigo, Juez, Víctima", *El Mundo Social y Cultural de La Celestina*, eds. Ignacio Arellano and Jesús M. Usunáriz (Navarra: Universidad de Navarra, 2001), pp. 268 – 270.
[3] Maravall, José M., *El Mundo Social de "La Celestina"* (Madrid: Gredos, 1972), p. 63.
[4] De Miguel Martínez, Emilio, "Celestina en la Sociedad de Fines del XV: Protagonista, Testigo, Juez, Víctima", *El Mundo Social y Cultural de La Celestina*, eds. Ignacio Arellano and Jesús M. Usunáriz (Navarra: Universidad de Navarra, 2001), pp. 262.

就把红娘定义成一个百分百慷慨、无私的正面形象,而把塞莱斯蒂娜看作完全邪恶和负面的形象,那未免太过鲁莽和肤浅了。如果我们将这两个人物和她们所处的社会历史大环境联系起来,就可以从社会的而不是单纯的文学的角度来理解她们,我们也就不难发现这两个人物形象具有两面性的特征。

虽然塞莱斯蒂娜被作者刻画成一个负面形象,但她的口才,她在与人交流时所展现出来的机敏,使她拥有一个非常有趣的性格,[1] 因此读者在某些时候可以与她共情。她在某些情况下的行为举止,她对于快乐、友谊和生活品质的追求,深深吸引着读者。她的理念是享受生活、活在当下,她常常劝诫年轻人要珍惜时光。此外,她面对疾病、年老和贫穷所展示出的态度也能引发读者的思考。在她的"生活哲学"中最突出的就是对爱情的辩护。她认为爱情是人类最自然最根本的需求:爱情是一种生物本能,是大自然的恩赐,是提供其他所有欢乐的源泉,是生活意义本身。塞莱斯蒂娜的死是卡利斯托的仆人们被处以绞刑的直接原因,但她自己也是这些罪行的牺牲品。她苦难而丰富的生活经历和她乐观向上的人生哲学,使她成为一个复杂而又迷人的人物,与先前其他文学作品中的同类型人物大相径庭。塞莱斯蒂娜能同时引起读者的喜爱和反感。De Miguel Martínez 认为,她捍卫平等,既是因为她信仰人们内在善良的本质,也是想利用它来反抗上层阶级,驳斥上层阶级对像她一样的弱势群体的统治和剥削。[2]

红娘的正面形象主要表现为她体现出来的慷慨无私的品质。很

---

[1] McGrady, Donald, "Gerarda, la Más Distinguida Descendiente de Celestina", *El Mundo Social y Cultural de La Celestina*, eds. Ignacio Arellano and Jesús M. Usunáriz (Navarra: Universidad de Navarra, 2001), pp. 242 – 243.

[2] De Miguel Martínez, Emilio, "Celestina en la Sociedad de Fines del XV: Protagonista, Testigo, Juez, Víctima", *El Mundo Social y Cultural de La Celestina*, eds. Ignacio Arellano and Jesús M. Usunáriz (Navarra: Universidad de Navarra, 2001), pp. 254 – 263.

明显她不求物质上的回报。当张生许诺予以红娘金子和丝绸以期换取她真诚的帮助时,红娘用下面的话表明态度:

哎,你个馋穷酸俫没意儿,卖弄你有家私,莫不图谋你的东西来到此?先生的钱物,与红娘做赏赐,是我爱你的金资?①

很多学者认为,正是红娘的无私和勇敢,才使得张生和崔莺莺的爱情得以冲破封建的牢笼,最终走向圆满的结局。虽然对红娘持批判态度的研究较少,但我们还是能从中找到一些关于她的负面评价。林文山在他的文章《论红娘》中提到,清朝文学家潘庭章说过:"盖辱夫人家谱者,红也;败小姐闺范者,红也;坏张生行止者,红也。"② 这种批判性言论可以让我们对红娘的审视开启一个新的视角。

我们对于红娘的好感主要来自她在帮助张生过程中展现出来的不求任何回报的无私品格。但如果我们仔细研读文本,就不难发现红娘甘于冒险的真正原因。在此之前,我们应当首先了解古代中国的婚嫁习俗:小姐出嫁,她的贴身侍女会大概率会成为通房丫鬟,如果被男主人相中就有可能成为妾室。也就是说,红娘可能会成为莺莺未来夫婿的妾室。

通读文本,我们不难发现红娘对张生是有好感的,她在帮助张生的过程中掺杂了个人情感。当张生和莺莺在寺庙第一次相见的时候,红娘提醒小姐"那壁有人,咱家去来"③。此时的她的的确确在履行监视小姐的职责。当张生第一次走近红娘与她聊天时,她的表现称得上大方得体。但在得知张生的目的是通过她了解莺莺后,红娘表现出不耐烦的情绪,狠狠拒绝了张生,并且毫不留情地出言讥

---

① 王实甫:《西厢记》,河北教育出版社,2007,第101页。
② 林文山:《论红娘》,《学术研究》1986年第6期,第94页。
③ 王实甫:《西厢记》,河北教育出版社,2007,第10页。

讽。事实上，红娘的内心并没有像她所表现出来的那样反感张生，因为一回到家，她就把发生的一切告知莺莺，并把它当作一个笑话来讲，想借此试探一下莺莺对张生的态度。当听到故事原委之后，莺莺笑了，并吩咐红娘不要告诉老夫人。机敏如红娘，她立刻洞察到了小姐的态度和想法。因此当晚莺莺向佛祖焚香祷告时，红娘说："愿俺姐姐早寻一个姐夫，拖带红娘咱！"① 红娘自幼服侍莺莺，她知道小姐已经许配给了表哥郑恒，而且由于婚事是已故的相国大人在世时定下的，这门亲事几乎不可能被改变。很明显不论是莺莺还是红娘都不喜欢这样的安排，也都不满意这个未来的夫婿。但在当时的社会背景下，她们两个中的任何一个都没有能力拒绝，她们需要服从家族的安排，除非发生什么特殊事件来改变现在的情形。而张生拯救莺莺的英雄行为以及郑夫人没有信守承诺都为莺莺和红娘默许张生的故意接近提供了借口。

红娘渐渐产生对张生的好感是非常符合逻辑的，因为从文本中可以看出，张生是一个英俊、聪明且富有才华的年轻人，随着剧情的发展，红娘对他的好感度也逐步上升。红娘在很多时候都承认张生的外貌对她是有吸引力的，例如在第二本第二折中她自言自语道："乌纱小帽耀人明，白襕净，角带傲黄鞓。【幺篇】衣冠济楚庞儿俊，可知道引动俺莺莺。据相貌，凭才性，我从来心硬，一见了也留情。"②

除了外貌之外，张生的才学也激起了红娘的倾慕之情。在第三本第一折中，当张生给莺莺写信时红娘忍不住赞叹道：

【后庭花】我则道拂花笺打稿儿，原来他染霜毫不构思。先写下几句寒温序，后题着五言八句诗。不移时，把花笺锦字，叠做个同心方胜儿。忒聪明，忒敬思，忒风流，忒浪子。虽然

---

① 王实甫：《西厢记》，河北教育出版社，2007，第32页。
② 王实甫：《西厢记》，河北教育出版社，2007，第70页。

是假意儿，小可的难到此。①

当知道郑夫人食言时，红娘自告奋勇要帮助张生并且宽慰他："你休慌，妾当与君谋之。"② 就是从这时起红娘变成了张生的"军师"，她劳心劳力，只为了使事件朝预期的方向发展。

作为莺莺和张生爱情的见证者，红娘一方面被张生的外貌和才华所折服，一方面又被他的痴情所震撼，一个正当妙龄的婢女，很自然就对这个未来可能成为自己夫君的书生更有好感了。

红娘对张生的好感是不易察觉的，有可能她自己在一开始都没有注意到这一点。红娘一直希望张生能够考取功名，有一个光明的政治前途，有一次她提到"不图你甚白璧黄金，则要你满头花，拖地锦"③。和莺莺形成强烈对比的是，红娘总是在提醒张生考取功名的重要性，规劝他为了仕途而努力，甚至让他不要再浪费时间思念莺莺了。红娘的这些规劝之言和她想要帮助张生得到莺莺的想法是非常矛盾的：

这简帖儿我与你将去，先生当以功名为念，休堕了志气者！
【寄生草】你将那偷香手，准备着折桂枝。休教那淫词儿污了龙蛇字，藕丝儿缚定鲲鹏翅，黄莺儿夺了鸿鹄志；休为这翠帷锦帐一佳人，误了你玉堂金马三学士。④

在红娘眼中，张生应当将他的仕途放在首位，而不是陷入对莺莺的盲目爱恋和痛苦的相思中去。这在某种程度上可以说是对莺莺

---

① 王实甫：《西厢记》，河北教育出版社，2007，第101页。
② 王实甫：《西厢记》，河北教育出版社，2007，第81页。
③ 王实甫：《西厢记》，河北教育出版社，2007，第133页。
④ 王实甫：《西厢记》，河北教育出版社，2007，第102页。

的背叛,因为莺莺曾经表态她只想和张生永远相守在一起:"心不存学海文林,梦不离柳影花阴,则去那窃玉偷香上用心。又不曾得甚,自从海棠开想到如今。"①

另外,张生从一开始对待红娘就非常尊重,而且还对她表示了喜爱和赞赏。毫无疑问,张生的真正目的是获得红娘的帮助以期接近莺莺,但这并没有削弱张生对红娘的好感。

红娘在第一本第二折中的首次出场就给张生留下了极好的印象:"可喜娘的庞儿浅淡妆,穿一套缟素衣裳;胡伶渌老不寻常,偷睛望,眼挫里抹张郎。"②

从张生的第一印象不难看出,作为婢女的红娘有着高雅的气质,甚至还有一点儿大胆,因为偷看张生这种举动并不符合当时社会礼节的规定,但这显然成功引起了张生的注意。不论是红娘故意想引起张生的注意,还是因为对这个衣着考究英俊的书生第一印象很好而产生的下意识的举动,结果就是张生打心底里认可了红娘,他甚至认为这个女孩儿不应当仅仅是一个给主子铺床叠被、听候差遣的丫鬟:"若共他多情的小姐同鸳帐,怎舍得他叠被铺床。我将小姐央,夫人央,他不令许放,我亲自写与从良。"③

如果我们认为红娘对张生的一瞥只是一个下意识的动作,那么随着剧情的发展,我们可以非常清楚地看到红娘对张生的好感递增,于张生亦然。

当红娘注意到小姐莺莺对张生的印象较好,就立刻表达了想终生陪伴在小姐左右的愿望。红娘明白给张生和莺莺牵线搭桥的风险。作为一个聪敏且谨慎的女孩儿,在投身于一个充满风险的计划之前,红娘首先确定了将来她是否能够继续当莺莺的贴身丫鬟。

---

① 王实甫:《西厢记》,河北教育出版社,2007,第130页。
② 王实甫:《西厢记》,河北教育出版社,2007,第20~21页。
③ 王实甫:《西厢记》,河北教育出版社,2007,第21页。

第四章 红娘与塞莱斯蒂娜

在第三本第四折中，当张生得知莺莺愿意在夜间与他幽会时，他太过欣喜，毫不犹豫地向红娘承诺"今夜成了事，小生不敢有忘"①。直到这时，虽然莺莺和张生从未向红娘提及未来对她的安排，但这个年轻的婢女已经做到让张生和莺莺都认为如果最终他们能够在一起，自己功不可没。

红娘最大的成功莫过于获得了张生的喜爱。她完全明白莺莺和表哥郑恒的婚姻不会改变自己的地位，并且可以预见，未来除了需要承担照顾小姐的责任外，还要侍奉郑恒。而如若张生知恩图报，那么成为张生的妾室后她的地位一定会得到提高，也很有可能摆脱丫鬟的身份。虽然婚后莺莺仍然是红娘的主人，但根据中国封建社会夫为妻纲的原则，只要张生对红娘有好感，她的日子就不至于太差。

在《塞莱斯蒂娜》中，金钱是一个非常重要的元素，也是塞莱斯蒂娜殚精竭虑的主要动力；而对红娘来说物质资产并不是很重要，因此她不索取张生分文。虽然实现梦想的路径不同，但是塞莱斯蒂娜和红娘的最终目的是一致的，那就是拥有一个更好的未来。

的确，塞莱斯蒂娜做的所有事情都是受利益驱动，从不去考虑她的行为是否会伤害他人。而红娘的所作所为也并不是无害的。她对小姐和崔府的名誉置若罔闻，光凭这一点她就有可能伤害到郑夫人和莺莺，因为就算张生达到郑夫人的要求考取了状元，也存在他最终不想和莺莺完婚的可能性，因为到那时他的未来就有了更多的选择，就像《西厢记》的前身《莺莺传》中所发生的那样。

综上所述，红娘并不是一个完全正面的人物形象。她把张生看成是她唯一一个可以在未来改变社会地位的机会，就像对塞莱斯蒂

---

① 王实甫：《西厢记》，河北教育出版社，2007，第133页。

娜来说，改变未来的唯一机会就是金钱一样。因此我们就不难理解在物质财富面前红娘和塞莱斯蒂娜会展现出截然不同的态度了。对于塞莱斯蒂娜来说重要的只有金钱，当她获得期望的报酬后，任务自然而然就结束了；而红娘的任务看起来更加复杂，就算是张生和莺莺已经私订终身了，红娘还是需要继续为他们传递消息。她们之间的这种区别也导致了她们各自不同的结局，同时无疑也影响了作品中其他相关人物的命运。

第四节　语言艺术家

红娘和塞莱斯蒂娜是情节发展的主要推进者，也是各自作品的中心人物。她们能够变成经典得益于作者赋予她们的智慧和语言艺术。

一　智慧

红娘和塞莱斯蒂娜的智慧首先表现在能够认清自己的身份以及明白自己真正的需求。红娘想提升家庭和社会地位，想找到一个未来能够对她带有感激和尊重之情的男主人。在这样的愿望面前，张生对红娘来说也许是最好的选择。而对于塞莱斯蒂娜来说，虽然她清楚地知道拉皮条的勾当是为人所不齿的，但她从未透露出丝毫想要改变谋生之道的愿望。她的生活哲学是享受当下，尽可能地积累财富，因此要竭尽所能地从他人身上获取钱财。红娘和塞莱斯蒂娜虽来自底层社会，但她们都拥有强大的自主意识。在这种自主意识的主导下，她们不会允许自己成为任何人的傀儡。

作为一个年轻的丫鬟，红娘虽然在故事的一开始遵守主人下达

第四章　红娘与塞莱斯蒂娜

的大多数命令，但她的性格逐步强势，渐渐从一个对主子言听计从的婢女成长为一个有思想并愿意将思想付诸行动的人。红娘的这种性格让我们联想到《红楼梦》中宝玉的丫鬟晴雯，作者曹雪芹这样描述她："霁月难逢，彩云易散。心比天高，身为下贱。风流灵巧招人怨，寿夭多因诽谤生，多情公子空挂念。"①

红娘能够洞悉莺莺甚至是郑夫人内心深处的想法。即使莺莺的不信任和故作清高为推测她的真实想法增加了不少难度，红娘还是能够通过她的言行举止洞察其真实的情感。在红娘告知莺莺，张生私下打探她的生活时，通过观察莺莺的反应，红娘就觉察到张生已经激起了莺莺的兴趣。之后虽然莺莺假装根据社会道德规范来行事，红娘还是想方设法探得了莺莺的真实想法。当张生向红娘寻求帮助时，红娘建议他夜幕降临时抚琴，通过琴声向莺莺传达思慕之情，同时她借机观察莺莺的反应。当张生拜托红娘将信件带给莺莺时，一看到信里的内容，莺莺就表现得勃然大怒，就好像她的尊严受到侵犯了一样。紧接着她就质问红娘是如何得到这封信件的，并威胁红娘要去郑夫人面前揭发她。看到莺莺这般自相矛盾的举动，机灵的红娘知道她的小姐在故作清高。为了确信这一想法，她和莺莺说自己会去找郑夫人说明一切，信以为真的莺莺立刻改变了态度，说刚才只是开个玩笑而已。通过这样的方法，红娘确定了张生并不是单相思，她的小姐也爱慕张生，这也坚定了她要帮助他们喜结连理的想法。很明显红娘不会向郑夫人揭发这个难缠的事情，因为她自己在某种程度上就是事件的发起者，因此她全力以赴去做的就是在帮助男女主人公的同时努力隐藏所有的细节。红娘通过各种办法试探莺莺的心意，最终确定了她值得为这件事去冒险。

红娘对莺莺如此了解或多或少与她们年龄相仿有关，她在面对

---

① 曹雪芹：《红楼梦》，南京大学出版社，2014。

郑夫人时机敏的反应着实令人印象深刻，她没有让高高在上的严厉的郑夫人有任何机会驳斥她。洞察人心的能力是红娘最终能够成功的重要因素之一。

塞莱斯蒂娜同样是洞察人心的高手，并且在看透他人的想法后，能够立刻想出相应的对策。McGrady 曾这样评价道："她是一个善于操纵他人的女人，通过承诺分享利润（如对森普罗尼奥），通过满足他人欲望（如对卡利斯托和巴尔梅诺），通过提供服务等手段来达成目的。"[1]

和红娘不同的是，塞莱斯蒂娜敢于非常清楚地表达自己的观点和建议，她认为多亏了她丰富的人生阅历才能抓住一些"真相"。例如当森普罗尼奥求她帮助他的主人卡利斯托追求梅莉贝娅的时候，塞莱斯蒂娜告诉他这可得花不少钱。一句简短的话语清楚地表明她已经完成了许多类似的任务。她知道不论是对贵族还是对穷人来说爱情都能让人失去理智。作为其中的一员，她也很了解底层的人，她知道对于这些贫穷的仆人来说，比起忠于主人，他们更感兴趣的是得到实际的好处。

塞莱斯蒂娜能够洞察陷入热恋的卡利斯托愿意不惜任何代价得到梅莉贝娅。从第三幕中我们还可以看出塞莱斯蒂娜对年轻小姐的爱情观有着深刻的了解。讽刺的是这个来自社会底层拉皮条女人的总结和梅莉贝娅的行为举止非常吻合。女主梅莉贝娅自认为出身高贵，不会落入圈套，事实上她已经被这种冒险时的刺激感深深吸引了：

> 她们这些人个个都十分敏感，动不动就会生气，可是，一

---

[1] McGrady, Donald, "Gerarda, la Más Distinguida Descendiente de Celestina", *El Mundo Social y Cultural de La Celestina*, eds. Ignacio Arellano and Jesús M. Usunáriz (Navarra: Universidad de Navarra, 2001), pp. 242.

旦同意让马鞍架在自己的背上，她们就会一个劲儿地在田野里奔跑，从不知疲倦，一直跑到死去……这些小娘们没有火也会燃烧，有了火，就烧得更旺了。你对她们一拥抱，她们便立即投到你的怀里，原来追求她们的人变成了被追求者；原来感到忧愁的人反倒成了使她们忧愁的人；原来她们是主人，现在成了奴婢；原来她们发号施令，现在成了被指挥的人。她们挖墙洞，开窗门，装病，往吱吱作响的门轴里抹油，让门开关时不会发出声音。我真难以用言词来向你说明她们的情人们初次对她们进行亲亲蜜蜜的拥抱时产生的作用。她们爱走极端，不喜欢平平庸庸地过日子。①

塞莱斯蒂娜去梅莉贝娅家拜访了两次。第一次她委婉叙述了卡利斯托所经受的痛苦。在第二次拜访中她得知梅莉贝娅同样被病症折磨着。于是经验丰富的塞莱斯蒂娜引导梅莉贝娅思索这种痛苦的来源。她没有直截了当地说出梅莉贝娅正在遭受的这种病痛到底是什么，而是运用了兜兜转转的言语战术，直到她认为梅莉贝娅已经做好了听到答案的心理准备时，才决定提及卡利斯托的名字。虽然这使得梅莉贝娅瞬间晕倒，却也最终使她屈服并决定就在当晚和卡利斯托进行第一次幽会。塞莱斯蒂娜总是先洞悉人们隐藏在内心深处的想法，然后通过雄辩的口才来说服和引导他人，如此一来，事件就自然而然地朝着她预期的方向发展了。

如上文所述，红娘和塞莱斯蒂娜都拥有"读心术"的能力，红娘也许是得益于她天生聪慧，而塞莱斯蒂娜则是凭借她丰富的人生经验。当她们不确定自己的直觉是否准确时，她们都习惯于先试探对方的心意，然后根据情况制定不同的解决方案，这个特点在她们

---

① 〔西班牙〕费尔南多·德·罗哈斯：《塞莱斯蒂娜》，屠孟超译，译林出版社，1997，第49页。

探求女主人公对追求者的真正态度时体现得淋漓尽致。

二 语言艺术

由于红娘只是一个年轻的丫鬟,而塞莱斯蒂娜是臭名昭著的拉皮条者,因此她们都习惯于使用圣人的话语来支撑自己的观点,以防人们下意识地否定她们的建议。除此之外,二者都非常清楚语言的力量,她们能够根据自己的需要使用不同风格的语言,在面对不同对话者时使用不同的语言策略。红娘会用反语表达亲切的意思。某一次张央生求红娘:"小娘子怎生可怜见小生,将此意申与小姐,知小生之心。就小娘子前解下腰间之带,寻个自尽。"[1] 红娘为了安慰他,说道:"街上好贱柴,烧你个傻角。"[2] 说完后她立即向张生许诺定会鼎力相助。当红娘看到张生害了相思病时,叹息道:"普天下害相思的不似你这个傻角。"[3] 而塞莱斯蒂娜则会用"指小词"[4]和对方迅速拉近关系。为了使巴尔梅诺助自己一臂之力,塞莱斯蒂娜用一种近乎厚颜无耻的语言表达亲近——"你这个小傻瓜、小疯子、小天使、小珍珠,你太天真,你干吗要做鬼脸?"[5]

与他人对话过程中展现出的雄辩的口才和清晰的逻辑是红娘和塞莱斯蒂娜最突出的共性。从作品中可以得知,塞莱斯蒂娜为了确保任务能够圆满成功,在前往梅莉贝娅家之前她用了一些巫术,并向魔鬼祷告。这一点引起了学术界的争论,争论点在于文中对结果

---

[1] 王实甫:《西厢记》,河北教育出版社,2007,第81页。
[2] 王实甫:《西厢记》,河北教育出版社,2007,第81页。
[3] 王实甫:《西厢记》,河北教育出版社,2007,第130页。
[4] "指小词"是词的一种形式。通常是带有"小"或"微"意的指小后缀,有时有昵称或爱称含义。指小后缀的作用类似于汉语的"小"和"点",缩小或者减轻词根所表达的意义,常常起到缓和语气,表达亲切感和好感的作用。
[5] 〔西班牙〕费尔南多·德·罗哈斯:《塞莱斯蒂娜》,屠孟超译,译林出版社,1997,第27页。

起主导作用的是到底是巫术还是塞莱斯蒂娜的口才。但大多数学者都倾向于"她最伟大的艺术不是使用巫术而是用自己的语言来控制别人"①。

塞莱斯蒂娜的语言艺术在整个故事中时有体现,特别是当她想让梅莉贝娅转变对卡利斯托的看法时,以及当她想说服巴尔梅诺与她合作时。

当塞莱斯蒂娜第一次来到梅莉贝娅家,在梅莉贝娅的母亲阿莉莎允许她进入家门并单独让女儿和她待在一起之后,也是在梅莉贝娅开始怀疑她的真正意图之前,塞莱斯蒂娜用夸张的语言对这位贵族小姐极尽谄媚:"小姐,见到你的芳容,我的顾忌就烟消云散了。我不相信造物主只塑造出一些比一般人更完美、更俊俏、更妩媚的面容,却没有赋予它们慈善、富于同情和其他的种种美德。这些人应该像你一样,能慷慨地进行馈赠和恩赐。"② 当梅莉贝娅洞察到塞莱斯蒂娜的真正目的时,立刻勃然大怒:"怪不得人们常说,无论坏男人还是坏女人,身上最恶毒的部位就是舌头。让你活活被火烧死,你这个拉皮条的骗子、老巫婆、诚实人的敌人、专干偷鸡摸狗勾当的老太婆!"③此时塞莱斯蒂娜并未感到尴尬,而是假装无辜地回答道:

> 小姐,让你这么害怕,我十分抱歉。我是无辜的,这给我增添了勇气,但见你这么生气我又感到惶恐不安。我感到遗憾和痛苦的是你无缘无故地对我生这么大的气,小姐,看在上帝

---

① Read, Malcolm, "The Rhetoric of Social Encounter: *La Celestina* and the Renaissance Philosophy of Language", *The Birth and Death of Language: Spanish Literature and Linguistics (1300 – 1700)* (Madrid: Porrúa-Tu-ranzas, 1983), p. 85.
② 〔西班牙〕费尔南多·德·罗哈斯:《塞莱斯蒂娜》,屠孟超译,译林出版社,1997,第64页。
③ 〔西班牙〕费尔南多·德·罗哈斯:《塞莱斯蒂娜》,屠孟超译,译林出版社,1997,第65页。

的面上，请你让我把话说完。这样一来，他既不会承担罪责，我也不会受到指责。不久你就会发现，我们做的事不会是不光彩的，而是顺从上帝意愿的。这是为了治好病人的病，而不是毁坏医生的声誉。小姐，早想到你会这么轻易地怀疑并往坏处猜想我刚才说的这番话，即使得到你的允许，我也没有这么大的胆量跟你谈有关卡利斯托或别的任何男人的事情。①

她继续诉说自己的无辜，不断强调此行的目的仅仅是想要缓解卡利斯托的病痛。为了能够帮助卡利斯托，她需要梅莉贝娅的腰带，因为那是一条"接触过罗马和耶路撒冷各种圣物的颇有名气的腰带"②。塞莱斯蒂娜还补充道，需要梅莉贝娅诵念能帮助卡利斯托康复的相关经文。最后，通过她的口才，终于得到了理想的结果。

塞莱斯蒂娜也用了同样的计谋、相似的步骤取得了巴尔梅诺的信任和帮助。在第一次和巴尔梅诺对话时，她显得非常礼貌非常诚恳。但当发现巴尔梅诺从小就认识她以及知道她的真正目的是什么时，塞莱斯蒂娜立刻采取欺骗的手段，谎称自己是巴尔梅诺已故的父亲指派来保护他的，正是对他的担心和关心使她想方设法接近其主人卡利斯托。紧接着，她又许诺巴尔梅诺以财富，并且以布道的口吻教育他应当区分好坏。听到这番话，这个年轻的仆人在他的原则和塞莱斯蒂娜故弄玄虚的话语中有点动摇了。为了完全拉拢巴尔梅诺，塞莱斯蒂娜用和阿雷乌莎的幽会来引诱他。在一番长篇大论之后，巴尔梅诺虽然比任何人都知道塞莱斯蒂娜的花招，但还是经受不住诱惑，毫不犹豫地答应了与她合作。

---

① 〔西班牙〕费尔南多·德·罗哈斯：《塞莱斯蒂娜》，屠孟超译，译林出版社，1997，第66页。
② 〔西班牙〕费尔南多·德·罗哈斯：《塞莱斯蒂娜》，屠孟超译，译林出版社，1997，第68页。

第四章 红娘与塞莱斯蒂娜

塞莱斯蒂娜清楚地知道如何使一个忠实的仆人背叛他的主人。她在这方面的成功，除了要归功于使她了解人性的弱点的多年的生活经验以外，还要归功于她的语言艺术，虽然这种语言艺术不可避免地伴随着虚伪和谎言，但在协助她快速达到目标这一点上的确是功不可没。

塞莱斯蒂娜是一个年过七旬的老太婆。和书中那些年轻人不一样的是，她深知隐藏自己的真实情感，总是能够以一种使对方愉悦的方式进行语言表达。如果仅凭作者对她在书中首次出场的描述，且不知道关于她的职业和人们对她的评价等信息，我们也许会认为这是一个热情善良的老太太。在森普罗尼奥去找塞莱斯蒂娜帮忙时，她的回答向读者传递出一种友善的感觉：第一，她和森普罗尼奥之间有着深厚的友谊；第二，她是解决这类问题的专家；第三，她很乐意在这类事上给予人们帮助。但是随着对剧情的逐步深入了解，我们不难发现她的真实目的是从陷入爱河的卡利斯托身上获取利益，而她和森普罗尼奥之间并不是单纯的朋友关系，而是共通牟取利益的合作伙伴关系。

面对梅莉贝娅的嘲讽和巴尔梅诺的不信任，塞莱斯蒂娜用谎言来进行回应，并且表现得心安理得。这无疑是读者对她产生反感的重要原因之一。但和红娘的正面形象相矛盾的是，谎言同样也是她的武器。在郑夫人的逼问下，红娘展现出来的敏捷的思维加上不可思议的冷静不难使我们联想到老奸巨猾的塞莱斯蒂娜。当郑夫人发现女儿的行为举止有变化时，就盘问红娘并威胁要严惩她：

〔夫人云〕小贱人，为甚么不跪下！你知罪么？〔红跪云〕红娘不知罪。〔夫人云〕你故自口强哩。若实说呵，饶你；若不实说呵，我直打死你这个贱人！谁着你和小姐花园里去来？〔红云〕不曾去，谁见来？〔夫人云〕欢郎见你去来，尚故自推哩。

〔打科〕〔红云〕夫人休闪了手,且息怒停嗔,听红娘说。①

一开始红娘假装什么都不知道,甚至假装疑惑郑夫人为何如此生气。看到红娘的反应,郑夫人决定不兜圈子了而是直接问她:"谁着你和小姐花园里去来?"② 很明显郑夫人已经得到了一些信息。红娘没有在压力面前屈服,她一直设法摸索郑夫人对这件事到底了解到什么程度。当红娘得知她和莺莺被欢郎看到前往张生的卧房,她立刻尝试撇清关系,竭力表明那次拜访只是偶然,并非她从中撮合:

【鬼三台】

夜坐时停了针绣,共姐姐闲穷究,说张生哥哥病久。咱两个背着夫人,向书房问候。

〔夫人云〕问候呵,他说甚么?〔红云〕他说来,道"老夫人事已休,将恩变为仇,着小生半途喜变做忧"。他道:"红娘你且先行,教小姐权时落后。"

〔夫人云〕他是个女孩儿家,着他落后怎么!〔红唱〕我则道神针法灸,谁承望燕侣莺俦?他两个经今月余则是一处宿,何须你一一问缘由?他每不识忧,不识愁,一双心意两相投。夫人得好休,便好休,这其间何必苦追求?常言道"女大不中留"。③

的确,去探望病人是非常合理的,不应当被谴责,况且这位病人还有恩于崔府。另一方面,红娘还不忘提醒郑夫人,张生对小姐莺莺格外关注,同时表明她所做的只有传递信息而已。她还强调张生让她先走,这就意味着后面发生的事情就与自己无关了。最后红

---

① 王实甫:《西厢记》,河北教育出版社,2007,第150页。
② 王实甫:《西厢记》,河北教育出版社,2007,第150页。
③ 王实甫:《西厢记》,河北教育出版社,2007,第150~151页。

第四章 红娘与塞莱斯蒂娜

娘向郑夫人坦白莺莺和张生在一起已经一个多月了，她甚至还大胆向郑夫人建议成全他俩。

听到这里，郑夫人勃然大怒，将罪责都推到了红娘身上。机智的红娘立刻改变了战术，直接说夫人才是罪魁祸首，所有这一切的起因都是由于夫人没有兑现诺言。紧接着她特意提到了白马将军，强调他是张生的好友，并且提醒夫人强行分开这对恋人可能面临的风险：

【幺篇】世有、便休、罢手，大恩人怎做敌头？起白马将军故友，斩飞虎叛贼草寇。

【络丝娘】不争和张解元参辰卯酉，便是与崔相国出乖弄丑。到底干连着自己骨肉，夫人索穷究。①

根据这段内容我们可以清楚地看到红娘在对抗郑夫人时是如何发挥自己的语言优势的。通过能言善辩和强大的逻辑能力，她改变了局面，从受审者忽然变成了判决者和建议者，而夫人则变成了被质问的对象以及始作俑者。红娘指出，夫人犯了两个主要的错误：第一不遵守承诺而导致张生生病；第二是让张生继续住在普救寺。以上两点相结合才给了莺莺做出这等荒唐事的机会。在这个层面上，郑夫人需要承担大部分的责任。红娘还提醒郑夫人如若坚持要惩罚他们三人的话可能造成三个严重的后果：第一，整个崔府会因此蒙羞，这是最严重的；第二，这很有可能会引起他们和张生之间的矛盾，倘若张生日后通过科举考试飞黄腾达，兴许会给崔府难堪；第三，真要追究起来，郑夫人自己也难辞其咎。最终，红娘不忘给夫人指明一条出路，那就是原谅莺莺和张生，并让他们完婚。到了这

---

① 王实甫：《西厢记》，河北教育出版社，2007，第151～152页。

一步，郑夫人已经别无选择，她只能接受最初被她定义成罪魁祸首的婢女红娘的提议。至此，红娘成功扭转了局面，并且给予了解决方案。她与郑夫人这番唇枪舌剑的胜利完全归功于她的勇气、智慧以及充满逻辑的雄辩的口才。她"演说家"式的才能是她最为耀眼的特质，也是张生和莺莺的爱情故事得以圆满收尾的主要原因。

在此基础上，我们得出结论，红娘和塞莱斯蒂娜都运用她们强大的语言艺术说服他人、引导他人意志并实现自己的目的。

结 论

《西厢记》和《塞莱斯蒂娜》既揭示了文学的普遍性和世界性，又彰显了中国文学和西班牙文学的独特性。Ruiz Ramón 曾说过，《塞莱斯蒂娜》对于西班牙文学能够走向世界功不可没；① Francisco Rico 评价道这是一部奇特而非凡的作品，在"十五世纪以后的西班牙文学中充满回响"②；Lacarra de Miguel 总结道，它像是一幅不同题材的"拼贴画"：伤感叙事体、宫廷爱情诗和人文主义喜剧。③ 同样，《西厢记》也在国内外留下了深刻的印记，在后世出现的无数的改编版本和模仿作品就是它获得巨大成功的最有力的佐证。

现存的关于《西厢记》和《塞莱斯蒂娜》的比较研究局限于对作品中人物或爱情的分析，目前还没有能够详尽地体现两部作品异同点的研究。因此，本书致力于将这两部作品进行详尽的比较，并试图提供新的研究视角。

本书的主要研究目标是，从社会环境的宏观角度以及爱情、人物塑造、文学风格等微观角度比较《西厢记》和《塞莱斯蒂娜》的

---

① Ruiz Ramón, Francisco, *Historia del Teatro Español: (Desde Sus Orígenes Hasta 1900)* (Madrid: Cátedra, D. L., 1988), p. 56.
② Rico, Francisco, "Estudio Preliminar", *La Celestina. Tragicomedia de Calisto y Melibea*, ed. Rico, Francisco (Barcelona: Crítica, 2000), p. 19.
③ Lacarra de Miguel, José María, "Ideales de la Vida en la España del Siglo XV el Caballero y el Moro", *Aragón en la Edad Media* 5, 1983, p. 11.

异同点。这两部作品的比较研究，一方面让我们看到它们在文体、语言风格、爱情，特别是在红娘和塞莱斯蒂娜两位人物形象塑造等方面的相似性；另一方面有助于我们看到，这两部产生于不同的社会和文化背景的文学传统的结晶，也在许多方面表现出理所应当的差异性。

  本书致力于研究《西厢记》和《塞莱斯蒂娜》之间存在的诸多相似点。同时我们也可以看到由于中国和西班牙文学传统的巨大差异导致的这两部作品之间显著的区别。为了使它们之间的比较研究详尽而细致，我们必须打破某些方面的界限。我们之所以选择《西厢记》和《塞莱斯蒂娜》这两部作品进行比较是因为我们确信此研究能够引起中国和西班牙比较文学学者以及文学研究者的兴趣。我们的研究充分说明了，即使是来自两种不同文化的，在地理上非常遥远且没有历史联系的作品也可以存在诸多如情节、语言风格、文学结构、人物塑造等方面的相似性。最后，我们希望本书能够为比较文学的发展做出一些贡献，为东西方特别是中国和西班牙比较文学做出贡献，同时能引起相关学者对这一领域的研究兴趣。

参考文献

中文文献

班固:《白虎通》,崇文书局,1875。

蔡运长:《〈西厢记〉第五本不是王实甫之作》,《戏曲艺术》1988年第4期。

曹灵妙:《浅析唐代上层社会婚姻家庭中的女性地位》,《群文天地》2012年第2期。

曹雪芹,《红楼梦》,南京大学出版社,2014。

常芳芳:《元杂剧的繁荣与中国戏剧之晚熟》,《阴山学刊》2005年第1期。

陈兴焱:《〈西厢记〉社会文化价值观探析》,《赤峰学院学报》2008年第5期。

陈寅恪:《元白诗笺证稿》,古典文学出版社,1958。

《论语》,中国华侨出版社,2013。

段启明:《西厢论稿》,四川人民出版社,1982。

段塔丽:《唐代妇女地位研究》,人民出版社,2000。

段玉裁:《说文解字注》,上海古籍出版社,1981。

〔西班牙〕费尔南多·德·罗哈斯:《塞莱斯蒂娜》,屠孟超译,译林出版社，1997。

葛承雍：《崔莺莺与唐蒲州粟特移民踪迹》，《中国历史文物》2002年第5期。

《管子》，浙江人民出版社，1987。

郝青云、王清学：《西厢记故事演进的多元化解读》，《中国社会科学院研究生院学报》2008年第1期。

洪迈：《容斋随笔》，岳麓书社，1994。

黄季鸿：《〈西厢记〉语言风格剖析》，《文学前沿》2005年第1期。

黄季鸿：《试论〈西厢记〉红娘语言的交际特征》，《许昌师专学报》2002年第3期。

〔日〕箭内亘：《元代蒙汉、色目待遇考》，商务印书馆，1932。

蒋星煜：《西厢记的文献学研究》，上海古籍出版社，1997。

蒋维乔：《中国佛教史》，金城出版社，2014。

李翀：《元代四等人制研究》，西北师范大学出版社，2009。

李亦玲：《论〈塞莱斯蒂娜〉的文体之争》，《暨南学报》2008年第6期。

李渔：《闲情偶寄》，重庆出版社，2008。

李宗为：《唐人传奇》，中华书局，2003。

梁程勇：《论中国历史上的官员选拔制度》，烟台大学出版社，2008。

梁帅：《文学本位视角下红娘形象流变的原因》，《郑州航空工业管理学院学报》2010年第2期。

林文山：《论红娘》，《学术研究》1986年第6期。

刘海峰：《多学科视野中的科举制》，《厦门大学学报》2002年第6期。

刘怀堂：《〈西厢记〉主题新探》，《宁夏大学学报》2007年第1期。

《礼记》，西安交通大学出版社，2013。

刘祁：《归潜志》，中华书局，1983。

刘迎胜：《丝绸文化·海上卷》，浙江人民出版社，1995。

鲁迅：《中国小说史略》，民主与建设出版社，2015。

栾冠华：《角色符号：中国戏曲脸谱》，生活·读书·新知三联书店，2005。

罗德胤：《中国古戏台建筑》，东南大学出版社，2009。

吕薇芬：《元曲的用典使事》，《文史知识》2002年第2期。

吕效平：《中国古典戏剧情节艺术的孤独高峰——从欧洲传统戏剧情节理论看〈西厢记〉》，《文学遗产》2002年第6期。

马致远：《荐福碑》，《续修四库全书》，上海古籍出版社，2002。

《孟子》，中国华侨出版社，2016。

蒙思明：《元代社会阶级制度》，上海人民出版社，2005。

孟元老：《东京梦华录》，黄山书社，2016。

莫丽芸：《京剧》，黄山书社，2011。

牧惠：《西厢六论》，广西师范大学出版社，1996。

中国戏曲研究院：《中国古代戏曲论著集成》，中国戏剧出版社，1959。

〔意〕马可波罗：《马可波罗游记》，福建科学出版社，1981。

〔意〕马可波罗：《雄伟壮丽的京师（杭州）》，《世界名人游记经典》，辽宁人民出版社，1995。

钱穆：《中国历史研究法》，三联书店，2001。

任宜敏：《中国佛教史（元代）》，人民出版社，2005。

〔美〕斯坦利·威斯坦因：《唐代佛教》，张煜译，上海古籍出版社，2010。

沈林昌：《简论〈西厢记·长亭送别〉的语言魅力》，《消费导刊》2008年第10期。

施桂芳：《从长亭送别探析西厢记的语言艺术》，《语文天地》2009年第12期。

《诗经》，王财贵编，北京教育出版社，2015。

司马迁：《史记》，中华书局，1975。

宋濂：《元史》，中华书局，1976。

宋若莘、宋若昭：《女论语》，《绘图女四书白话解》，中国华侨出版社，2012。

孙棨，北里志：《唐五代笔记小说大观》，上海古籍出版社，2000。

孙周年：《惊世奇作〈塞莱斯蒂娜〉》，《郧阳师范高等专科学校学报》2003年第2期。

屠寄：《蒙兀儿史记》，世界书局，1962。

王国维：《宋元戏曲史》，中华书局，2010。

王国维：《王国维戏曲论文集》，中国戏剧出版社，1957。

王季思：《集评校注西厢记》，上海古籍出版社，1987。

王丽歌：《战争与两宋淮南地区人地关系的变迁》，《农业考古》2015年第4期。

王宁：《比较文学：理论思考与文学阐释》，复旦大学出版社，2011。

王仁裕：《开元天宝遗事》，上海古籍出版社，1985。

王实甫：《西厢记》，河北教育出版社，2007。

王育民：《元代人口考实》，《历史研究》1992年第5期。

汪洙：《神童诗》，吉林文史出版社，1994。

韦明铧：《江南戏台》，上海书店，2004。

危素：《危太朴文集》，《元人文集珍本丛刊 VII》，新文丰出版公司，1985。

吴梅：《吴梅全集》，河北教育出版社，1998。

武舟：《中国妓女文化史》，东方出版中心，2006。

夏庭芝：《青楼集笺注》，中国戏剧出版社，1990。

谢枋得：《叠山集》，古籍出版社，1868。

谢天振：《当代中国比较文学研究文库总序》，《中国比较文学》

2011 年第 3 期。

徐国利、叶挺松：《胡适与白话文教育改革》，《安徽大学学报》1998 年第 1 期。

许金华：《惊绪竟何如？梦丝不成绚——元稹爱情婚姻复杂心态别论》，《福建论坛》2009 年第 6 期。

许荣生：《〈西厢记曲〉词中诗词典故的引用》，《青海师范大学学报》1983 年第 3 期。

徐慕云：《中国戏剧史》，上海古籍出版社，2008。

闫孟祥：《宋代佛教史》，人民出版社，2013。

严明、沈美红：《闺阁内的爱情导师——三言二拍中的婆子、丫环、尼姑的角色分析》，《明清小说研究》2006 年第 1 期。

杨柳青：《〈西厢记〉中典故的运用及其独特之处》，《文教资料》2012 年第 25 期。

杨宁：《元杂剧中僧道形象的世俗化》，《现代语文》2009 年第 2 期。

杨庆存：《〈西厢记〉艺术成就的多维度审视》，《中国文化研究》2000 年。

杨周翰、吴达元：《欧洲文学史》，人民文学出版社，2004。

姚平：《唐代妇女的生命历程》，上海古籍出版社，2004。

游国恩：《中国文学史 3》，人民文学出版社，2004。

袁采：《袁氏世范》，天津古籍出版社，1995。

张隆溪：《比较文学研究入门》，复旦大学出版社，2009。

张隆溪：《从比较文学到世界文学》，复旦大学出版社，2012。

张蔚琼：《〈西厢记〉红娘心解》，《文化天地》2011 年第 1 期。

郑樵：《通志》，中华书局，1987。

钟嗣成：《录鬼簿》，中华书局，1960。

任犀然编《周易》，中国华侨出版社，2013。

周贻白：《中国戏剧史长编》，上海书店，2007。

诸祖耿:《战国策集注汇考》,江苏古籍出版社,1985。

邹一南:《浅谈科举制度对中国社会的影响》,《西南交通大学学报》2007年第4期。

《春秋左传》,内蒙古文化出版社,2007。

外文文献

Agudo Bleye, Pedro, *Manual de Historia de España II* (Madrid: Espasa Calpe, 1975).

Alcina Franch, Juan, *La Celestina: Fernando de Rojas* (Barcelona: Laia, 1983).

Apter, Emily, "Universal Poetics and Postcolonial Comparatism", *Comparative Literature in an Age of Globolization*, eds. Saussy, Baltimore & Johns Hopkins University Press, 2006.

Arias, Consuelo, "El Espacio Femenino en Tres Obras del Medioevo Español: de la Reclusión a la Transgresión", *La Torre* 3, 1987.

Aristóteles, *Aristotelis Ars Poetica = Poética de Aristóteles*, ed. Valentín García Yebra (Madrid: Gredos, 1974).

Azaustre, Antonio; Casas, Juan, *Manual de Retórica Española* (Barcelona: Ariel, 2011).

Bataille, Georges, *El Erotismo* (Barcelona: Tusquets, 2010).

Bataillon, Marcel, *La Celestina Selon Fernando de Rojas* (París: Marcel Didier, 1961).

Baranda, Consolación, "Cambio Social en *La Celestina* y las Ideas Jurídico-políticas en la Universidad de Salamanca", *El Mundo Social y Cultural de La Celestina*, eds. Ignacio Arellano & Jesús M. Usunáriz (Navarra: Universidad de Navarra, 2001).

Baranda, Consolación, *La Celestina y el Mundo como Conflicto* (Salamanca: Ediciones Universidad de Salamanca, 2004).

Beltrán Llavador, Rafael, "Tres Magas en el Arte de la Seducción: Trotaconventos, Plaerdemavida y Celestina", *El Arte de la Seducción en el Mundo Románico, Medieval y Renacentista*, ed. Elena Real Ramos (Valencia: Universidad de Valencia, 1995).

Bermejo Cabrero, J. L., "Aspectos Jurídicos de *La Celestina*", *La Celestina y Su Contorno Social*, ed. M. Criado del Val (BaRcelona: Borrás, 1977).

Block, Haskell M., "Cultural Anthropology and Contemporary Literary Criticism", *Myth and literature: contemporary theory and practice*, ed. John B. Vickery (Lincoln: University of Nebraska Press, 1966).

Blay Manzanera, Vicenta, "Másdatos Sobre la Serpiente-cupiditas en Celestina", *Celestinesca* 20, 1996.

Boase, Roger, *The Origin and Meaning of Courtly Love: A Critical Study of European Scholarship* (Manchester: Manchester University Press, 1997).

Castillo Vegas, Jesús Luis, *Política y Clases Medias* (Valladolid: Secretariado de Publicaciones de Universidad de Valladolid, 1987).

Capellanus, Andreas, *De Amore* (Barcelona: El Festín de Esopo, 1985).

Cela, Camilo José, *Diccionario del Erotismo*. vol. II (Barcelona: Grijalbo, 1988).

Chaitin, Gilbert, "Otherness", *La Literatura Comparada: Principios y Métodos*, ed. María José Vega (Madrid: Gredos, D. L., 1998).

Cheng, Anne, *Historia del Pensamiento Chino* (Barcelona: Bellaterra, D. L., 2002).

Cherchi, Paolo, *Andreas and the Ambiguity of Courtly Love* (Toronto:

Toronto University, 1994).

Chevalier, Maxime, *Lectura y Lectores en la España de los Siglos XVI y XVII* (Madrid: Ediciones Turner, 1976).

Chicharro Chamorro, Dámaso, *Orígenes del Teatro: La Celestina* (Madrid: Cincel, 1980).

Crosas, Francisco, "¿Es una Obra Maestra? Lectura *Ingenua* de La *Celestina*", *El Mundo Social y Cultural de La Celestina*, eds. Ignacio Arellano & Jesús M. Usunáriz (Navarra: Universidad de Navarra, 2001).

Culianu, Ioan P., *Eros and Magic in the Renaissance* (Chicago: Edición Ilustrada University of Chicago Press, 1987).

Czarnocka, Halina, "Sobre el Problema del Espacio en *La Celestina*", *Celestinesca* 9, 1985.

Dawson, Christopher, *Los Orígenes de Europa* (Madrid: Ediciones RIALP, 2007).

De León, Luis, *Apología de las Obras de Santa Teresa de Jesús* (Madrid: Editorial Católica, 1944).

De Miguel Martínez, Emilio, "Celestina en la Sociedad de Fines del XV: Protagonista, Testigo, Juez, Víctima", *El Mundo Social y Cultural de La Celestina*, eds. Ignacio Arellano & Jesús M. Usunáriz (Navarra: Universidad de Navarra, 2001).

De Madrigal, Alonso, *Del Tostado Sobre el Amor* (Barcelona: Stelle dell'Orsa, 1987).

Di Gerónimo, Miriam, "El Amor Cortés: Escenas Amorosas Que Sostienen Mundos. Caso Borges", *Cuadernos del CILHA* 13, 2012.

Díaz Tena, María Eugenia, "Que Paresces Serena", *Celestinesca* 36, 2012.

Du Perron de Castera, Louis-Adrien, *Extraits de Plusieurs Piéces du The-*

atre Espagnol: Ave des Reflexiones et la Tradution des Endroits Plus Remarquables (París: Veuve Pissot, 1738).

Duran Velez, Jorge, *Del Género Dramático, la Historia y Nuestra Lengua* (Bogotá: Universidad del Rosario, 2004).

Edward Russell, Peter, *La Celestina. Comedia o Tragicomedia de Calisto y Melibea* (Madrid: Castalia, 2001).

Étiembre, René, *Comparaison N´est Pas Raison* (París: Gallimard, 1963).

Feliú, Gaspar, "Moneda y Banca en Cataluña en el Siglo XV", *Dinero, Moneda y Crédito en la Monarquía Hispánica* (Madrid: Marcial Pons Bernal, 2000).

Fernández, Enrique, "El Cordón de Melibea y los Remedios de Amor en La Celestina", *La Corónica: A Journal of Medieval Hispanic Languages, Literatures & Cultures* 42 (1), 2013.

Fernández-Rivera, Enrique, "*Huevos Asados*: Nota Margial", *Celestinesca* 17, 1933.

Fernández Moreno, César, *Antología de Textos Sobre Lengua y Literatura* (México: UNAM, 1971).

Fraker, Charles F., *Celestina: Genre and Rhetoric* (Londres: Tamesis, 1990).

Fokkema, Douwe Wessel, "LaLiteratura Comparada y el Nuevo Paradigma", *La Literatura Comparada: Principios y Métodos*, ed. María José Vega (Madrid: Gredos, 1998).

Gagliardi, Donatella, "*La Celestina* en Índice: Argumentos de una Censura", *Celestinesca* 31, 2007.

García Bourrelier, Rocío, "«Ni con elMás Rico del Mundo». La Quiebra de las Estrategias Matrimoniales en el Antiguo Régimen", *El Mundo*

Social y Cultural de La Celestina, eds. Ignacio Arellano & Jesús M. Usunáriz (Navarra: Universidad de Navarra, 2001).

García Rubio, Francisco, "El 'Wikileak' del Caso Lázaro de Tormes: Problemáticas Jurídicas y Jurisdiccionales", *eHumanista* 18, 2011.

Gerli, E. Michael, "El Placer de la Mirada: Voteurismo, Fetichismo y la Movilización del Deseo en Celestina", *El Mundo Social y Cultural de La Celestina*, eds. Ignacio Arellano & Jesús M. Usunáriz (Navarra: Universidad de Navarra, 2001).

Gilman, Stephen, "El Tiempo y el Género Literario en la *Celestina*", *Revista de Filología hispánica* 7, 1945.

Gilman, Stephen, "Carmelo Samonà, Aspetti del Retoricismo Nella Celestina", *Nueva Revista de Filología Hispánica* 10 (1), 1956.

Gilman, Stephen, *The Spain of Fernando de Rojas: The Intellectual and Social Ladscape of La Celestina* (Princeton: Princeton University, 1972).

Gilman, Stephen, *La Celestina: Arte y Estructura* (Madrid: Taurus, 1974).

Gnoli, R., "TheConcept of Mimesis in the Asiatic East", *Encyclopedia of World Art* 10, 1965.

González Echevarría, Roberto, *Celestina's Brood: Continuities of the Baroque in Spanish and Latin American Literature* (Durham: Duke University Press, 1993).

Guillén, Claudio, *Entre lo Uno y lo Diverso: Introducción a la Literatura Comparada* (Barcelona: Tusquets, 2005).

Guzmán Guerra, Antonio, *Introducción al Teatro Griego* (Madrid: Alianza Editorial, 2005).

Howard Abrams, Meyer, *The Mirror and the Lamp. Romantic Theory and the Critica Tradition* (Nueva York: Norton & Co, 1953).

Hart, Jonathan, "The Ever-changing Configurations of Comparative Literature", *Canadian Review of Comparative Literature/Revue Canadienne de Littérature Comparée* 19, 1992.

Havelock Ellis, Henry, *Estudios de Psicología Sexual* (Madrid: Hijos de Reus, 1913).

Heine, Heinrich, *On the History of Religion and Philosophy in Germany and Other Writings* (New York: Cambridge University Press, 2007).

Hermenegildo, Alfredo, "El Arte Celestinesco y las Marcas de Teatralidad", *Incipit* 11, 1991.

Huerta Calvo, Javier, *Historia del Teatro Español* (Madrid: Gredos, D. L., 2003).

Huffam Dickens, Charles, "Chinese Competitive Examinations", *All Year Round* 12, 1864.

Hu, Yinglin, *Shaoshi Shanfang Bicong, Narrativas chinas. Ficciones y Otras Formas de No-literatura*, ed. Alicia Relinque Eleta (Barcelona: D. Martínez-Robles, 2008).

Illades Aguiar, Gustavo, "*La Celestina*: Teatro de la Voz", *Estudios del Teatro Áureo: Texto, Espacio y Representación*, ed. Aurelio González (Ciudad de Mexico, 2001).

Iradiel, Paulino, *Historia de España: (siglos XIV – XV)/De la Crisis Medieval al Renacimiento* (Editorial, GeoPlaneta, 1989).

Iser, Wolfgang, "The Indeterminacy of the Text: A Critical Reply", *Comparative Criticism. A Yearbook* 2 (Cambridge: Cambridge University Press, 1975).

Ivars, Andrés, "El Escritor Fray Francisco Eximénez en Valencia", *Archivo Ibero-Americano* 12, 1925.

Kayser, Wolfgang, *Interpretación y Análisis de la Obra Literaria* (Madrid: Gredos, 1976).

Keith, Winnom, "El Género Celestinesco: Origen y Desarrollo", *Literatura en la Época del Emperador*, 1988.

Kermode, Frank, *The Sense of an Ending. Studies in the Theory of Fiction* (Londres, Oxford, Nueva York: Oxford University Press, 1966).

Lacarra de Miguel, José María, "Ideales de la Vida en la España del Siglo XV el Caballero y el Moro", *Aragón en la Edad Media* 5, 1983.

Lacave, José Luis, *Guía de la España Judía* (Ediciones El Almendro, 2000).

Ladero Quesada, Miguel-Ángel, "Aristócratas y Marginales: Aspectos de la Sociedad Castellana de *La Celestina*", *Espacio, Tiempo y Forma*, Serie III, *Historia Mdieval*, ed. Universidad Nacional de Educación a Distancia (UNED. Facultad de Geografía e Historia, 1990).

Laurette, Pierre, "La Literatura Comparada y Sus Fantasmas Teóricos: Reflexiones Metateóricas", *La Literatura Comparada: Principios y Métodos*, ed. María José Vega (Madrid: Gredos, D. L., 1998).

Lausberg, Heinrich, *Manual de Retórica Literaria* (Madrid: Gredos, 1966).

Levin, Harry, *El Realismo Francés (Stendhal, Balzac, Flaubert, Zola, Proust)* (Barcelona: Laia, 1974).

Lida de Malkiel, María Rosa, *La Originalidad Artística de "La Celestina"* (Buenos Aires: Eudeba, 1962).

Lida de Malkiel, María Rosa, *Dos Obras Maestras Españolas: el Libro del Buen Amor y La Celestina* (Buenos Aires: EUDEBA, 1971).

Liu, Ch'i-Fen, "Lung Hung-Niang yu Hsi-Niang, Hsiang yu La Celestina" (La Crítica de Hongniang y *La Celestina*), *Chung Wai Literary*

Monthly, 1977.

Lloret, Albert, "El Error Retórico de la Alcahueta. Performatividad y Nueva Retórica en la *Celestina*", *Celestinesca* 31, 2007.

Luna Escudero-Alie, María Elvira, "La Llama Doble y Carta de Creencia: Correspondencias", *Espéculo: Revista de Estudios Literarios* 25, 2003.

López, Aurora, *Comedia Romana* (Madrid: Akal, D. L., 2007).

López-Ríos, Santiago, *Estudios Sobre la Celestina* (Madrid: Istmo, D. L., 2001).

Madrid Navarro, Mercedes, *La Misoginia en Grecia* (Madrid: Cátedra, 1999).

Maravall, José M., *El Mundo Social de "La Celestina"* (Madrid: Gredos, 1972).

Márquez Villanueva, Francisco, *Orígenes y Sociología del Tema Celestinesco* (Editorial Anthropos, 1993).

Martí Caloca, Ivette, "Melibea: Eje de la *Scriptum Ligata* de La Celestina", *Celestinesca* 36, 2012.

McGrady, Donald, "Gerarda, la Más Distinguida Descendiente de Celestina", *El Mundo Social y Cultural de La Celestina*, eds. Ignacio Arellano & Jesús M. Usunáriz (Navarra: Universidad de Navarra, 2001).

Menéndez Pelayo, Marcelino, *Historia de los Heterodoxos Españoles* (Madrid: Imprenta de Ramona Velasco, 1911).

Menéndez Pelayo, Marcelino, *La Celestina [Estudio]* (Alicante: Biblioteca Virtual Miguel de Cervantes, 2003).

Mills Gayley, Charles, "Qué es la Literatura Comparada", *La literatura Comparada: Principios y Métodos*, ed. María José Vega (Madrid:

Gredos, D. L., 1998).

Miner, Earl, *Comparative Poetics: an Intercultural Essay On Theories of Literature*, (Princeton: Princeton University Press, 1990).

Moliner, María, *Diccionario de Uso del Español* (Madrid: Gredos, 2007).

Morales Ladrón, Marisol, *Breve Introducción a la Literatura Comparada* (Alcalá de Hernández: Universidad de Alcalá, 1999).

Moreno Fernández, César, *Antología de Textos Sobre Lengua y Literatura* (México: UNAM, 1971).

Morgan, Erica, "Rhetorical Technique in the Persuasion of Melibea", *Celestinesca* 3 (2), 1979.

Morros Mestres, Bienvenido, "Melancolía y Amor Hereos en La Celestina", *Revista de Poética Medieval* 22, 2009.

Ortiz Lucio, Fray Francisco, *Jardín de Amores Santos*, (Alcalá de Henares: Juan Íñiguez de Lequerica, 1589).

Palumbo-Liu, David, "The Utopias of Discourse: On the Impossibility of Chinese Comparative Literature", *Chinese Literature: Essays, Articles, Reviews* 14, 1992.

Paz, Octavio, *Un Más Allá Erótico: Sade* (México: Vuelta, 1993).

Paz, Octavio, *La Llama Doble: Amor y Erotismo* (Barcelona: Seix Barral, 1994).

Pérez Blázquez, A., "El Cambio de Mentalidad Colectiva: Renacimiento, Humanismo, Reforma y Contrarreforma", *Sección Temario de Oposiciones de Geografía e Historia* 36, 2010.

Pérez Magallón, Jesús, *El Teatro Neoclásico* (Madrid: Laberinto, D. L., 2001).

Pérez Priego, "El Conjuro de Celestina", *El Mundo Como Contienda. Estudios Sobre la Celestina*, ed. P. Carrasco, Málaga (Málaga:

Universidad de Málaga, 2000).

Piero, Raffa, *Vanguardia y Realismo* (Barcelona: Ediciones de Cultura Popular, 1968).

Read, Malcolm, "The Rhetoric of Social Encounter: *La Celestina* and the Renaissance Philosophy of Language", *The Birth and Death of Language: Spanish Literature and Linguistics* (Madrid: Porrúa-Turanzas, 1983).

Relinque Eleta, Alicia, "La Nube del Alba, la Lluvia del Atardecer", *Un Título para Eros: Erotismo, Sensualidad, y Sexualidad en la Literatura*, ed. M. R. Sánchez García (Granada: Universidad de Granada, 2005).

Relinque Eleta, Alicia, "El Nacimiento de los Géneros de Ficción", *Narrativas Chinas: Ficciones y Otras Formas de No-literatura, de la Dinastía Tang al Siglo XXI* (Barcelona: Universidad Abierta de Cataluña, 2008).

Relinque Eleta, Alicia, *Introducción de El Pabellón de las Peonías* (Madrid: Trotta, 2016).

Relinque Eleta, Alicia, *Tres Dramas Chinos* (Madrid: Editorial Gredos, S. A., 2002).

Remark, Henry H., "La Literatura Comparada: Definición y Función", *La Literatura Comparada: Principios y Métodos*, ed. María José Vega (Madrid: Gredos, D. L., 1998).

René, Weller, "Literature, Ficction, and Literariness", *The Attack on Literature* (Brigton: The Harverster Press, 1982).

Rico, Francisco, "Estudio Preliminar", *La Celestina. Tragicomedia de Calisto y Melibea* (Barcelona: Crítica, 2000).

Riffaterre, Michael, "On the Complementarity of Comparative Literature and Cultural Studies", *Comparative Literature in the Age of Multiculturalism*, ed. Charles Bernheimer (Baltimore: The Johns Hopkins University Press, 1995).

Rodríguez Adrados, Francisco, *Del Teatro Griego al Teatro de Hoy* (Madrid: Alianza Editorial, D. L., 1999).

Rodríguez González, Félix, *Diccionario del Sexo y el Erotismo* (Madrid: Alianza, 2011).

Ruiz Ramón, Francisco, *Historia del Teatro Español: Desde Sus Orígenes Hasta* 1900 (Madrid: Cátedra, D. L., 1988).

Russell, 1988, "Discordia Universal. La Celestina Como «Floresta de Philósophos»", *Ínsula*, 1988.

Saganogo, Brahiman, "Realidad y Ficción: Literatura y Sociedad", *Estudios Sociales Nueva Época* 1, 2007.

Sáiz González, J. Patricio, *Invención, Patentes e Innovación en la España Contemporánea* (Madrid, Oficina Española de Patentes y Marcas, 1999).

Salvador Miguel, Nicasio, "Fernando de Rojas y *La Celestina*", *La Aventura de la Historia* 1, 1999.

Salvat i Ferré, Ricard, *El Teatro: Como Texto, Como Espectáculo* (Barcelona: Montesinos, 1988).

Sánchez-Serrano, Antonio; Prieto de la Iglesia, María Remedios, *Fernándo de Rojas y La Celestina* (Barcelona: Teide S. A, 1991).

Santiesteban Oliva, Héctor, *Tratado de Monstruos: Ontología Teratológica* (México: Plaza y Valdés, 2003).

Stamm, James R., *La Estructura de* La Celestina (Salamanca: Universidades de Salamanca, 1988).

Stearns Eliot, Tomas, "Tradition and the Individual Talent", *A Twenti-*

eth-century Literature Reader: Texts and Debates, eds. Suman Gupta & David Johnson (London: Routledge Open University, 2005).

Todorov, Tzvetan, Littérature et Signification (Paris, Larousse, 1967).

Usunáriz, Jesús María, "«Volved Ya las Riendas, Porque No Os Perdáis»: la Transformación de los Comportamientos Morales en la España del XVI", El Mundo Social y Cultural de La Celestina, eds. Ignacio Arellano & Jesús M. Usunáriz (Navarra: Universidad de Navarra, 2001).

Vaca Lorenzo, Ángel, "Recesión Economía y Crisis Social de Castilla en el Siglo XIV", La Crisis en la Historia, eds. Chris Wickham, Henry Kamen & Elena Hernández Sandoica (Salamanca: Universidad Salamanca, 1995).

Valdivieso, Jaime, Realidad y Ficción en Latinoamérica (México: Joaquín Mortiz, 1975).

Vázquez de Prada, Valentín; Usunáiz, J. M., Las Cortes de Navarra Desde Su Incorporación a la Corona de Castilla: Tres Siglos de Actividada Legislativa (1513 – 1829) (Pamplona: EUNSA, 1993).

Vega Ramos, María José, La Literatura Comparada: Principios y Métodos (Madrid: Gredos, D. L., 1998).

Vian Herrero, Ana, "El Legado de La Celestina en el Aretino Español: Fernán Xuárez y Su Colloquio de las Damas", El Mundo Social y Cultural de La Celestina, eds. Ignacio Arellano & Jesús M. Usunáriz (Navarra: Universidad de Navarra, 2001).

Vico, Giambattista, "Practic of the New Science", The New Science of Giambattista Vico: Unabridged Translation of the Third Edition (1744) (Ithaca: Cornell University Press, 1982).

Vidal Doval, Rosa, "Erotismo, Amor y Violencia en Celestina: Consideraciones a la Luz de La Llama Doble", Celestinesca 33, 2009.

Vilardell Crisol, Nuria, "Marginación Femenina: Pícaras, Delincuentes, Prostitutas y Brujas", *Historia* 16 145, 1988.

Villanueva, Darío, *El Polen de ideas: Teoría, Crítica, Historia y Literatura Comparada* (Barcelona: Promociones y Publicaciones Universitarias, 1991).

Villanueva, Darío, "Literatura Comparada y Teoría de la Literatura", *Curso de Teoría de la Literatura* (Madrid: Taurus, 1994).

Villanueva, Darío, *Teorías del Realismo Literario* (Madrid, Biblioteca Nueva, D. L., 2004).

Villegas, Juan, "La Estructura Dramática de La Celestina", *Boletín de la Real Academia Española* 13, 1974.

Wawrytko, Sandra, "Prudery and Prurience: Historical Roots of the Confusion Conundrum Concerning Women, Sexuality and Power", *The Sage and the Second Sex: Confucianism, Ethics, and Gender* (Chicago: Open Court, 2000).

Wang, Shifu, *Historia del Ala Oeste*, *Tres Dramas Chinas* (Madrid, Editorial Gredos, S. A., 2002).

Williams, Raymond, *Culture and Society Coleridge to Orwell* (London: Harmondsworth Penguin, 1979).

Yang, Xiao, *La Concepción del Amor en Dos Tradiciones Literarias: La Celestina, de Fernando de Rojas (1470 – 1514), e Historia del Ala Oeste, de Wang Shifu (1260 – 1336)* (Barcelona: Facultad de filosofía y Letras de la Universidad Autónoma de Barcelona, 2015).

Yuan, Zhen, "The Story of Yingying" (J. Hightower, Trad.), *Traditional Chiese Stories* (New York: Columbia University Press, 1977).

Zavala, Iris M., *Breve Historia Feminista de la Literatura Española (en Lengua Castellana)* (Madrid: Anthropos, 1995).

附录一

《塞莱斯蒂娜》中的场景和人物

第一幕

场景一
梅莉贝娅家花园：梅莉贝娅、卡利斯托

场景二
卡利斯托家客厅：卡利斯托、森普罗尼奥

场景三
卡利斯托的卧房：卡利斯托、森普罗尼奥

场景四
塞莱斯蒂娜家：塞莱斯蒂娜、艾莉西娅、克里托

场景五
塞莱斯蒂娜家的客厅：塞莱斯蒂娜、森普罗尼奥、艾莉西娅

场景六
街上：森普罗尼奥、塞莱斯蒂娜

场景七
卡利斯托的卧房：卡利斯托、巴尔梅诺

场景八
卡利斯托的家：卡利斯托、巴尔梅诺在楼梯上；塞莱斯蒂娜、

森普罗尼奥站在门口

场景九

卡利斯托的家：卡利斯托、塞莱斯蒂娜、巴尔梅诺、森普罗尼奥

场景十

卡利斯托的家：塞莱斯蒂娜、巴尔梅诺

场景十一

卡利斯托的家：卡利斯托、塞莱斯蒂娜、巴尔梅诺、森普罗尼奥

第二幕

场景一

卡利斯托的家：卡利斯托、巴尔梅诺、森普罗尼奥

场景二

卡利斯托的卧房：卡利斯托、巴尔梅诺

场景三

马厩：巴尔梅诺

场景四

卡利斯托家门前：卡利斯托、巴尔梅诺

第三幕

场景一

街上：森普罗尼奥

场景二

塞莱斯蒂娜的家：森普罗尼奥、塞莱斯蒂娜、艾莉西娅

场景三

塞莱斯蒂娜的家：塞莱斯蒂娜

第四幕

场景一

街上：塞莱斯蒂娜

场景二

梅莉贝娅家门口：卢克雷西娅、塞莱斯蒂娜

场景三

梅莉贝娅家：阿莉莎，一段时间之后卢克雷西娅、塞莱斯蒂娜在家门口

场景四

梅莉贝娅家：阿莉莎、塞莱斯蒂娜、卢克雷西娅、梅莉贝娅

场景五

梅莉贝娅的卧室（？）：塞莱斯蒂娜、卢克雷西娅、梅莉贝娅

第五幕

场景一

街上：塞莱斯蒂娜

场景二

塞莱斯蒂娜家门前：塞莱斯蒂娜、森普罗尼奥

场景三

街上：塞莱斯蒂娜、森普罗尼奥

场景四

卡利斯托的卧房：卡利斯托、巴尔梅诺；塞莱斯蒂娜、森普罗

尼奥站在卧房门口

第六幕

场景一
卡利斯托的家：卡利斯托、塞莱斯蒂娜、巴尔梅诺、森普罗尼奥
场景二
卡利斯托的卧房：卡利斯托、塞莱斯蒂娜、巴尔梅诺、森普罗尼奥

第七幕

场景一
街上：巴尔梅诺、塞莱斯蒂娜
场景二
阿雷乌莎家：塞莱斯蒂娜、阿雷乌莎在房间里；巴尔梅诺在楼下
场景三
阿雷乌莎的卧室：塞莱斯蒂娜、阿雷乌莎、巴尔梅诺
场景四
塞莱斯蒂娜的家：塞莱斯蒂娜、艾莉西娅

第八幕

场景一
阿雷乌莎的卧室：阿雷乌莎、巴尔梅诺
场景二
街上：巴尔梅诺

场景三

卡利斯托家门口：巴尔梅诺、森普罗尼奥

场景四

卡利斯托的卧室：卡利斯托；巴尔梅诺和森普罗尼奥站在门后

场景五

卡利斯托的卧室：卡利斯托、巴尔梅诺、森普罗尼奥

第九幕

场景一

街上：巴尔梅诺、森普罗尼奥

场景二

塞莱斯蒂娜的家：塞莱斯蒂娜、巴尔梅诺、森普罗尼奥、妓女们，最后卢克雷西娅进场

第十幕

场景一

梅莉贝娅的卧室：梅莉贝娅

场景二

梅莉贝娅的卧室：梅莉贝娅、卢克雷西娅、塞莱斯蒂娜

场景三

梅莉贝娅的卧室：梅莉贝娅、卢克雷西娅

场景四

门口：阿莉莎、塞莱斯蒂娜

场景五

梅莉贝娅的家：阿莉莎、梅莉贝娅、卢克雷西娅

第十一幕

场景一
街上：塞莱斯蒂娜、森普罗尼奥、巴尔梅诺
场景二
教堂：卡利斯托、塞莱斯蒂娜、森普罗尼奥、巴尔梅诺
场景三
塞莱斯蒂娜的家：塞莱斯蒂娜、艾莉西娅

第十二幕

场景一
卡利斯托的卧室：卡利斯托、森普罗尼奥、巴尔梅诺
场景二
街上：卡利斯托、森普罗尼奥、巴尔梅诺
场景三
梅莉贝娅家旁边：卡利斯托、森普罗尼奥、巴尔梅诺
场景四
梅莉贝娅家门口：卢克雷西娅、梅莉贝娅、卡利斯托、巴尔梅诺、森普罗尼奥
场景五
梅莉贝娅父母的卧室：普莱贝里奥、阿莉莎
梅莉贝娅的卧室：梅莉贝娅、卢克雷西娅
场景六
卡利斯托的家：卡利斯托、森普罗尼奥、巴尔梅诺

场景七

卡利斯托的家：森普罗尼奥、巴尔梅诺

场景八

塞莱斯蒂娜的家：森普罗尼奥、巴尔梅诺、塞莱斯蒂娜、艾莉西娅

第十三幕

场景一

卡利斯托的卧室：卡利斯托、特里斯坦

场景二

卡利斯托家门口：特里斯坦、索西亚

场景三

卡利斯托的卧房：卡利斯托、索西亚、（特里斯坦）

场景四

卡利斯托的卧房：卡利斯托

第十四幕

场景一

梅莉贝娅的花园：梅莉贝娅、卢克雷西娅；卡利斯托、索西亚、特里斯坦在墙的另一边

场景二

梅莉贝娅、卢克雷西娅、卡利斯托；索西亚、特里斯坦在墙的另一边

场景三

街上：索西亚、特里斯坦、（卡利斯托）

场景四

卡利斯托的家：卡利斯托、索西亚、特里斯坦

场景五

卡利斯托的卧房：卡利斯托

场景六

卡利斯托的家：索西亚、特里斯坦

第十五幕

场景一

阿雷乌莎的家：艾莉西娅在门口；阿雷乌莎和森图里奥

场景二

阿雷乌莎的家：艾莉西娅、阿雷乌莎

第十六幕

场景

梅莉贝娅父母的房间：普莱贝里奥、阿莉莎、梅莉贝娅和卢克雷西娅

第十七幕

场景一

塞莱斯蒂娜的家：艾莉西娅

场景二

街上：艾莉西娅

场景三

阿雷乌莎的家：艾莉西娅、阿雷乌莎

场景四
阿雷乌莎的家：阿雷乌莎、索西亚；艾莉西娅

第十八幕

场景
森图里奥的家：艾莉西娅、阿雷乌莎、森图里奥

第十九幕

场景一
街上：索西亚、特里斯坦、（卡利斯托）

场景二
梅莉贝娅的花园：梅莉贝娅、卢克雷西娅；卡利斯托在花园外

场景三
梅莉贝娅的花园：梅莉贝娅、卢克雷西娅、卡利斯托；索西亚、特里斯坦在墙的另一边

场景四
墙边：卡利斯托、特里斯坦、（索西亚）

场景五
梅莉贝娅的花园：梅莉贝娅、卢克雷西娅；特里斯坦、（索西亚）在墙的另一边

第二十幕

场景一
普莱贝里奥的家：普莱贝里奥、卢克雷西娅

场景二

梅莉贝娅的卧室：普莱贝里奥、梅莉贝娅（卢克雷西娅）

场景三

高塔：梅莉贝娅、卢克雷西娅

场景四

高塔：梅莉贝娅

场景五

高塔：梅莉贝娅

塔下：普莱贝里奥

第二十一幕

场景

塔下：阿莉莎、普莱贝里奥（仆人们）

附录二

《西厢记》中的场景和人物

第一本

楔子：

场景一：
郑夫人的卧房（？）：郑夫人

场景二：
从莺莺的闺房到佛殿：莺莺、红娘

第一折：

场景一：
路上：张生

场景二：
蒲关：张生

场景三：
旅店：张生、店小二、琴童

场景四：
普救寺：法聪、张生

场景五：

普救寺的内部场景（佛殿、僧院、厨房、法堂、钟楼、宝塔、回廊等）：张生、法聪

场景六：

佛殿：张生、莺莺、法聪、红娘

场景七：

佛殿：法聪、张生

第二折

场景一：

郑夫人的卧房（？）：郑夫人

场景二：

普救寺：方丈、法聪

场景三：

张生的客房：张生

场景四：

普救寺：张生、方丈；红娘（稍后进入场景）

场景五：

普救寺：张生、方丈

场景六

普救寺：张生、方丈、红娘、法聪

场景七

厅外：张生、红娘

场景八：

方丈的卧房（？）：方丈、张生

场景九

张生的客房：张生

第三折

场景一

莺莺的闺房：莺莺

场景二

路上（？）：红娘

场景三

莺莺的闺房：莺莺、红娘

场景四

墙边：张生

场景五

花园：红娘、莺莺；张生（在墙的另一面）

场景六

墙的另一面：张生

场景七

张生的客房：张生

第四折

场景一

普救寺：方丈

场景二

张生的客房：张生

场景三

普救寺：张生、方丈、和尚们

场景四

普救寺：郑夫人、莺莺、法聪、张生、红娘、和尚们

第二本

第一折

场景一

普救寺外：孙飞虎

场景二

普救寺：方丈

场景三

郑夫人的卧房（？）：郑夫人

场景四

莺莺的闺房：莺莺、红娘

场景五

普救寺外：孙飞虎、一个士兵、(孙飞虎的部队)

场景六

莺莺闺房的门口：方丈、郑夫人；红娘和莺莺（在屋内）

场景七

莺莺的闺房：郑夫人、方丈、莺莺、红娘

场景八

前往法堂的路上：郑夫人、方丈、莺莺、红娘、欢郎

场景九

堂内：郑夫人、方丈、莺莺、红娘、欢郎、和尚们、张生

楔子

场景一

普救寺：郑夫人、张生、方丈

场景二

普救寺外：孙飞虎、士兵们

场景三

普救寺：方丈、张生、（郑夫人）、惠明（稍后进入场景）

场景四

杜将军营帐内（？）：杜将军、士兵们、惠明和几个士兵（稍后进入场景）

场景五

普救寺外：孙飞虎和他的士兵们，杜将军和他的士兵们

场景六

大堂（？）：郑夫人、欢郎、张生、杜将军、孙飞虎

场景七

前往蒲关的路上：杜将军、士兵们

场景八

普救寺：郑夫人、张生、方丈

第二折

场景一

郑夫人的卧房（？）：郑夫人

场景二

张生的客房：张生

场景三

路上：红娘

场景四

张生的客房：红娘在门口；张生在房内；红娘稍后进入房内

场景五

张生的客房：张生

第三折

场景一

大堂（？）：郑夫人，稍后红娘入场，之后张生入场

场景二

莺莺的闺房：莺莺、红娘

场景三

走廊：张生、莺莺

场景四

大厅：郑夫人、张生、莺莺、红娘

场景五

大厅外：莺莺、（红娘）

场景六

大厅：郑夫人、张生、红娘

场景七

张生的卧房：红娘、张生

第四折

场景一

张生的卧房：张生

场景二

花园：莺莺、红娘；张生（墙的另一边）

第三本

楔子

场景一

莺莺的闺房：莺莺

场景二

莺莺闺房外：红娘

场景三

红娘的卧房：莺莺、红娘

第一折

场景一

张生的卧房：张生

场景二

路上：红娘

场景三

张生的卧房：红娘在门口；张生在房内

场景四

张生的卧房：张生、红娘

场景五

张生的卧房：张生

第二折

场景一

莺莺的闺房：莺莺

场景二

路上：红娘

场景三

莺莺的闺房：莺莺、红娘

场景四

张生的卧房：张生

场景五

路上：红娘

场景六

张生的卧房：张生、红娘

场景七

张生的卧房（？）：张生

第三折

场景一

莺莺闺房外（？）：红娘

场景二

花园：红娘、莺莺

场景三

寺庙侧门旁：红娘、张生

场景四

花园：红娘、张生、莺莺

场景五

花园：红娘、张生

场景六

花园：张生

第四折

场景一

郑夫人的卧房（？）：郑夫人

场景二

（？）：红娘

场景三

莺莺的闺房：莺莺、红娘稍后进入

场景四

张生的卧房：张生

场景五

张生的卧房：方丈、大夫、（张生）

场景六

路上：红娘

场景七

张生的卧房：张生、红娘

第四本

楔子

场景一

莺莺的闺房：莺莺

场景二

（？）：红娘

场景三

莺莺的闺房：莺莺、红娘

第一折

场景一

张生的卧房：张生

场景二

张生卧房门口：红娘；莺莺、张生在房内

场景三

张生的卧房：张生、莺莺

场景四

张生卧房门口：张生、莺莺、红娘

第二折

场景一

郑夫人的卧房：郑夫人、欢郎

场景二

红娘的卧房（？）：红娘、欢郎

场景三

莺莺的闺房：红娘、莺莺

场景四

大厅（？）：郑夫人、红娘

场景五

莺莺的闺房：莺莺、红娘

场景六

大厅（？）：郑夫人、红娘、莺莺

场景七

张生的卧房：张生、红娘

场景八

大厅（？）：郑夫人、张生、红娘、莺莺

第三折

场景

十里长亭：郑夫人、方丈、莺莺、张生；红娘稍后入场

第四折

场景一

路上：张生

场景二

客栈：张生，店小二

场景三

张生的卧房：张生

场景四

路上：莺莺

场景五

客栈：莺莺在门口；张生在客栈内

场景六

张生的卧房：张生、莺莺；门口有一士兵

场景七

张生的卧房：张生

场景八

客栈：张生、店小二

第五本

楔子

场景

客馆：张生、仆人

第一折

场景一

莺莺的闺房：莺莺、红娘

场景二

客房：仆人

场景三

莺莺闺房外：仆人、红娘

场景四

莺莺闺房：莺莺、红娘、仆人

第二折

场景

张生的卧房：张生、仆人

第三折

场景一

郑恒的客房：郑恒

场景二

（？）：红娘

场景三

郑恒的客房：郑恒、红娘

场景四

大厅：郑夫人、郑恒

场景五

普救寺：方丈（？）

场景六

（？）：杜将军

第四折

场景一

郑夫人的卧房（？）：郑夫人

场景二

路上：张生

场景三

大厅：张生、郑夫人、红娘；莺莺稍后进场；最后方丈进场

场景四

普救寺：杜将军、张生、郑夫人；郑恒稍后进场；莺莺和红娘最后入场

图书在版编目（CIP）数据

《西厢记》和《塞莱斯蒂娜》的比较研究/夏添著 . -- 北京：社会科学文献出版社，2024.1
ISBN 978 - 7 - 5228 - 2267 - 9

Ⅰ.①西… Ⅱ.①夏… Ⅲ.①《西厢记》- 戏剧研究 ②小说研究 - 西班牙 - 现代　Ⅳ.①I207.37②I551.074

中国国家版本馆 CIP 数据核字（2023）第 144672 号

《西厢记》和《塞莱斯蒂娜》的比较研究

著　　者 / 夏　添

出 版 人 / 冀祥德
组稿编辑 / 高　雁
责任编辑 / 贾立平
文稿编辑 / 田正帅
责任印制 / 王京美

出　　版 / 社会科学文献出版社（010）59367226
　　　　　　地址：北京市北三环中路甲29号院华龙大厦　邮编：100029
　　　　　　网址：www.ssap.com.cn
发　　行 / 社会科学文献出版社（010）59367028
印　　装 / 三河市尚艺印装有限公司

规　　格 / 开　本：787mm×1092mm　1/16
　　　　　　印　张：15.25　字　数：200 千字
版　　次 / 2024 年 1 月第 1 版　2024 年 1 月第 1 次印刷
书　　号 / ISBN 978 - 7 - 5228 - 2267 - 9
定　　价 / 118.00 元

读者服务电话：4008918866

版权所有　翻印必究